復貴盈門 3

風 文創 056

雲霓 著

目錄

第八十九章

蕭氏哭得厲害，大太太董氏勸也勸不住。

三房長老太太皺起眉頭訓斥。「哭有什麼用，妳回去就能見到老三？」

蕭氏緊緊地攥住大太太董氏的手。「老太太，那要怎麼辦？您可要想想法子啊，不如我們現在就啟程……回去。」

啟程回去，恐怕現在也是於事無補。

三房長老太太想靜下心來好好想想，奈何旁邊的小蕭氏不能安生。「妳說，我們就算趕回去能怎麼樣？」

小蕭氏又沒有主意。

三房長老太太怒其不爭。

大房長老太太只得安慰小蕭氏。「既然已經到了族裡，大家就坐下來商量商量，總比妳們這樣胡亂趕回去強。」

陳允寬也忙起身。「我讓人去打聽著消息。」

三房長老太太讓大太太董氏扶著小蕭氏去歇著。屋子裡沒有了旁人，大房長老太太道：「要不然問問董家呢？」好歹董氏還有個三品致仕的老父，說不定能和成國公說上話。

剛才她還要壓著董氏，現在卻又要求到董家。三房長老太太緊閉著嘴，一言不發。

大房長老太太勸道：「過繼的事先緩一緩，怎麼也要將允遠救出來。」陳氏族裡剛剛還喜氣洋洋，一下子卻又氣氛低沈起來。大家還在羨慕京中做官的族人，沒想到眨眼工夫，傳來消息說族人不但丟了官還進了大牢。

琳霜也沒有了玩心，在一旁安慰琳怡。「總會有法子的。」

大家擔驚受怕地等了一晚上，到了第二天，終於有了新消息。陳允遠寫了封血書，若是成國公真的有本事平倭，他甘願一死為成國公這個忠臣正名。小蕭氏聽了當時就暈厥過去，屋子裡的嬷嬷、婆子又是掐人中又是灌藥，總算將人救了回來，三房長老太太那裡也舊疾復發，咳喘不止。

琳怡勸說完小蕭氏又照顧長房老太太，大太太董氏乾脆就留下來幫襯。無論琳怡怎麼勸，小蕭氏都是一臉愁雲慘霧。「原本是好好的，老爺怎麼又做出傻事來……早知道我就不該出來。」小蕭氏用帕子遮住嘴嗚嗚咽咽，聽說三房長老太太病情穩下來，又去求著要回京。

三房長老太太最終還是答應了，請大房三太太李氏將小蕭氏送回京裡。

小蕭氏路上不敢耽擱，進了京，和大房三太太李氏一起徑直去了二老太太董氏房裡。

小蕭氏二話不說就跪在二老太太董氏面前。「娘，老爺不能回來，我們一家要怎麼過活啊……」

二太太田氏上前將小蕭氏扶起來。「三弟妹，娘已經在想法子了，這不是一時半刻就能有消息的，妳先穩穩神，明日娘還要出去託人。」

聽說二老太太董氏幫著出去託人，小蕭氏止住了些哭聲，眼巴巴地看著二老太太董氏。

二老太太董氏這時嘆口氣。「妳啊，允遠出了事，妳更不能垮了，否則這個家要靠誰呢？」

蕭氏和族裡大房三太太李氏坐在一起，和二老太太董氏說了會兒話。

二太太田氏就安排兩人去歇著。

吃過晚飯，家裡安靜下來，二老爺陳允周、二太太田氏才去了二老太太董氏房裡。

「怎麼樣？」二老太太董氏詢問兒子。「還有沒有緩和的機會？」

陳允周抿著嘴搖搖頭，然後眼角一翹，徹底將沈悶變成了笑容。「三弟這次是自己給自己拴了個死扣。」

二老太太董氏點點頭，臉上不動聲色。「論為官，你們三個誰也及不上你們父親，你三弟更是不懂得能屈能伸的道理。」

陳允周喝了口茶，滿面笑容地看了田氏一眼，田氏滿面紅光，這些日子因懷了身孕有些微微發福。算命先生說他三十六、七開始發跡，命數好得難以想像，而今看來還真是應驗了。「三弟可算是出了名，成國公一黨正要尋他的把柄，他就將自己的小命交到成國公手裡，您說三弟這些年在福寧怎麼當的官？」

二老太太董氏看了一眼陳允周。「總是你弟弟，讓人聽了成什麼體統？」

陳允周微微一笑，不以為意。「這不是在家裡，在外面我哪敢如此？但凡有三弟的消息我都會遠遠避開，免得被他牽連。」

二太太田氏看了一眼丈夫。「母親說的對。今天族裡大房還來嫂子……」

陳允周抬起眼睛。「我當長房老太太怎麼帶著三弟妹、六丫頭這麼急匆匆地去了長房，原來是要用族裡來壓我們。不過這事還要看朝廷，我們家又沒有人封侯拜相，哪有本事救三弟？」說著將茶碗放下。「還是怪長房老太太，若是她將我過繼去長房，舅舅早些尋關係讓陳家復了爵，我就是廣平侯……」

看著嬉皮笑臉的兒子，二老太太董氏揮揮手。「好了，事情沒有一定之前不要胡說。」

陳允周道：「母親太過小心了。」福建的事已經鬧大了，皇上權衡利弊，不會在意陳允遠幾個人的小命，就算要處置成國公，現在已經不是最好的時機，陳允遠這次是死定了。

二太太田氏站過去給二老太太董氏揉肩膀。

二老太太董氏將二太太田氏拉到這邊坐下。「有了身子的人不要太勞累，只要好好將養著，將來為我們陳家再添子嗣，就是大功一件，」說著嘆口氣。「妳大哥房裡沒有子嗣，你們能多生幾個，也算是有個照應。」

大老爺身邊的柳姨娘好不容易熬到了生產，沒承想又生下個女兒，二老太太董氏聽了消息，一連好幾日都沒有睡好。

二太太田氏有些擔憂。「也不知道大嫂在族裡怎麼樣了。」

二老太太董氏道：「我已經囑咐過了，出不了什麼大格。」要不是二媳婦懷了身孕，她又要在京裡聽消息，也不會讓大媳婦去族裡攔著長房過繼老三一家。大媳婦臨走時，她已經說了清楚，不是她不想讓老大去長房，而是繼子必須有子嗣，老大連個庶子也沒有，陳氏族裡那關也過不去。就算不能承繼爵位，將來二房的家產還不是要老大的，除了差個爵位，二房的底子可比長房厚。

從二老太太董氏房裡出來，二老爺陳允周和二太太田氏一路回到紫竹院。進了門，遣走了丫鬟，陳允周突然跪下來，雙手將田氏的腿緊緊抱住。

田氏嚇了一跳，幾乎叫出聲來。

陳允周滿面笑容，仰起頭又是虔誠又是哀求。「好菩薩，賜我一滴甘露讓我富貴榮華享受不盡，我下輩子與妳做牛做馬。」

田氏靠著身後的書案，眉心的朱砂又紅又亮。

第九十章

琳霜將閨房收拾出來，讓琳怡跟著她一起去睡。

長房老太太的身子不好，琳怡不放心，還是住在長房老太太屋裡的碧紗櫥裡，晚上祖孫兩個就在炕上說話。

雖然一切都照預想的一樣進行，只要想及父親的處境，琳怡的心立即就被拽了起來。人生雖然重來了一次，可是父母、長輩還是只有一個。

「成國公和康郡王還沒有去福建，妳父親現在應該還算安全。」

琳怡點點頭，伯祖母心裡只會比她更緊張。

長房老太太嘆氣。「妳父親在牢裡為國事愁，我們這個家事也不好辦。」

按長房老太太的想法，既要保住父親嫡子的名聲，又要將父親過繼來長房，這樣將來父親才好鬥二老太太董氏一家。

「這才剛開始，我們要好好謀劃謀劃，一步都不能走錯。只要過繼文書寫好，妳父親這次又立了大功，我們陳家一旦復爵，這爵位就會落在妳父親身上。」

長房老太太靠在軟墊上，拈著佛珠。「妳大伯母這次是有備而來，只怕二老太太董氏也被蒙在鼓裡。」

「孫女也有一件事弄不清楚，」琳怡看著長房老太太大膽猜測。「身下無子的不能作為繼子，大伯父沒有子嗣要怎麼爭繼子呢？」

長房老太太眯起眼睛看向琳怡。「那妳覺得呢？」

琳怡道：「孫女覺得，大伯父在外有庶子。」長房老太太說過，一旦家裡沒有嫡子，別說庶生，就算是姦生子也會被招回來承繼家業。「而且八成是被董家照拂著。」所以大伯母腰板才會挺得這樣直。

長房老太太頷首。「我總算沒白教妳。這次二老太太讓妳大伯母來拖住我，其實不知道妳大伯母心裡另有一番打算。只要我頷首，再有董家幫襯，妳大伯一家就能承繼長房。」

董氏一家認為父親必死無疑，才會這樣有恃無恐。

「妳父親若是因成國公冤死，將來等到假以時日成國公被扳倒，朝廷定會追述妳父親之功。」

琳怡接口道：「到時候因父親獲利的就是我兩位伯父。」董氏一家是坐收漁翁之利。

琳怡的話音剛落，白嬤嬤進來道：「三小姐來了。」

長房老太太躺下，琳怡穿鞋下了炕。

琳婉見了琳怡。「我來看看伯祖母，」說著頓了頓。「妹妹的床大不大？我來和妹妹作伴可好？」

長房老太太歇下，琳婉、琳怡兩個梳洗之後躺在床上。

兩人面對面地躺下，琳婉道：「族裡將我和四妹妹分在一個屋裡，四妹妹嫌房子小，不能和族裡的姊妹一起寫詩作畫，我自己搬去別的房間住，又覺得冷清……」說到這裡和琳怡相視一笑。

琳芳的性子是這樣，不論到了哪裡都要拔尖。

兩個人正說著話，琳霜帶著丫鬟過來，看到琳怡、琳婉兩個，琳霜不客氣地坐在床上。「妳們城裡的丫鬟還不如我們鄉下的見多識廣，只會那些膏啊、粉啊給妳用。」說著笑著看琳怡。「我這裡可有寶貝，管教妳明日眼睛上的腫消了。」

琳霜讓人拿出了小碗。

琳怡、琳婉好奇地去看，只見碗裡有兩張薄薄的麵團。

琳霜道：「麵團冰過了，快敷上，好得快呢。」

琳怡還沒說話，琳霜手快地拿起麵團就要按在琳怡臉上，三個女孩子這樣推來推去，倒鬧成一團，琳怡本來沈重的心情倒是一時開朗。

琳霜將麵團像模像樣地擺在琳怡眼皮上，這才善罷干休。

胡桃正好進來，看到這個樣子嚇了一跳。「奴婢才給六小姐縫了茶包呢……」

屋裡的鬧聲吵來了去看長房老太太的大太太董氏。

董氏走過來笑著坐在床前。「幾位小姐快睡吧，明日祭祖還要早起呢！」說著去看琳怡臉上的麵團。「這樣行不行？」

琳霜笑道：「嬸子放心，明日擔保沒事了。」

大太太董氏這才點頭，親手給琳怡、琳婉蓋了被子，然後將琳霜送了出去。

玲瓏將屋子裡的燈拿走，琳婉伸出手來拉住琳怡的手，似親生姊妹一樣依偎著說話。

「其實我母親從前是很好的，只是這些年……沒能生下個弟弟，脾氣才時好時壞……」

大太太董氏進門第二年就懷了身孕，生下了一個大胖兒子，誰知養了一年就夭折了。聽說二老太太董氏遍尋名醫給大太太調養身子，後來大太太就生下了琳婉。

生了琳婉一年後，大太太董氏又懷了孕，不過這次孩子沒能足月就小產了，和第一次一樣也是個男嬰。大太太董氏因此落下了病症，再也沒能有孕。

這些都是蕭氏說給琳怡聽的。之後大伯父屋裡就抬了周姨娘、柳姨娘，周姨娘生了個庶女，這次柳姨娘生下的仍舊是個女嬰。

大伯父在外面若是果然有庶子，大太太董氏平日裡就是故意在家中露拙，好讓二太太田氏對她疏於防範。姪女瞭解姑姑，大太太董氏定是看穿了二老太太只會偏疼小兒子，乾脆來了釜底抽薪，向董氏一族求助，不聲不響地暗中爭爵位。

二太太田氏聰明，看似笨拙的大太太董氏也不差啊。

第二日，陳氏族人齊聚長房跪拜祖先，遲來的衡哥趕上了儀式的尾巴。衡哥不掩身上的風塵僕僕，整個人彷彿比平日裡長大了許多，上過香之後，在陳氏族人面前挺直脊背。「在書院裡不少人私下裡說，父親是忠正之士。」眼睛裡雖然滿是紅血絲，卻沒有半滴眼淚。

長房老太太都誇讚。「衡哥出息了。」

大太太董氏在一旁看著羨慕。「我們這些女眷還不如個孩子。」

大房長老太太拉著衡哥看了兩眼。「好孩子，一路上累著了，快去歇歇。」

衡哥只帶了個小廝過來，大太太董氏生怕丫鬟伺候不周，起身跟著去忙，不一會兒，衡哥洗掉一身的塵土回到堂屋裡。

大房長老太太道：「允遠生了個好兒子。」

大太太董氏也道：「看到衡哥就想起了……」說著聲音一頓，怯生生地看了一眼長房老太太。

大太太董氏沒有將話說全，但是大家都想起了三房長老太太的長子陳允禮。三房長老太太這些年一直沒有過繼子嗣的意思，一直到了陳允遠帶一雙兒女回了京，三房長老太太才做了這樣的打算。三房長老太太喜歡的是孫子、孫女。

族裡的長輩去堂屋裡說話。

琳怡幾個坐在長廊上等著，衡哥詢問琳怡這幾日的情形，也簡單說了京裡緊張的氣氛。成國公的病一波三折，皇上御賜了藥物才漸漸好轉，照這樣下去，應該很快就會去福建。

聽著衡哥和琳怡兄妹沈悶的談話，琳霜想起一件事。「一會兒老太太要帶著我去莊子上，你們跟著一起去吧！」

琳霜要成親了，就要向長輩學學將來如何管莊子。

琳霜道：「咱們家的大嫂子是這方面的能手，家裡有幾處莊子硬是讓她管活過來了，祖母說讓我好好與大嫂子學學，反正將來妳也要學，不如一起去吧！」

琳怡將琳霜的話說給長房老太太聽，長房老太太也贊同。「難得有這樣的機會，就多帶些人一起去看看。」

莊子離族裡居住的地方不太遠，還有族裡的幾個哥哥跟著，一路上十分太平。琳霜為了給琳怡解悶，就撩開馬車簾子向琳怡講講風景。

路過望不到邊的水田，琳霜道：「這原來可是咱們陳家的田地，後來陳家有了難，就將這一大片都賣給了旁人。這些年，族裡可是一直想要將田地收回來，可是那邊獅子大開口，怎麼也談不攏價錢。」說著指右邊。「尤其是這邊和長房的莊子挨著，這邊借用了河水灌水田，若是能將這裡的田地買下，長房的莊子上也能借了水，種上水田啦。妳夏季時來就好了，那時候最好看了。」

琳怡透過車簾向外看，目光所及處是一大片水田，琳怡正要收回目光，田埂上依稀看到了一個熟悉的身影。

那人大大的塊頭站在陽光下，一絲不苟地看著溝渠裡的水流，然後向田地裡的人吆喝吆喝，也不知道都說些什麼。

第九十一章

馬車到了莊子上，族裡的大嫂子開始給琳霜、琳怡幾個小丫頭講莊子上的事宜。這個莊子就是琳霜的陪嫁，大嫂子將莊子的帳目拿到手裡，手把手地教琳霜。這處莊子靠山，因此養了不少的活物，野雞、兔子不用說，袍子、獐子、鹿子不知有多少，還有年底用銀子置辦的年貨，琳霜越看越欣喜。

大嫂子道：「這是咱們族裡附近產物最好的莊子了，這莊頭能幹，那年別處都受了饑荒，這處莊子還出了百千兩銀子。」

琳怡、琳霜聽著大嫂子講了半天，最重要一條是陪嫁的莊子不能讓夫家插手，選的莊頭也要是極為可靠的，偶爾遇到災荒，要善待莊上的佃戶長工，每年要仔細對帳，不可馬虎。

族裡的幾位哥哥帶著琳怡、琳婉、琳芳幾個在莊子上轉了一圈，本來沒有興致的琳芳漸漸也喜歡起莊子，莊頭更是殷勤地送上些野味，琳芳最喜歡看莊上的錦雞打架，掐羽毛咬脖子很是潑辣。

「三房長老太太在這附近也有莊子呢，那莊子比這個還要大些，」大嫂子笑著道：「每年收成也是極好的。」

莊子上的婆子也道：「可不是，那邊家裡沒有要這些個野味，就養起來了，我們這邊不過有這些，那莊子上的鹿也足有一大群，鹿茸、鹿角賣了藥材就是不少。」

琳霜就在一旁笑。「說不得三房長老太太會帶妹妹過去瞧呢。」

看到琳芳豎起了耳朵，琳怡道：「我哪裡懂莊子上的事。我們出來的時候，伯祖母下人順便去趟莊子，讓莊子報帳給大伯母聽。」大太太董氏毛遂自薦要為長房老太太解憂，長房老太太掛著父親的事，無心問莊子，就將莊子的事交給大伯母打理。螳螂捕蟬、黃雀在後，作為小蟲子，她也有必要提醒螳螂，後面還有黃雀呢。

琳芳頓時豎起了眉毛，一眼看向琳婉。

琳婉垂著臉像什麼也不知道。凡是和琳婉相處一段時間的人，都說琳婉恭謹大方。從莊子上回來，琳婉很快被族裡的姊妹迎進屋裡問針線，琳霜拉著琳怡去說話，一下子將琳芳冷落在長廊裡。

琳芳哪裡嚐過這種滋味，賭氣回到房裡歇著，正翻來覆去睡不著覺，這次帶出來的楚婆子來道：「四小姐，奴婢瞧著這勢頭不對啊，長房老太太好像有過繼大老爺的意思，這……是不是讓人回去和太太說一聲？」

「什麼？」琳芳頓時一驚。「這話妳是從哪裡聽來的？」

楚婆子道：「今天幾位老太太在房裡說話，長房老太太接到鄭家的信，鄭閣老在聖上面前為三老爺說話，結果受了訓斥，如今休養在家呢。長房老太太聽了就又急起來。大房的大老爺就說，文官和武將向來不和，若是有門路還是託武將去說情得好。長房老太太就說，大太太給娘家寫了信，請董家幫忙呢。」

琳芳睜大了眼睛，大伯母請董家幫忙……

楚婆子道：「當時咱們跟著來族裡的時候，老太太只說讓大太太盯著長房老太太不要在族裡寫了過繼的文書，卻沒說到這一節啊。」

琳芳聽出楚婆子話後餘音。「還有什麼？」

楚婆子又上前一步，低聲道：「大房長老太太給長房老太太提醒，若是三老爺救不回來，剩下這孤兒寡母可怎麼得了。

「長房老太太就嘆氣說，三太太的性子太軟，恐是撐不起這個家，二爺和六小姐年紀又小，將來總要族人照應著。」楚婆子說到這裡頓了頓。「奴婢就想，大老爺今年已經三十有九，尚無子嗣，大太太對二爺又那般殷勤，會不會是有心思要……要……」

大伯母難不成還能過繼三叔家的兒子？

「四小姐，您看長房老太太喜歡二爺和六小姐的模樣，如果三老爺有個好歹，長房老太太能不為二爺和六小姐安排嗎？」

琳芳正好想到這裡。難怪長房老太太要讓大伯母去打理長房的莊子……原來……原來……

「要奴婢看，大老爺沒有子嗣，正中長房老太太下懷。長房能過繼子嗣，大老爺就不能過繼子嗣到身下？」

若是大伯過繼子嗣，首先要在親兄弟裡選合適的人，三叔父沒了，就剩下了衡哥。琳芳捏起帕子，這也不是沒可能的事。想到這裡，眼前浮起大伯母親暱地將琳婉和琳怡摟在懷裡的模樣。

「妳讓人回去一趟，給母親通消息。」
楚婆子答應下來，忙出門。
琳芳坐在椅子上思量，好半天，咬牙切齒。「不能就讓她們得逞，我要想想辦法才是。」
旁邊的四喜欲言又止，眼見琳芳發起狠來，也顧不得別的。「小姐還是等等太太那邊的消息……」
琳芳冷笑道：「到時候什麼都晚了。」說著看向四喜。「照我說的做，將來在母親那裡少不了妳的功勞。」
四喜手一抖。「小姐還是想想銘嬰。」
想起銘嬰，琳芳臉色頓時變了。之前母親吩咐要將銘嬰打死，她以為母親只是嚇唬她，她百般求情母親才沒讓人帶走銘嬰，她還以為這件事就過去了。沒想到過了陣子，等到長房那邊風聲過了，母親就說銘嬰的老子要將銘嬰贖回去。後來她使人去打聽，銘嬰回家之後又被賣去了南方，這和母親當時說要處置銘嬰的話一般無二。
四喜看到琳芳猶豫的神情，紅著眼睛低下頭。「小姐，奴婢不想和銘嬰姊姊一樣。」二太太要處置人，等到合適時機，那個人就會不聲不響地消失。
琳芳一陣猶豫，可立即她眼前便浮起大伯母和琳婉的笑臉。這次和上次不一樣，這次她做得對，無論怎麼樣母親都不會責怪。

琳怡眼看著琳芳陰陽怪氣地進屋裡來，坐在旁邊不時地看琳婉打結子的手。從來都是琳芳盯著她和她吵鬧，這次她也嚐嚐作壁上觀的滋味。

前世在二老太太董氏的安排下，她們一家沒有還手的機會。這一次有了長房老太太撐腰，終於也能反抗了。來之前，長房老太太將一切安排妥當，故意讓蕭氏在族裡哭鬧，然後被送回京裡，這樣蕭氏一來能在京裡聽消息，二來蕭氏的軟弱恰好襯托了大伯母的能幹。

琳怡聽著族裡的長輩誇讚哥哥學問好，族裡讀書的子弟都來聽哥哥說京裡書院的事。長房老太太道：「允禮從前修西園子，就是為了族裡有上進的子弟去京裡讀書好過去住。允禮一沒，我也少了心思打理，還是老三看了又提起來，還是修修好……」說著眼睛紅起來。

大太太過去勸長房老太太。「您先別急，衡哥不是說了嗎，京裡許多人都為三叔抱冤呢！」

長房老太太卻沒將大太太的勸說聽進耳，眼巴巴地看著衡哥和琳怡。

第二天，這場大戰終於有了些結果。

琳怡在長廊裡納涼，京裡傳來消息，成國公不日就要動身去福建平倭，和成國公一起去的還有康郡王。

不知怎麼地，聽到這話，琳怡悄悄鬆了口氣。

周十九這樣能算計的人不會輕易落敗吧！只要周十九能安然回京，父親從獄裡出來的機會就很大。

可如果輸了要怎麼辦？周十九只會自己保命，父親自然就……

這時候只能不去想最壞的結果。

前有狼後有虎。琳怡合起雙手閉上眼睛，能爭取的都爭取了，這時候只能求老天有眼，讓周十九將成國公這個大奸臣收拾了。

琳怡坐了一會兒，玲瓏趕來給琳怡送披風。「這邊比京裡涼，小姐還是多穿些衣服。」

玲瓏才說完話，琳怡就提起帕子打了兩個噴嚏。

玲瓏道：「這可怎麼得了，還是讓廚房做些熱湯吧！」

她也算不上是著涼，不過是被風一嗆，鼻子癢癢的。不過這樣也好，讓廚房忙乎一下也像回事。晚上，琳怡成功地用一碗苦湯藥將琳婉趕出了房間。

長房老太太摸著琳怡的額頭。「還是吃些藥防防，女孩子的身體馬虎不得。」

琳怡抱住長房老太太的胳膊。「我的身體好得很，在福寧就算淋了雨也不會生病的，伯祖母放心，我不是還小通醫理嗎？」

「上次妳提醒我的事，我讓人去查了查。」長房老太太靠在迎枕上慢慢道。

琳怡上次跟著琳霜去莊子的時候，路過那片水田看到田埂上的人，彷彿是周十九身邊的隨從。

竟然沒有打聽出來。

「沒有打聽出來是誰家買的。」

長房老太太道：「不過，田地卻是易主了。」

琳怡覺得奇怪。「孫女聽說族裡不是一直盯著這塊田地，怎麼會……賣給了旁人？」說到這個，大房長老太太還痛心疾首。盯了那麼多年的田地，一眨眼的工夫就被旁人挖了牆角，現在好了，還不知道賣得是誰。

長房老太太捻著佛珠。「如果是康郡王買的，這樣瞞著倒也可能。畢竟康郡王是被叔叔、嬸嬸養大的，在外置了產業難免要遮掩著，不過他小小年紀能攢下這樣一筆銀錢也是不容易。要知道宗室因罪革退了爵位的，比平民百姓還不如，朝廷收回封賞的土地，不再給養廉銀子，不能科舉、不能經商謀生……是以勛貴、重臣家都不願意和尋常宗室結親。」

「康郡王這般為自己安排，是為了以防萬一，」長房老太太說著點頭。「能有這番眼界，也是從前受過苦楚。」

周十九買哪裡的土地不好，怎麼偏偏買到了陳氏一族附近的田地？置辦田地有點不符合周十九的性子，他攀上太后母家這門親事，也算是有了靠山，不比置買田產強多了？

琳怡正要服侍長房老太太安睡一會兒，白媽媽拿著托盤進來，臉色有些蒼白。「奴婢過來的時候，聽說三小姐從園子裡小山坡上跌下來了。」

長房老太太皺起眉頭。「怎麼上去了小山坡……都有誰在那裡？」

白媽媽道：「四小姐，還有大房宗長家的二小姐。」

白媽媽話還沒說完，玲瓏撩開簾子急急地跑進屋。「二爺、二爺被蛇咬了！」

第九十二章

長房老太太一掌撐在炕上，一鼓作氣地坐起來。「什麼蛇咬的？現在怎麼樣了？」

白嬤嬤道：「也是在小山坡那邊，那蛇已經被二爺捉了，家裡人已經去尋當地的土郎中……」

聽得這話，長房老太太眼前發暈。既然去尋郎中，那蛇肯定是有毒。

好好的園子裡怎麼就進去了蛇？千防萬防總還是有防不住的——

「園子裡人太雜，這幾日來回走動的族人又多，還有許多旁支子弟……」白嬤嬤邊伺候老太太穿鞋邊道。

「快、快……我們都帶了什麼藥，都、都拿去……」

琳怡穩住心神，想起櫃子裡的丹露丸。「那有解毒的功效，不如帶上吧！」

白嬤嬤頷首，親自去拿藥。

琳怡攙扶著長房老太太沿著長廊一直走到小山坡不遠的梅居。

族裡已經有不少長輩聚在那裡。

看到床上的衡哥精神尚好，長房老太太鬆口氣，這才覺得腳下軟起來，琳怡忙將長房老太太扶坐在床邊。

大太太董氏看著衡哥的腿，抹抹眼淚。「傷口腫了起來，這可如何是好……」

旁邊的婆子道：「已經敷了草藥，應該無礙。奴婢識得那蛇，毒性並不強的，多虧身邊人先將血放了出來。」

衡哥安慰長房老太太。「伯祖母不用擔心，孫兒沒事。」說話的工夫，家裡人已經將先生請了過來，先生在外見過那打死的蛇，又看看衡哥腿上的傷。「這種蛇我們這邊常見的，已經有解毒的草藥，內服外敷擔保無虞。」

大太太董氏道：「快請先生開了方子，我讓人煎來。」

先生開好了方子，又親自搗藥給衡哥敷好，再三擔保沒事，大家這才放下心來。族裡的長輩鬆口氣，忽然又想起來。「這，三房的三小姐怎麼樣了？」

旁人提起琳婉，大太太董氏彷彿才想到跌下山的女兒，整個人怔了怔。

長房老太太看董氏。「三丫頭怎麼樣了？」

大太太董氏這才支吾。「媳婦只顧得看二爺，還沒去看三姊兒。」

琳怡悄悄看了一眼大太太董氏此時憨厚的表情，若是蕭氏在這裡，頂多也是這個模樣。

大太太董氏竟然這樣疼衡哥勝過自己親生的女兒，這樣的品行真是在場的人都要汗顏。

大太太母女在族人面前演得可真像啊，可惜一心向善的二太太田氏沒來，否則又該是怎麼熱鬧的場面。

長房老太太掙扎著起身。「快……快跟我去看看三丫頭。」

大太太董氏這才急著跟了出去。

眾人到了側室裡，丫鬟掀開簾子，琳婉正蒼白著臉讓丫鬟攙著往外走。

大太太董氏看到女兒，眼睛更紅了。「妳這是要做什麼？」

琳婉一臉急切。「我去看看二弟。二弟怎麼樣了？」

「郎中已經給開了藥，」大太太董氏急忙將琳婉安置回床上。「你們兩個真是要嚇死我了。」

母女之間這樣真情流露也就罷了，口口聲聲離不開衡哥，琳怡這個親妹妹倒成了局外人。族裡的人陸續來看琳婉，琳怡四下裡看看，平日愛出鋒頭的琳芳縮在角落裡，一雙大大的眼睛不時躲避著旁人的目光。

能幹出這麼蠢的事也就是琳芳了。

不過比起琳婉的沈著，大太太董氏還是有些欠火候，不過這樣更顯出琳婉的賢淑。「旁邊的人也不知伺候著，好端端地怎麼就摔下來？」

琳芳抿著嘴唇有些緊張。

琳婉眼睛微微一顫，平凡的臉上浮起一抹嬌弱的神情。「不是下人的錯，是我自己要去看風景，腳下被石頭一絆，這才摔了下來。」

腳下被石頭一絆。這藉口找得好，雖說園子裡留著小山景是為了佈置自然，但族裡這麼多下人，怎麼可能讓亂石傷了小姐們的腳？大家聽得這話都會心領神會。

旁邊的琳芳倒是又活了過來。

琳婉傷了手肘和膝蓋，上了藥水也就好了。

族裡管事的奶奶不好意思地向長房老太太告罪。「都是我沒有安排妥當。」

屋子裡的人都安靜下來聽長房老太太說話。

孫子、孫女都受了傷，恐怕不會善罷干休，一定要查個清楚。

「哪裡的話，都是一家人，這樣說就外道了。」長房老太太慈祥地勸說管事奶奶。

屋子裡有人驚訝，有人鬆口氣。

這事怪罪給族裡，族裡也只能受了。

琳婉用了藥躺下，大太太董氏又去張羅衡哥那邊的事，直到將兩個人都安置妥當了，這才回去歇著。

族裡的長輩都誇。「平日裡看著厲害，心腸卻是一等一地好，再說管家哪有不潑辣的，否則也鎮不住下人，那麻利勁兒是好主母。」

長房老太太也點頭。「這些年越發老成了。」

大太太董氏聽得這話，整顆心大約要跳起來。

從前她們就是這樣被擺布，外面人看來，二老太太董氏和兩個伯父對她一家都是極好的，想盡法子救父親出獄，又給她安排一門好親事，二老太太董氏還給她添了箱，蕭氏重病在床，都是兩位伯母照應，怕哥哥被父親牽連，還送去了鄉下避風頭。

二老太太一家用的手段，現在又一一展現在她眼前，只是這次，她卻不再任她們擺布。

大伯母和琳婉聯手起來想要蒙蔽族裡人，好讓大伯父爭做長房繼子，她就幫她們添把火，讓她們知道手裡握著的是燙手山芋。

琳怡去衡哥房裡，看著衡哥的傷口腫起來。「也不知道什麼時候能消腫。」

就算用了藥，也得有個過程才能好轉。

「郎中都說沒事了，」衡哥笑著安慰妹妹。「咱們在福寧也不是沒見過被蛇咬傷的下人，比我這個重多了。」

「怎麼會有蛇呢？」琳怡皺起眉頭。長房老太太已經讓人看著大太太、琳婉、琳芳了，並沒發現她們有這樣的動作啊，看來單純的防範還是防不住。

「可能是亭子裡掛的鳥籠將蛇引了過來。」

琳婉知道哥哥喜歡逗鳥。

琳芳是藏不住心事的人，她想要算計琳婉，定然會讓琳婉發覺，琳婉乘機拉著哥哥一起去看鳥，哥哥定會在前面走，這樣一來，可能遇到蛇的就是哥哥。

琳婉做事小心翼翼，就算害人也不會讓人捉住把柄。

利用別人是琳婉一貫的作風。

不知道她的猜測對不對，這件事總要證實。

琳婉屋子裡沒有了旁人，琳芳訕訕地坐過去說話。「我不是故意要將妳推下山。」看到衡哥走在前面，她生怕之前安排的蛇嚇不到琳婉，又生怕那蛇忽然來到她腳下，她正是神情恍惚的時候，琳婉偏拿出族裡老太太給的荷包要分她一只。

琳婉眼睛晶亮的樣子像是在施捨。不過是只荷包罷了，誰又稀罕，可是難免火氣上漲，琳婉又拿出姊姊的譜，教訓她多學針線，她這才和琳婉拌起嘴來。誰都知道她擅長的是詩詞歌賦，琳婉偏說：「族裡的長輩說了，小姐們大了就不要癡迷這些東西，還是學學女紅正經。」她這才失了分寸。琳芳想著，仍舊驚魂未定。

「我知道，」琳婉提起帕子輕觸鼻尖，然後睜大眼睛。「我們是姊妹，我知道妳是無心的。」

「那三姊不會將這事告訴長輩？」

琳婉搖搖頭。「當然不會，我若說了，不是要四妹妹挨罵？」

兩個人話剛說到這裡，門口的隔扇被打開了，接著是快步進屋的琳怡。

琳怡一臉詫異地看琳芳。「是四姊將三姊推下山的？大家都是親姊妹，四姊怎麼能下得了手？就算是做景致的小山，那也是很高的，萬一三姊有個好歹，四姊也準備不聲不響地矇混過關？」

琳芳想開口說話，琳怡不準備給她這個機會。「我聽外面的丫鬟議論是四姊要去山頂看風景，這件事該不是四姊早就算計好的吧？我要去告訴長房老太太和大伯母，四姊太肆意妄為了。」

旁邊的四喜拚命求情。「六小姐行行好，我們家小姐不是故意的。」

琳怡不聽這些，轉身要走，手腕卻被琳芳捉住，琳芳神色慌張。「妳敢——」

琳芳陷害她不是一次、兩次了，在林家甚至還聯合寧平侯五小姐準備看她的笑話。前世她要嫁給林正青之前，琳芳來她屋裡不知高臺看戲笑了多少回，這次好不容易身為局外人，她連幫忙敲鑼打鼓都不敢嗎？

琳芳咬牙切齒。「三姊好端端的沒事，妳要害死我不成？」

琳怡抬起頭看向琳芳。「要害死四姊的是四姊自己。三姊這樣了還顧念姊妹之情，四姊聽到就不嫌臉紅？」

「好了，好了，」琳婉要伸手勸說，卻不小心將床邊的藥碗碰落在地。碎瓷的聲響將屋裡、外面的人都嚇了一大跳。

「這是怎麼回事？」長房老太太的聲音傳來。

琳芳沒想到長房老太太這時候會過來，臉色徹底變了。

長房老太太目光銳利。「四丫頭，妳倒說說看，妳三姊是怎麼摔的？」

琳芳咬緊嘴唇不肯說話。

長房老太太坐在椅子上。「妳不說，我就讓族裡人去查，直到查個水落石出。」

琳芳再也扛不住，肩膀開始抖動起來。

第九十三章

「伯祖母，我真的不是有意的，我只是要讓三姊看那些鳥兒，一下子不小心……」琳芳說著去看琳婉。「三姊，妳說是不是？」

琳婉張嘴說話卻不小心岔了氣，咳嗽著點頭。「伯祖母，是真的……四妹妹不是有意的，您就饒了她吧！」

「要想人不知，除非己莫為。」長房老太太沈著臉。「推倒一個人需要多大的力氣，無意的能將妳三姊推下山？妳三姊替妳遮掩，妳卻沒有悔改的心思。六丫頭要將實話告訴我，妳還說她要害死妳。妳可知道，若是妳三姊傷到臉還怎麼嫁人？今天下午，妳三姊說話遮遮掩掩，我就知道這裡面有不實之處，否則也不會過來要向她問個清楚。」

琳芳聽得這話，心又沈下去幾分，微抬起頭，怨恨地看向琳怡。

「我問妳，妳是不是還當是別人的錯？就算妳六妹妹不來告訴我，妳以為我就查不出來？丟人丟到族裡來了，族裡長輩都看著呢，我們這一支的女兒竟然心腸如此歹毒。」

琳芳幾欲癱倒在地上。

長房老太太不給琳芳喘息的機會。「妳怎麼想起來要去山頭看風景？」

琳芳仍舊糊弄。「是恰好走到那裡，說新漆的亭子漂亮，就想上去瞧瞧。」

長房老太太冷笑一聲。「所以妳身邊的婆子早就等在亭子旁了。」

院子裡本來就見到了蛇，讓身邊的婆子將蛇放在那裡嚇唬琳婉，也只是想出口氣，沒想到琳婉會叫衡哥去賞鳥。

「多虧妳二弟沒有被蛇咬實，否則哪裡有命在？」長房老太太看向琳芳。「妳選條路，是自己回去向妳祖母說清楚，還是我將妳交給族裡長輩，看看族裡什麼說法，看看是否是我冤枉了妳。」

琳芳看已經無路可走，跪在地上。「孫女錯了，孫女是跟三姊拌了嘴，這才推了三姊一把。那蛇是怎麼回事，孫女確實不知曉啊……」

長房老太太道：「別的我不知道，妳最好求著妳身邊的婆子做事沒有紕漏。這是族裡的地方，讓族裡瞧出半點端倪，我是幫妳遮掩不過去。」

琳芳想想族裡這麼多人，這才慌了。「伯祖母……您一直都疼孫女的啊！這次一定要幫幫孫女，孫女真的沒想害人……」說著真的哭起來。

長房老太太沈下眼睛。「妳以為我願意讓妳在族裡丟臉？真正丟臉的是妳自己。說不得鬧出來還要牽連妳的姊妹，若是我不疼妳，早在長輩面前質問妳，如何能等到現在？」

琳芳見再沒有辦法推拖，恐怕族裡萬一發現，長房老太太不伸手幫忙，哭哭啼啼地道：「伯祖母說的是，孫女以後再也不敢了……」

長房老太太嘆氣。「當著我的面給妳三姊賠禮道歉。要論性情，妳比妳三姊差遠了。」

琳芳咬牙看向床上的琳婉，琳婉靠在床邊，紅著眼睛軟軟開口。「伯祖母，這事不怪四妹妹。」

長房老太太皺著眉頭看琳芳。「我從前以為妳很懂事，經過這件事……妳要向妳三姊好好學學，以後才能有妳的好日子過。」

長房老太太這話說得一點不假，琳芳再這樣下去只會自食惡果，相反地，琳婉的手段才算高。這一點傳到二太太田氏耳朵裡，田氏一定不覺得陌生。

琳芳臉上沒有半點血色，低頭向琳婉賠罪。

琳婉嚇了一跳，光著腳就要下床，也替琳芳求情。長房老太太親手扶起琳婉。「好孩子，我也是要給四丫頭一個教訓，讓她知曉姊妹之情，將來妳們各自嫁了人，還要互相幫襯。妳越替她遮掩，倒是害了她。這件事妳不說出來，我沒有早些安排，萬一被族裡先一步弄了清楚，妳說四丫頭日後要怎麼做人？宗長說話，哪個族人又敢不聽？將四丫頭送回京裡也是這個意思，離開反而會好些。」

琳芳聽得這話，出了一身冷汗。

長房老太太看向琳芳。「妳回去問問妳祖母就知道了，族裡有沒有懲治過女眷。」

長房老太太說到這裡，只聽白嬤嬤道：「大太太過來了。」

大太太董氏走進屋看到跪在地上的琳芳。「這是……怎麼了……」

長房老太太要說話，心裡卻一陣慌，白嬤嬤忙上前給長房老太太順氣。

「大太太，今兒出了這件事……我也懲罰過四丫頭了，俗話說家醜不可外揚，在族裡，我們還要替四丫頭遮掩……妳讓人在族裡打聽著，但凡有什麼消息都要壓住。」說著頓了頓。「我老了，這些事妳要幫襯著。」

大太太董氏聽得這話，心裡一喜，連忙頷首。「老太太放心，媳婦一定想辦法打聽。」

長房老太太又看向琳芳。「四丫頭以後再有這般事，我第一個不答應。」

床上的琳婉目光微微閃爍。

琳婉現在該是有所察覺了，長房老太太之前訓斥琳芳，倒像是為了讓大太太董氏息事寧人，先一步懲罰了琳芳，又替琳芳說話，其實是為琳芳著想。

就算琳芳看不透這點，回去總會和田氏說了清楚，田氏那麼聰明，能不明白這裡面是誰搗鬼？大太太和琳婉想要裝好人，就讓她們好人做到底。

這樣一來，就等於將大伯父想要過繼去長房的心思擺在了明面上，接下來，就要看二老太太董氏和二太太田氏準備怎麼做。

「我說找個妥當的人先將琳芳送回京裡，妳怎麼想？」長房老太太乾脆和大太太董氏商量。

「這……媳婦……」董氏看著長房老太太深沈的目光，彷彿是在考量她治家的能力。

這是一個兩難的選擇。琳怡垂下小臉，只管在旁邊坐著，放鬆情緒神遊太虛。往常都是她緊繃著神經，這次就換琳婉母女仔細思量吧！反正無論怎麼選都是個錯。琳芳回去京裡，族裡能不知曉原因？琳芳不回去，萬一族裡鬧起來怎麼收場？

大太太董氏再厲害，還能比得上長房老太太？

結果大太太董氏選擇了將琳芳送回京城。在大太太董氏看來，琳芳一走，長房老太太身邊剩下的可都是自己人了。

琳婉蹙著眉頭道：「這樣單讓四妹妹回去不好吧！要不然我跟著四妹妹一起回京。」

長房老太太沈著臉。「妳剛摔傷了腿，這一路馬車顛簸怎麼能受得住？就說京裡來信了，二太太身子不適，四丫頭著了急要回去看母親。」長房老太太說著問琳芳。「四丫頭是想留下來，還是想回京？」

琳芳吞嚥了一口。「我……還是回去……」

琳芳的性子，關鍵時刻只會想起那個做觀世音的母親。

既然如此，大家就達成共識，由大太太出面安排將琳芳妥善送回陳家，正好族裡要去京裡辦買書籍，如此一來倒省了事。

大太太董氏在族裡上下打點，琳芳的事還是像手縫裡的沙子般慢慢滲了出去。對琳怡一家影響最大的，是董氏對衡哥照顧得太過周到，衡哥每日都要向琳怡皺眉，好在衡哥有個好忍性，一天天地磨了過來。

這些消息慢慢送到京裡，到了二老太太董氏耳裡，徹底有了眉目。琳芳抽抽噎噎地在田氏懷裡哭。「祖母，孫女說的沒錯吧！」

二老太太董氏一眼盯向琳芳。「妳到底有沒有推妳三姊？」

琳芳已經被二太太田氏教育過了。「我和三姊姊撲蝴蝶不小心……真的是不小心……孫女哪裡會有這種心腸，在長房老太太面前孫女也辯解，可是沒有人肯聽……」

二老太太董氏目光閃爍。「妳說妳和三丫頭說話的時候，恰好六丫頭闖進去……外面就沒有丫鬟守著？」

琳芳用帕子擦了眼淚。「孫女也奇怪。」

這是早就安排好的了，故意讓四丫頭在族裡闖下大禍，這樣一來，讓老二做繼子的話，她就說不出口。

二老太太董氏一眼看向琳芳。「從今天起，不准妳再出屋。」

琳芳委屈的表情一下子從臉上消失得乾乾淨淨，變成了驚愕。「祖母……祖母……孫女……」說著拉起田氏的手向田氏求助。

田氏還沒說話，二老太太董氏已經道：「都是平日裡太過驕縱妳，才讓妳做出這種事來。」這件事眼看是壓不住了，若是不懲治琳芳，在族裡更沒有立場說話。

「祖母……孫女是氣不過啊，大伯母和三姊她們暗地裡——」

二老太太董氏恨鐵不成鋼。「誰教妳這樣就可以害妳姊姊？」

琳芳張大了嘴，再也發不出半點聲音。

二老太太董氏看向坐在一旁的陳允周。「你說句話，是要讓琳芳在家裡修身養性，還是送去家庵裡學學規矩再回來？」

琳芳聽到家庵兩個字頓時癱倒在地上。

陳允周臉色一陣青紅，看向琳芳厲聲道：「不想明白就別出房門！」

琳芳哭著被拉去房裡關上。

回到房裡，陳允周將桌子上的東西都摔在地上。「大哥這般可恨，我去不成長房，我也不能讓他得逞！」

第九十四章

琳怡在長房老太太身邊聽京裡的消息。

「大老爺和二老爺一起出去了一趟，之後兩個人就不說話了。」

長房老太太「哼」了一聲。「到了緊要關頭，親兄弟也要明算帳。」

大伯和二伯是斷定父親不會活著回來了，這樣，長房老太太就要從他們中間選出一個做繼子。

白嬤嬤接著說：「二老太太氣得不輕，家裡已經請了郎中，四小姐也被關在房裡思過。」

現在二老太太董氏一家是雞飛狗跳。

在族裡的大太太董氏和琳婉也不輕鬆。白嬤嬤低聲道：「二老太太讓人捎信過來，請大太太回去侍疾呢。」

長房老太太笑一聲。「就讓她們姑姪兩個慢慢合計吧。」說著頓了頓。「二老太太定會讓人去族裡求幫忙，妳讓人跟住了，看看是誰幫著二老太太搗鬼。」

白嬤嬤道：「老太太放心吧，咱們佈置了這麼久，關鍵時刻奴婢哪敢疏忽。」

趁著這個機會，她也要看看族裡和董氏串通在一起的是哪一支。

白嬤嬤下去安排，長房老太太才將小蕭氏捎來的信打開。京裡的情形十分緊張，鄭家偷捎信給小蕭氏，陳允遠在獄中雖然受苦，但是性命無礙。

長房老太太將信收起來。「這也算是好消息。」

琳怡點點頭，接下來就等著福建那邊一錘定音。

除了蕭氏的信，家裡還送來了齊三小姐和鄭七小姐寫給琳怡的信。

琳怡去內室裡拆開信看。鄭七小姐在信中說，惠和郡主每日都埋怨康郡王，放著輕鬆的差事不幹卻要去接福建的燙手山芋，惠和郡主一邊擔心一邊讓人出去打聽，希望康郡王能順利回京。鄭七小姐又問琳怡通州怎麼樣，說到陳允遠的事，鄭七小姐安慰琳怡，別太擔心，一定會好的。琳怡不由得一笑，別看鄭七小姐性子直率，卻最不擅長說這種安慰人的話，就連寫到紙上都嫌晦澀，比起琳婉收發自如的善心，就是這種微澀的言語才讓人覺得心裡暖暖的。

琳怡讀完信就要將信裝回信封，卻發現信封裡還有一張摺好的字條。她將字條打開，裡面的字跡和鄭七小姐的完全不一樣，筆力剛勁，字形卻俊秀，上面只寫了一行小字：

接到信後，十五日內到福建。

十五日內到福建。

琳怡眼前忽然浮起周十九的影子。

這個人託鄭七小姐給她傳消息……他是知道她就算心裡不願意也肯定會看字條，這個人一言一行就離不開算計。

琳怡看看鄭七小姐寄信的日期，那就是還有七、八日就會到福建。

收起鄭七小姐的信，琳怡端起茶來喝，好半天才想起來齊三小姐的信還沒拆開。齊三小姐的信不長，就是問候琳怡，請琳怡回京之後去齊家作客。

接下來的日子，琳怡就是數著過，好在族裡的空氣還算高爽，琳怡和衡哥跟著長房老太太又看了幾場大戲。

二老太太董氏讓人給族裡的五老太爺送了柄玉如意。二老太太董氏為了心愛的小兒子陳允周不惜花費銀子，大太太董氏不甘示弱，頻頻和四老太爺家的媳婦走動密切，五老太爺到宗長家作客，四老太爺也跟著去了，兩家一來二去，打起擂臺來。

老太爺在宗長家發威，兩個老太太就私下裡輪流找長房老太太說話，一開始，衡哥和琳怡還在碧紗櫥裡聽一聽，幾次下來，兩個人就都失去了興致。

衡哥出去和族裡的兄弟約玩，琳怡一邊做針線一邊打瞌睡，琳霜見琳怡無聊，乾脆將她拖出去。「走，幫我去選陪房丫頭。」

前世琳怡嫁去林家時也經過這樣的事，不過那時候她只帶了玲瓏和橘紅，其他的都由蕭氏幫著安排。

「身邊的兩個大丫頭肯定是要帶的，還要選兩個姿色好又忠實的二等丫頭。」

姿色好又忠實的。

見琳怡一怔，琳霜低聲道：「將來是要留在屋裡做通房的，這樣嫁過去之後才能萬無一失。」

琳霜竟然連這點都想好了。

兩個人走到僻靜處，琳霜才支支吾吾地道：「我母親讓人打聽了，他屋裡有兩個近身的大丫頭，都是十分有顏色的，這樣一來，從前家裡幫我準備的就差了些，這次再選一、兩個放身邊。」

想的是好，可是做了通房的丫頭能跟主子一條心嗎？

琳霜在十個女孩裡選了兩個家生子，琳霜道：「家生子好，老子娘都在娘家這邊，她的賣身契也攥在我手裡，就算鬧也鬧不出大天去。」

妾室再怎麼樣也越不過主母去，就看她是跟誰一條心。

琳怡跟著琳霜提前接受了些做主母的經驗。成親之後，先要想方設法將夫君留在自己房裡，哪怕是利用身邊的丫鬟，等到懷了身孕生下子嗣，正室的位置就算坐穩了。

女人只要嫁了人，就要想方設法穩住自己的地位。

琳霜最後都聽得垂頭喪氣，靠在琳怡肩膀上。「妳說我連他正經的性子都不知道，就要想著怎麼才能投其所好，不但要將我嫁過去，還要選幾個美貌的丫鬟給他……平常就覺得母親懲治那些姨娘手段太殘忍，現在輪到自己……真是讓人恨啊。」說完仰起頭看琳怡。「妳將來會嫁個什麼樣的？」

琳怡苦笑。這誰能說得準？長房老太太看上齊二郎，她心裡也能接受，只是齊家躲躲閃閃，看樣子是要等到齊二郎春闈過後，有了功名再提婚事。

琳霜說著開始細數自己的幾個姑表親。「程二好色，李三懦弱，李四……小氣，性子又怪，動不動板著臉、人鬼莫近，看到他就晦氣。算來算去就是這幾個爛頭蒜，沒有一個能配得上妳。」

琳霜提起李四明顯比別人說得多。

琳怡試探著問：「李四郎是誰？」

琳霜眼睛更多一層陰鬱。「我姑母家的庶子，整天滿口要爭前程，就他那樣及不上妳哥哥半點，竟然還敢學著別人……不過就是鄉巴佬，還要和大戶人家的子孫相比。」

原來琳霜心裡想的和最終嫁的是兩回事，怪不得琳霜會覺得委屈。正經人家的嫡女配了旁人家的庶子會讓人笑話，陳家的長輩是不會答應的。

琳霜不聲不響地掉眼淚，琳怡只裝作不知曉，緊緊拉著琳霜的手。

琳霜擦乾了眼淚，拉著琳怡往回走，到了長房老太太的住處，白芍上前給琳怡、琳霜見了禮，道：「長房老太太去大房了。」

琳怡低聲道：「是不是有什麼事？」

白芍道：「四房、五房兩家的媳婦打起來了，聽說動了手流了血，長房老太太過去勸架……」

琳霜本來繃緊的臉一下子有了笑容，拉起琳怡。「走、走、走，帶妳去開開眼界，你們三房長期在外做官，哪裡見過這個？」

琳霜是大房的孫女，自然最是瞭解周圍地形，帶著琳怡走過幾段彎彎曲曲的路，就看到大房老太太的院子。

琳霜和琳怡躡手躡腳地靠近，然後在長廊處停下來，走到廊下，正好眼前有一叢花草能擋住兩個人的身形。

琳怡抬頭去看，就見到一個婦人捶著胸口大哭。「我哪裡還有活路呦……這明擺著是有人撐腰就欺負人，今天乾脆就在族裡說清楚，宗長不管就去見官！」婦人身邊有人伸手去攙扶，那婦人慓悍，一手將那人打開，接著哭。「今日之事就別想不聲不響地算了，誰也別攔著……」

那婦人轉過頭來，琳怡看到婦人的大襟兒上血紅一片，遠遠看去好不嚇人。

琳霜道：「這是五房家的奶奶，別看長得嬌弱，其實就是個破落戶。她那鼻子從小摔跤留了病，不小心碰到就要淌血，她是故意留著那些血跡嚇人的。」

屋子裡傳來婦人不服輸的聲音。「不過就是妳自己碰流了血，妳還要見官？去啊，咱們就去，看到時候誰丟臉！仗著娘家有幾個臭錢就肆意妄為……陳家的祖宗啊……你們睜開眼看看……現在真是變了天……什麼東西都能進我們陳家的門啊……」

這可真是……

京裡大宅門裡的婦人，不過就是翹著眼睛明裡暗裡譏諷，在福寧時偶爾能聽到婦人罵人，那也不過是一句半句，今天這樣的情形，琳怡還是第一次見。

最後還是大房老太太發了怒。「誰要是再說一句就給我攆出去！」

兩個婦人才住了嘴。

人說清官難斷家務事，不過這事放在長房也是司空見慣了，大房老太太將二人都罵了一通，兩個人在屋裡低了頭，出來之後又眼神交鋒了一陣，才各自離開。

琳怡和琳霜無戲可看，手拉著手慢慢退了出去。

到了晚上，長房老太太才從大房回來。

看到長房老太太臉上的笑容，琳怡臉上一喜。「伯祖母，族裡答應要立我父親為繼子了？」

第九十五章

長房老太太道：「二老太太董氏兩個兒子將族裡攪得天翻地覆，親兄弟為了這個位置大打出手。我過繼兒子是要養老的，不是要惦記我的家財，就憑這個，我也不能過繼他們其中一個。目前的情形，族裡支持董氏哪個兒子都要得罪另一方，倒不如賣我一個人情。我和大房說了，若是妳父親有個差池，我就乾脆不再過繼子嗣，將來百年之後將長房的家財全都給了族裡。」

這樣得利的就是族裡，族裡自然會答應。

「對外面只說先過繼妳父親，出了差錯我再重新選繼子。」

長房老太太的緩兵之計正對大伯和大太太董氏的心思。在董氏心裡，長房老太太是為了她和哥哥著想，就算父親不能從獄中出來，長房老太太也想照顧他們兄妹周全，長房老太太再選繼子的時候，應該會選沒有子嗣的大伯。

「就算妳大伯外面沒有庶子，也真的不能再生兒子，我也不放心將妳哥哥交給他。」長房老太太說著頓了頓。「若果然妳父親有個閃失，我就帶著你們一家。雖然屬於陳家的田產我會交還族裡，我的陪嫁卻能給你們兄妹兩個。」

琳怡聽得心裡發熱。長房老太太也是沒法子的法子，二老太太董氏一家沒那麼好對付，若是不爭取宗長的支持，父親不會順利成為繼子。

二太太田氏的手段絕不會這麼簡單。

果然第二天，這段公案有了結果，原來二老太太董氏送給五房的如意是求子用的，還有田氏親手抄的經文，五房一家如獲至寶，然後開始大力宣揚二太太田氏這位活菩薩的善心，二老太太董氏病在床上，二太太田氏懷著身孕卻要床前侍奉，反觀大太太董氏留在族裡，為的就是爭長房繼子，大太太董氏和琳婉的仁善、恭孝都是表面上的。這樣一傳，大太太董氏和琳婉在族裡立即抬不起頭來。

琳婉善名早就在外，這些日子又低聲下氣幫族裡姊妹打了不少絡子，族裡的姊妹安慰她的居多，大太太董氏藉著女兒的光在族裡哭了一次，也獲得了些許同情，不過還是抵不住族裡女眷求子的熱情。

大太太董氏就使出殺手鐧，以自己為例，平日裡她跟著二太太田氏沒少拜觀音、唸佛經，卻怎麼肚子一直不見動靜。

琳怡托著腮看雲起雲落，二太太田氏在京裡操控都能壓住大太太董氏，可見確實是佛光普照的結果。

衡哥在族裡整日在外面跑，又是騎馬又是射箭又是捉魚，很快就比以前黑壯了不少，打了幾隻兔子獻寶似地給琳怡看過之後，衡哥感嘆。「書生無用，男子還是學些武好。要是齊二郎能學些武，也就不會在秋闈時生病，說不得能取頭籌呢。」如果他學些武，就會比蛇快一步了。

琳怡這時才知道，原來齊二郎是因為生病才考了第三十八名。

琳霜從引教嬤嬤那裡出來就去找琳怡，學著引教嬤嬤的樣子甩甩帕子教琳怡，怎麼樣才能讓婆婆歡喜，讓夫君滿意。琳霜說著說著就蔫下來。「其實我覺得還是兩個人脾性相近的好，這樣不用多說就能知曉對方的意思。人說琴瑟和諧，就因為兩個都是弦樂，這才能好，如果對牛彈琴，互相不知道說的是什麼，又有什麼意思？」

琳怡紅了臉，拿著帕子羞琳霜。「以後再也別拿引教嬤嬤的話來跟我掰理。」

琳霜也臊起來，卻鼓著臉強辯。「妳早晚還不是要知道？」

其實琳怡覺得沒必要脾性相近，人人都說她生母蕭氏聰穎，才和父親夫妻和順，可是現在小蕭氏實誠直率，父親屋裡不是照樣太平親睦？她從前喜歡十分聰穎的人，總覺得那樣的人一笑之間就能讓人敬服，從容淡泊、理智自制，卻又讓人捉摸不透，如切如磋、如琢如磨，任歲月雕琢只會越來越明亮。

所以，前世她才會歡欣地嫁給林正青。

可是經過了前世的種種，她對這樣讓人把握不住的人還是敬謝不敏。

這樣的人需要旁人給他添光加彩，而她更想謹慎生活。

女子少讀些書、少些盼想，未必就是壞事。

琳怡起身，整理好裙襬回去睡覺。第二天，琳怡就聽到京裡送來的消息，崔御史因貪墨被抓，家裡也被都察院查抄。

琳怡立即回想起前世新婚之夜的那場大火。

崔二小姐甚至連林家門都沒進，就被林家利用算計了。崔御史參奏父親，裡面一定有林家的推波助瀾，否則彼此將為姻親，為什麼不加提點？

林家不必推拖這門親事，是因為林正青知曉崔二小姐不可能嫁入林家。

京裡開始動作，就證明離結果已經不遠了。

長房老太太看向琳怡。「我們也該收拾東西回京了。」

在這之前，自然要族裡開會，耆老族人齊聚一堂正式說說過繼之事，只要族裡能通過，就要立下文書，將父親記入長房老太太名下。

族中大會一開，堂屋裡聚滿了耆老族人，過了兩個時辰，大門打開，人才陸續散去，長房老太太將文書拿好，笑著看琳怡。「這下妳能喊祖母了。」

祖母而不是伯祖母。

琳怡攙著長房老太太的手，開口喊了聲：「祖母。」

長房老太太笑著點頭。「好，這樣就好。等妳父親平安回來，親手寫上他的名諱，這張文書也就成了。」

父親雖然還沒有被放出來，可是有了這張文書，長房老太太和琳怡心裡都安穩了些。

下午，白嬤嬤領著丫鬟開始收拾行裝，琳怡去琳霜房裡告別。

琳霜噘著嘴對琳怡依依不捨。「再住幾日吧，怎麼突然就要走？」

琳怡也捨不得琳霜，兩個人在一起久了，琳怡感嘆身邊沒有這樣的姊妹。「等妳成親的時候，我再過來。」

琳霜道：「那時候也說不準……」沒出閣的小姐都是跟著長輩才能走遠路，不知道那時候長房老太太有沒有時間。

琳怡忽然想到。「等妳成親之後，不是就可以走動了？」

這也是成親的一大好處。

琳霜、琳怡兩個互相看看，相對一笑，卻也沒能化開愁緒。

第九十六章

又在族裡纏綿了些時日，長房老太太才帶著媳婦、孫子、孫女回京。來的時候帶了兩大車禮物，走的時候車上又裝滿了山珍野味。

衡哥堅持要騎馬去渡頭，長房老太太見衡哥騎術也嫻熟了，就吩咐家人跟著護著衡哥慢慢地走。

大太太董氏堅持要侍奉長房老太太，就和長房老太太同乘，琳怡和琳婉一輛馬車。

琳怡和琳霜聊了一晚，上車之後就讓玲瓏拿著軟墊靠著半睡，睡醒一覺睜開眼睛時，看到琳婉親切的笑容。「睡吧，一會兒到了我叫妳。」

琳婉這樣一說，琳怡反倒睏意全消，拿出琳霜送她的九連環在玩。琳婉則抓住一切時間做針線。這次繡了抹額，也不知道打算送給哪位夫人。琳婉不但有心機，還很努力。

上了船之後，琳怡才有機會和長房老太太說話。有大太太董氏和琳婉在，琳怡就撇開京裡的事不提，和長房老太太閒話家常，時間久了，偷聽的人也覺得沒趣兒，走到一旁歇著了，琳怡這才說起琳霜的事。「那邊的人品祖母知曉嗎？」

長房老太太點點頭。「聽長房的孀子提過，人很是上進，將家裡的田產打理得不錯，還在山裡種了藥材，不是那種不務正業的子弟。」

琳霜說起那人的通房，總覺得日子不太好過。

長房老太太就嘆氣。「沒有十全十美的婚事，我看琳霜那孩子性子不算執拗，時間長了也就想通了。」

整日裡要對付通房，還要學著怎麼將夫君留在屋裡，成親之後就要求子……這樣的日子……也是她將來要經歷的嗎？

馬車徑直到了長房，三太太蕭氏已經在垂花門等著，接下長房老太太和大太太董氏，然後去看一雙兒女。

衡哥黑瘦了些，人彷彿也長高了，蕭氏關切地問：「腿上傷怎麼樣了？」

衡哥笑著道：「已經好了，母親安心吧！」

蕭氏看過衡哥又去看琳怡。「怎麼也瘦了？」說著低聲道：「我特意讓人燉了妳愛喝的湯，一會兒多吃些。」

族裡吃食上可沒有虧欠她，她不過是一邊擔心京裡一邊被琳霜拉著滿族裡跑，這才瘦了下來。

安頓好長房老太太，大太太董氏才帶著琳婉回去二房，長房老太太讓人將族裡送的東西分了一半，讓大太太帶回去給二老太太董氏。

將黏肚皮的母女送走，長房老太太直起脊背長長地吁了口氣。白嬤嬤關門，衡哥和琳怡縮在東炕上聽蕭氏講京裡的事。

「二伯有三日沒有回家了，媳婦也是才讓人打聽到，二伯這次可能要從戎……」

這時候從戎？

長房老太太很吃驚，卻轉眼就想明白了。「我就知道董氏向來是有手段，何況她還有那麼一個交遊廣闊的好兒媳。」

長房老太太面色不虞。「有人在前面賣命，到了撿好處的時候，誰也不願意落後。」

二太太田氏長期與達官顯貴結交，關鍵時刻自然有這樣的能耐。

提起這個，蕭氏赧然。「之前我一直讓人注意著，只是沒發現什麼風吹草動，二嫂還是照常出去講經，二老太太就是一直打聽族裡的事，沒想到……」

「不怪妳，」長房老太太喝了口茶。「這樣的大事，她們自然要做得滴水不漏。」她為了將老三做繼子還不是這般安排。

蕭氏聽了這話，向長房老太太屈膝行禮。「老太太為了老爺的事奔忙辛苦了。」

長房老太太伸手讓蕭氏起來。「這裡面也有妳的功勞，」說著頓了頓。「鄭家有沒有消息傳來？」

蕭氏搖搖頭，目光一轉，看向琳怡。「鄭七小姐昨日倒是給琳怡寫了封信。」

琳怡從盒子裡拿到鄭七小姐的信，看看旁邊沒人才將信打開，先看信封裡有沒有小字條，然後才去看信函。

周十九的一張字條，就改變了她的習慣。

打開信，裡面卻夾了一株草。

鈎藤，在福建經常會見到的。

這是周十九託人捎回來的。

蕭氏看到族裡寫好的文書，臉上也浮起絲笑意。「若是老爺回來看了定會高興。」說到這裡，目光又沈下來。

蕭氏服侍長房老太太躺下歇著，然後幫著琳怡整理箱籠。

琳怡將族裡的事講給蕭氏，聽到族裡的媳婦因二老太太董氏兩個兒子打起來，蕭氏也抿嘴一笑。「怎麼會這樣？」

「家裡倒是沒有這般，」蕭氏拉著琳怡坐在一旁。「只是妳四姊姊沒關兩日就病了，妳二伯母就將她接去紫竹院，讓她邊養病邊學規矩。」

說病了其實是藉口，二太太田氏就是想給琳芳解圍罷了。

「母親不用擔心。」琳怡見蕭氏憂心忡忡，低聲解勸。

蕭氏嘆口氣。「我這幾日睡覺也提心弔膽，生怕有什麼壞消息。」

這擔心也快到頭了，既然周十九讓人將鈎藤捎進京，就是福建那邊已經有了消息。

第二日，琳怡給鄭七小姐和齊三小姐回了信。

齊三小姐一再請琳怡去齊家，長房老太太也就應允，讓婆子陪著琳怡去齊家作客。齊三小姐、五小姐將琳怡接進府就開始問個不停。

琳怡就將通州府的風光和齊家兩位小姐說了。

齊三小姐聽著羨慕起來。「可惜我們就沒這個機會出去。」

齊二太太吩咐丫頭端了果子過來，然後親切地與琳怡說了幾句話，有了開場白，接下來的話就順理成章。「聽說長房老太太這次去族裡，是要將妳父親作為繼子？」

琳怡頷首。「不過還要等父親安然回來。」

齊二太太眼睛一閃，笑了。「也該這樣，長房老太太年紀大了，身邊總要有個人幫襯。」說完這話，齊二太太遮遮掩掩。「聽說長房老太太的咳嗽病好多了。」

琳怡抬起頭看到齊三小姐嘟了嘟嘴，齊五小姐微蹙眉頭，顯然是對母親的做法不是很贊同。

到底有什麼話不能明說？

琳怡微微一笑。「是好多了。」

「姻家祖上曾在太醫院任職，家裡有不少的醫書，沒想到後代子孫卻不喜這個，倒是出了位女醫，可惜女子只能私下裡看些病症。」齊二太太說著嘆口氣，又笑著看琳怡。「妳跟著姻語秋先生學了不少藥理吧？」

換作旁人，琳怡不會直言說起，齊二太太明顯是有所求。她和齊家不是第一次來往，她就算是誠心相待。「會一些，先生教了我些方子，我平日會變著法做些藥膳。祖母有咳疾，我就做了梨膏，祖母服了一陣很是有效。」

齊二太太聽著臉上一喜。「不知道這種梨膏好不好做？」

只問她梨膏好不好做，卻沒說是誰需要。

琳怡想起齊三小姐說齊二郎生病的事，齊二太太是為齊二郎要這方子吧！不明說，是不想讓齊二郎和她牽連過深。

「好做，」琳怡乾脆地應下來。「一會兒我寫下來給太太就是。其實祖母的咳疾並不重，我做的梨膏也只是應應景，真正的病症並不好用。」

齊二太太臉上難掩失望之色。

「不過，先生給過我一張藥方，對咳疾十分有效。」齊二太太是早就打聽好了，姻家擅治肺弱之症，所以才會來問她。琳怡面上不動聲色。「只是其中有味藥並不好求，太太可能要費些功夫，要用到化州府的橘紅。化州府的橘紅是貢品，外面是買不到的，太太想想辦法去勻一些也就是了。」貢品一般都會賜給勛貴、重臣、宗室一些。

不但告訴她方子，還告訴她應該從哪裡求藥。陳六小姐還真是性子好，要不是陳家正值多事之秋，陳家門頭雖然稍低些，也不是不行。齊二太太拉起琳怡的手。「好孩子，妳可是幫了我大忙。」

琳怡笑笑，裝作並不知曉內情。「我也就是恰好知道罷了。而且我這方子，太太也要找郎中來看，萬一哪裡不合適也好調方子。不過那製膏的方法，太太不要告訴旁人，沒有稟過姻語秋先生，不好大肆傳出去。」

齊二太太點頭，瞇著眼睛。「我知曉了。」

琳怡第一次單獨出來作客，不好停留時間太長，早早就讓人準備了馬車回去。

送走琳怡，齊三小姐皺著眉頭埋怨齊二太太。「母親這是弄的什麼事？母親真當陳六小姐聽不出來？我和妹妹真是羞也羞死了，之前明明要和陳家說親，現在不但不提，還要防著人家。我們家好歹也是書香門第，說出去不怕人笑話？」

齊二太太皺起眉頭。「這話怎麼說，我也是為了陳六小姐好，是老爺說要等到妳哥哥春闈之後才提親事……」

齊三小姐眼睛一翹，剛要說話，手就被齊五小姐拉了一下。

「這話不說是要慜死我。」齊三小姐負氣甩開妹妹的手。「父親、母親是想攀高門罷了，眼睛只往高處看，不要摔了跟頭再後悔！」

第九十七章

齊二太太氣得臉色鐵青，就要尋東西去打齊三小姐。

齊三小姐也不躲閃。「母親覺得女兒錯了，就打死女兒也好解氣。」

齊二太太的臉一下子脹紅了，眼淚也蓄滿了眼眶。「妳以為我願意？陳家現在什麼情形，妳哥哥寒窗苦讀容易嗎？難不成陳家沒落了，我們家也要一起被牽連？」

齊三小姐不肯服軟。「那一開始就不要頻頻和人家走動。」

齊二太太恨得咬牙切齒。「妳這個沒心肝的東西——我養妳還養出仇了，竟然幫著別人數落妳母親?!」

齊五小姐忙上前勸齊二太太。「母親別生氣了，妳還不知道三姊的脾氣，我們又和陳六小姐要好……」說著拚命向齊三小姐使眼色，齊三小姐這才乖乖回了自己房裡。

齊二太太拿帕子擦眼角。「真真是要氣死我。」

到了晚上，齊二老爺回來聽說這件事，也吹鬍子瞪眼睛數落齊二太太。「早讓妳別撿那便宜妳就是不聽，安心等自己兒子有出息，妳自然也有了出頭之日，偏學人家出去拉關係。我早跟妳說如今政局不安，一步都錯不得，軒兒年紀不大，考中了舉人，怎麼就不能等到春闈之後、杏榜提名，再說門好親事？」

齊二太太軟下來。「我也是怕萬一這次考不上……」要想官場順，什麼都要考慮周到。

「大哥家裡的興哥還不是只中了舉人，要不是在春闈之前和耿家訂了親，哪能娶到耿家的小姐。我也是聽說陳家長房要過繼陳三老爺，陳三老爺又做了京官……從五品的官職雖然不高，可人家從前是勛貴，老爺也說這兩年皇上復了一些勛貴的爵位，說不定陳家——」

「就聽那些婦人嚼舌！」齊二老爺重重地將茶碗放在桌上。「既然妳這樣想了，就和陳家將親事定下來，怎麼還鬧出林家這場事？這門親事還沒正式談，就讓我們家丟了臉面。」

齊二太太臉上一紅。她剛和老爺說起陳六小姐，沒想到就有消息傳來林家要和陳家結親。老爺當時就說：「林大郎那是解元公，妳兒子不過是籍籍無名的舉人罷了。」可見陳家也是一心想要攀高。

可是後來林家和陳家的親事出了差錯，林家要娶的是崔御史家的小姐，她也打聽過了，不想結親的是陳家，心裡這才舒坦了些。

「陳六小姐品貌都不錯，我這才動了心思。」齊二太太道。「宇哥兒的婚事是老爺定的，孫家閨女是好，卻是個悶葫蘆，和三姊兒、五姊兒都搭不上一句話，我也是想相看個得心的，將來老了身邊也有個說話的人。」

齊二老爺皺起眉頭。「所以說妳是頭髮長見識短，哥兒的前程重要，還是妳的小算盤重要？」

齊二太太無話可說，想起陳六小姐寫的藥方遞給齊二老爺。「陳六小姐是姻語秋的徒弟，這藥方寫起來可是不含糊。」

齊二老爺看著紙上的小楷，筆墨圓潤娟秀，女子能練出這樣的筆法委實不簡單，不禁捋著鬍子細瞧。「可見姻語秋先生才女之名不假。」

齊二太太臉上有了些笑容。「老爺都說好，那就是真的好了。」

齊二老爺放下手裡的藥方。「我看這藥方不錯，讓先生看了就給軒哥兒吃上，軒哥兒的婚事還是等到明年再說。」

齊二太太知道老爺也是為了家裡著想，就點了頭。兒女婚事不能急，特別是有前程的兒子，起碼要拿到個最終結果才好去結親。

齊二老爺站起身。「我去看看軒哥兒，」說著轉頭看齊二太太。「改天妳去陳家謝謝陳家長輩，這樣偷偷摸摸要方子也不像樣，三姊兒說的沒錯，別讓人看不起我們家。」

齊二太太聽得這話只好低頭。

齊三小姐和五小姐在屋裡坐了。

齊三小姐憤憤不平。「我看父親、母親是越老越糊塗了。父親為人師也像外面人那般勢利，人老了反而怕事，二哥不過就是考了個舉人，眼睛就長在了頭上。」

齊五小姐給姊姊端了杯茶。「好了、好了，不要說哥哥們的婚事，就算是我們自己……一樣沒有說話的分兒。」

齊三小姐跺了跺腳。「陳六小姐的父親還福禍不定，母親生怕和人家有牽連，既然如此就別向人家要東西，我說的可有錯了?!」

齊三小姐話音剛落，門口傳來一陣咳嗽聲，齊重軒皺著眉頭看兩個妹妹。「妳們……在說什麼？母親怎麼了？」

齊五小姐不想說，遮遮掩掩，齊三小姐負氣去了內室。齊重軒本來已經聽出些端倪，來到齊二太太房裡，再見齊二太太讓人拿藥方讓人去請郎中，那藥方上的字婉約，明顯是女子所寫，再想及今日陳六小姐來作客，立即明白了幾分。

齊重軒眼睛一沈，表情緊繃。「母親這藥方怎麼要來的？」

齊二太太笑道：「你別管了，是我想辦法打聽來的，一會兒再讓先生……」

齊重軒抬頭，鬢間隱隱冒著青筋。「母親還是將方子送回去，不能坦然和別人交往，就別遮遮掩掩。」

兒子雖然平日裡不愛說話，可是也少見發脾氣。不過是一張藥方，怎麼就……

「你這是做什麼……」

齊重軒又咳嗽起來，乾乾的咳嗽聲聽起來嚇人。齊二太太忍不住心疼。「你這孩子上什麼火，都要春闈了，身子調養好才是正經的。」所以她才千方百計地尋法子，還是三姊兒說在陳家看到長房老太太吃一種膏子止咳，她這才想到治肺弱之症的姻家，可是姻家一門脾氣怪得很，他們哪有面子去求，這才不得已去求陳家。

陳家長房老太太精明得很，她也不敢隨便去開口。

向陳六小姐要方子，她也覺得沒什麼，總不至於全家人都要因為這個與她生氣。

齊重軒臉色更加難看。「就因為給我治病……求人家……還要打人家的臉面……母親憑什麼……」

這……有沒有這樣嚴重？

其實話說出口的時候，她也覺得不妥。陳六小姐水晶心肝的人，怎麼會沒有察覺？讓她沒想到的是，陳六小姐痛痛快快將方子說了。

「你先將病治了，日後我再上門去謝。」軒兒還從來沒和她紅過臉。

「母親，」齊重軒抬起頭。「母親不正經去陳家求，我就不吃藥。」

齊二太太錯愕。這是做什麼？

琳怡回去將藥方的事說給長房老太太聽。

長房老太太皺起眉頭。「齊家怎麼能做出這等事？」

細想起來，確實讓人覺得不舒服。

「進士雖然可貴，也不是就他一家的哥兒能考上，要不是看他家哥兒本分，我也不會和他們家親近。」

琳怡給長房老太太揉肩膀。「其實也沒什麼，就是要張方子。」

長房老太太鬆開眉毛詫異。「妳倒是想得開。」

親事就是你情我願的事，沒有這一層，齊二太太說起，她還能不幫忙？

她和齊二郎的婚事也沒正式談起，經過了林家那件事，齊家本就對她家有了隔閡……琳霜說過，選親事大家都是挑挑揀揀，本來連口頭約定也沒有，遇到事會躲開也無可厚非。

「祖母不是也看上齊二郎品行好……」說開了還不是這樣，做人坦然點沒什麼不好。

長房老太太笑道：「妳這孩子就會說話讓我寬心。他們家要等春闈，我們也等著看杏榜，到時候青年才俊有的是，反正妳年紀還小，我也捨不得早早將妳嫁出去。再說，妳父親平安回來定然立下大功，到時候門當戶對的人就多了。」

陳家長房一片平和，二房卻正值多事之秋，大太太董氏從族裡回來，二老太太就避而不見。

大太太董氏只得用殺手鐧，在二老太太董氏房外跪了三天，又哭又鬧甚至將娘家搬出來，好歹見到了二老太太董氏。

二老太太董氏緊握銀薰球，臉色陰沈。「長子就該留在家裡守業，陳家二房將來還不是要交到你們手裡，妳何必與妳弟弟爭去長房？長房的爵位能不能復還是後話，就算是復爵，那也要立功爭取才是，妳瞧瞧允寧哪裡是做官的料子？妳二弟才做了護衛就結交了不少勛貴子弟，做官那是要八面玲瓏的人，否則就會像老三一樣，不但不能升遷，還會有性命之憂。都是我的兒子，手心手背都是肉，我希望你們都能富貴榮華，並不是所有人都要走為官這條路，那不過就是個名聲。」

看著二老太太董氏一臉正經，厲色教訓自己的模樣，大太太董氏心裡發冷。既然是個名聲，為何還要花費那麼大的力氣爭奪？「姑母，您是冤枉媳婦了，媳婦哪裡不想讓長房老太太過繼二叔，只是……琳芳出了那種事，族裡都遮掩不過去，長房老太太冷了心，還跟族裡長輩說，若是三叔不能回來，就從族裡選人過繼，媳婦就想與其便宜了外人，倒不如先擔下來再說……」

第九十八章

二老太太董氏冷笑。這時候還跟她說假話。「我早讓妳給老大多納幾個妾室，將來妾室生了子嗣過繼到妳身下，妳就是不肯聽，如今老大三十有九，身下無子，妳怨誰。」

早知道老太太會說起這個，董氏跪行幾步。「娘，媳婦已經想好了，大不了將來過繼二叔家的孩子，這樣一來，還不是一樣，兩房都是二叔的兒子承繼……娘，您說這些年媳婦求過什麼？旁人都說姑作婆，媳婦有福氣，姑母對媳婦好，媳婦心裡明白，現在這把年紀還為自己爭些什麼，不過就是兒女。媳婦這輩子沒能給陳家生下子嗣，唯有一個女兒……偏偏琳婉生得不算出挑，就連才來京裡的琳怡都有林家看上，琳芳更是討得京裡的夫人們喜歡，將來不愁婚嫁，唯有琳婉無人問津，媳婦的娘家遠在川陝，哪個也依靠不上，連給女兒謀門親事也不能。姑母，媳婦身邊的親人就唯有您啊！」

二老太太董氏無論去哪裡作客都要帶上琳芳，二老太太偏疼小兒子是京裡眾所周知的，雖說她是二老太太的娘家姪女，這些年卻沒有討得半點好處。

大太太董氏故意不提這些。「媳婦生了兩胎兒子卻都夭折了，姑母給媳婦訪了名醫回來，不知道喝了多少湯藥卻也不見成效，姑母又幫媳婦請了道婆，道婆斷定媳婦命中無子，媳婦就照姑母說的給老爺納了兩個妾室，結果妾室生下的還是女兒。這些年媳婦都是聽姑母的啊，媳婦行事就等於姑母行事。老爺雖沒有二叔伶俐，卻十分聽姑母的話，這些年老爺可有忤逆姑母？倒是二叔，姑母說過多少次，讓二叔和董家多些來往，二叔卻跟岳家走動甚密，您想想這份家業還不是董家幫襯才有的，難不成將來要姓了田？」

二老太太董氏聽得這話，不由得心裡一沈。

「姑母……」大太太董氏伏在腳踏上哭。「我才進京的時候，沒有哪家小姐願意和我結交，都是因為我說了一口的家鄉話。姑母當時安慰我說，總有一天要讓她們瞧瞧，我們雖從川陝來，卻不比京裡的女眷差，那些人不過就是仗著生在京城才自以為是，總有一天要讓她們瞧瞧我們的厲害。從那時起，我就將姑母當作自己母親般看待，才一心想要做好姑母的媳婦。我並不是要和二叔爭，我只是不甘心……好不容易來到京裡，受了不少的磨難，怎麼就不能出人頭地，讓大家都瞧瞧，我們董氏女能壓過所有人做誥命夫人，讓那些看不起我的人都要向我行禮，讓別人提起來，我們董氏也沒白來京城……」

二老太太董氏眼睛重重一跳。大媳婦的這些話，全都說到了她的心裡。初到京城的時候，她一口的家鄉話曾是旁人的笑柄，她偷偷請了婆子來，就是為了能學到正統的官話。當著眾人面唯妙唯肖學官話的時候，生怕一不在意蹦出鄉音，心裡的滋味只有自己知曉。這麼多年了，她本是老爺娶的正室夫人，卻要被一個死了的趙氏壓住不得翻身，歷盡艱辛才將這個家管起來，受了再多委屈，只要想想總有一天要將那些說風涼話的人踩在腳下，心裡就會開闊許多。

大太太董氏掩面哭泣，藉著手帕的空隙悄悄觀察二老太太。

二老太太顯然已經動容。

「現在二叔和三叔都是從五品的官職，老爺就算再混也混不過他們，老太太要多疼疼老爺才是啊……」

大太太董氏斷斷續續哭了半天，二老太太董氏皺著眉頭讓她起身。「我就是對你們太過縱容，才讓你們如此。一個個都不聽我的，乾脆哪日都分家出去獨過。」

大太太董氏知曉二老太太是氣話，忙道：「離開姑母，我們一家真的要過不下去了。」

二老太太董氏臉色依舊陰沈。「三丫頭的傷怎麼樣了？」

大太太董氏故意將話說得嚴重。「幾處見了傷，恐要留下疤了，可憐三姊兒還沒有出閣，也不知道會不會有礙。」

二老太太眼睛一沈。「去將三丫頭叫過來我瞧瞧。」

大太太董氏忙吩咐身邊的丫頭去叫琳婉。

琳婉脂粉未施、面色憔悴，因腳腕扭傷，走路還稍有些不適，二老太太董氏見到不禁心疼，問起琳婉當日的情形，琳婉替琳芳一陣遮掩，二老太太董氏嘴裡也恨起琳芳來。「太不懂事！」

二老太太董氏這關總算過了，大太太回到房裡，拉著琳婉的手一頓稱讚。「真是我的福星，要不然還真不知道要怎麼樣。」

「母親還是別爭了。」琳婉垂下眼睛。「等到二叔立功回來，陳家就算復了爵位也是二叔的。」

大太太董氏笑起來。「這妳就不知道了，這次的功勞不都是妳二叔的，要獎賞是少不了妳外公一家。」

琳婉錯愕地看著董氏。

大太太董氏拿起身邊的藥油親手給琳婉抹上。「傻丫頭，妳就等著瞧吧！妳三叔是馬前卒，必然是要死的，妳二叔不過就是那蝦兵蟹將，亂兵一起，還是要看誰帶兵平亂。」

京裡各處開始傳各種消息，大太太董氏整日陪著長房老太太說話，給琳怡和衡哥兩個挑選布料做新衣服，主動幫襯起三太太蕭氏來。

長房老太太也就放任大太太董氏去做，漸漸地，整個陳府都覺得三老爺肯定是回不來了。長房老太太帶著琳怡去相熟的幾家作客，回來之後，大太太董氏將認識的一個道士帶到長房老太太跟前，長房老太太花了不少銀子請道士好好做了場法事，又去寺裡捐了銀兩。

大太太董氏終於覺得長房老太太是黔驢技窮了，這才不再跟著折騰。倒是三太太蕭氏這段時日開始不思飲食，人也消瘦下來，大太太董氏跟著著急，讓人請郎中來看，蕭氏卻怎麼也不肯看病症，只是整日臥床，外人一概不見。

這樣的情形讓陳家長房如同籠罩了愁雲慘霧。

就連玲瓏和橘紅也會聽到有小丫鬟私下裡議論，若是三老爺回不來，恐怕三太太蕭氏也撐不了多久了。

琳怡聽著玲瓏的話，又想想之前道士在長房老太太面前直言，家裡會有血光之災……父親在福寧驚動了水神，現在將災禍帶來了陳家，若想陳家平安必要做場法事，長房老太太花了銀子做法事之後，那道士又說：「老太太和家裡的少爺、小姐無虞也。」

這話真是讓人哭笑不得。長房老太太做法事前說得清楚，是要救父親，和家裡女眷有什麼關係？

問到那道士父親怎麼樣，那道士一本正經。「貧道法力至此，若不是老太太相求，此事也是管不得的，如今只能救了老太太和少爺、小姐，至於三老爺……那要看天意。」

那道士在京畿十分有名，內宅婦人們口耳相傳十分靈驗，就連消息靈通的道士都認定父親沒救了，可見旁人的想法。

長房老太太拉著琳怡的手道：「這次就讓妳看清楚這些神棍的嘴臉。」

神棍的嘴臉她是看清楚了，她更看明白了大伯陳允寧一家人。

前世的種種再現，也不知道大伯一家人的心境是不是也如從前？

第九十九章

第二天一大早，大太太董氏沒能來長房，倒是齊二太太帶著禮物登門。禮物放在桌上，齊二太太臉上帶著羞臊。

長房老太太請齊二太太坐下，齊二太太和長房老太太說了會兒家常，不見琳怡過來，心裡明白了幾分，不好意思地開口。「怎麼不見六小姐？」

長房老太太待齊二太太明顯不如從前熱絡。「家裡換四季衣服，六丫頭去幫忙選布料。」

齊二太太扶了扶頭上的紗花，表情不自然。「上次問六小姐要了個止咳的方子，就想著哪日登門道謝，這些日子家中有事耽擱了，還請老太太不要怪罪……」

長房老太太似笑非笑，捻著佛珠。「不過是個方子，二太太言重了。」

「總不好不聲不響的，」齊二太太微抬眼睛。「之前在六小姐面前不好說起，是我家哥兒生了病，吃了郎中的藥總不見好，我才到處問方子。」

長房老太太「喔」了一聲，臉上卻不見驚訝。「如今哥兒的病可好轉了？」

齊二太太吞吞吐吐。「咳疾久了恐成了頑症，就是現在不見好轉，我這心裡才著急。」

長房老太太這才跟著點頭。「眼見就要到春闈了，加緊治才好。」

「可不是。」齊二太太拿起帕子輕觸鼻尖。「貢院那種地方，每年不知道抬出來幾個，身子弱的恐是堅持不下來，秋闈的時候……也是這樣才考得差了些。」

「那也不錯了，」長房老太太拿起矮桌上的茶來喝。「榜上幾百人，府裡的哥兒總是取在了前面。」

齊二太太抿抿乾燥的嘴唇。「讓老太太笑話了。」陳家長房老太太的話是兩層意思，一層是軒哥兒確實已算不錯，另一層意思怪罪他們目中無人，要知道，中了舉人的可是幾百人。

從前兩家沒有隔閡自然是坐得久了，現在生了些嫌隙，齊二太太早早就告辭。長房老太太讓人包了回禮給齊家，下人客客氣氣地將齊二太太送走，只是陳六小姐自始至終也沒有露面。

坐在馬車上的齊二太太鬆口氣。陳家也算是寬宏大量，沒有為難。

「看來消息是真的了，齊家的哥兒不肯吃齊二太太向妳討來的藥方。」長房老太太眼睛裡流露出些許欣慰。「能違逆母親做到這一點也算不容易，可見人品確實端正。」

琳怡將燒好的葛根、昆布水給長房老太太喝。齊家也並不是做事不擇手段的，哪家人不是為自己考慮，從避禍的袁家到裝聾作啞的鄭家，只要觸及政事大家都是深思熟慮。官場是非多，文官就是事事考慮周到，這一點，武官就比文官重義氣。

「咳疾就怕過季，一直纏綿下來不要說春闈了，只怕入仕都難，好不容易考上的舉人，誰能比齊家哥兒自己著急……」說到這裡，長房老太太點了點頭。「齊家哥兒，是個好孩子。」

長房老太太連著誇了齊二郎兩句，琳怡這下知曉，長房老太太是真的喜歡齊二郎的性子。老人家眼睛毒辣，總是能將許多事看透。

長房老太太喝完了湯，暫時將齊家放在一旁問起蕭氏。「妳母親怎麼樣？」

琳怡搖頭。「我做了些點心送去，母親也吃不下去。」

長房老太太嘆口氣。「等妳父親回來那時應該會好些了。」

家裡諸事都要等著父親平安歸家啊。

平倭大捷的軍報傳到京裡，沒有像往次一樣人人面露笑容，對陳家來說就如同雪上加霜。捷報到了京裡，三日內，京裡就有不少官員入了大獄，參奏的摺子更像雪片一樣落在皇帝的御案上，被參的人無非都是曾跟成國公有過節的官員。

朝廷上一片混亂，內宅的女人們手足無措。

鏟除異黨的好時機到了，袁家也上門問長房老太太，該怎麼解救陳允遠才好。表面上看，這次成國公贏了，朝廷要給屢立戰功的成國公一個交代，就要輸掉和成國公對立的官員，陳允遠就是其中之一。

長房老太太屋裡苦思對策，琳芳也被放出來看熱鬧，和琳婉一起賴在琳怡房裡。

大太太董氏當晚偷偷給陳允寧做了一桌好菜，夫妻兩個對飲三杯，然後雙雙去了內室，大太太滿臉緋紅。「等到三叔死了，三弟妹病得不成樣子，兩個孩子就要我們照顧，到時候老爺就是要風得風要雨得雨，再也不用受二叔的氣。」

陳允寧看著懷裡的嬌妻，不免眉宇飛揚，床幃落下，夫妻兩個在大汗淋漓中盼著噩耗早些傳來。

大太太董氏房裡滅了燈，二老太太董氏則跪在佛龕面前念叨趙氏。「都是妳這個不祥人，否則陳家哪會淪落到今日？老天有眼，妳生下的兒子也算是為妳還了債，他這一死，倒給陳家帶來了富貴。」

只是這富貴從頭到尾和趙氏母子沒有半點關係。

不論瞧到了多少血腥，佛龕裡的泥胎都是一如既往地沈默。

袁家正籌劃以言官之名救陳允遠時，福建八百里加急送來消息，成國公在福建謀反，京裡的情勢頓時急轉。索性朝廷怕倭寇之亂蔓延，一早密令各封疆大吏調集兵馬去福建，這下正好對福建成合圍之勢。

這樣的消息傳到陳家，一半人欣喜一半人驚詫。

雖然福建的戰事還沒有結果，陳允遠等人終於從大牢裡出來。

二老太太讓大太太董氏攙扶著迎了出去。

看到瘦骨嶙峋的陳允遠從長廊另一頭慢慢走過來，雖然陳允遠狼狽又憔悴，整個人卻是活生生的，大太太董氏第一個心酸地掉下眼淚。

在刑部熬了這麼長時間，陳允遠這個模樣已經讓長房老太太十分欣慰。

陳允遠換了衣服，定下神來。「沒有動刑，每日飯菜也多有照拂，這幾日被抓的人突然多起來，我還以為……真就出不來了。」

長房老太太笑著道：「我也怕是這個結果，請袁家出面寫了奏摺，不少人願意具名。想來想去，只有用言官之名保你出來。奏摺還沒遞上去，福建就遞進京成國公謀反的消息。」

這一次真是九死一生。陳允遠雖然早做好了準備，重見天日那一瞬間，還是不免濕了眼睛，尤其是大家聚在刑部外面，所有人看到他，都向他抱拳的那一刻，他覺得這些辛苦都是值得的。他本沒有聰敏的心思，能做成這樣的大事何其幸運，所有人都以羨慕的目光看他。

陳允遠道：「現在也沒有福建那邊的消息，不知道到底亂成什麼樣子，若論凶險，康郡王那邊比我凶險多了。大家議論起來我才知道，康郡王身邊連個親信也沒帶，成國公既然敢謀反，就是什麼也不顧了。」

琳怡聽得這話，端茶的手頓了頓，想到周十九讓人拿出來的鈎藤。

周十九知曉她通藥理，鈎藤藥用在根上。

她猜測周十九的意思是要連根拔起。

既然連根拔起，就免不了要費一番周折，京裡也就隨著動蕩。要不是平倭大捷的消息傳進京，京裡那些成國公的黨羽就不會這樣齊整地冒出來。她一心只想著父親就早些歸家，福建那邊的事，還真的沒和長房老太太一起說過。

陳允遠嘆口氣。「但願朝廷能早些平亂。」

琳怡送上茶站在一旁。父親能平安回來，也是周十九請人照拂，她也希望周十九能順利將福建的事辦妥當。

二老太太也道：「總之多虧陳家祖宗保佑，老三總算是全鬚全尾地回來了。」

「還有一件好事，」長房老太太笑道。「今日請郎中來給老三媳婦診脈，老三媳婦身上有孕了，算算已經有三個多月。」

陳允遠似是被巨大的喜悅沖得迷糊起來，半天才緩過神。「這……這是真的？」

長房老太太含笑點頭。「是真的，你又要做爹了。」

屋子裡其他人也是才回過神，二房老太太董氏表情變了又變。「這孩子……怎麼現在才發現？」

第一百章

大家正說著話，陳允寧慌張地進屋，一雙眼就盯在椅子裡的陳允遠臉上。陳允寧的表情五味雜陳，就像剛剛大太太董氏一樣，如同經受了重重的打擊。這消息來得太快了，一瞬間京裡的情形大變，即將被處死的罪官一下子都被放了出來。

「三弟，」陳允寧穩住情緒，擔憂地看向陳允遠。「你的身子怎麼樣？朝廷也不說一聲，好教我們去接你。」

陳允遠將陳允寧讓到一旁坐下。「我也是突然知曉，這就被放了出來。見到袁老爺子和大姑爺，我才知道成國公謀反了。」

怪不得長房那邊沒有任何動靜，原來是有袁家人在外接應。

陳允遠瞥向旁邊的大太太董氏。早上還笑靨如花的妻子，現在就似個木偶般傻傻坐在一旁。

平倭的捷報和成國公謀反的消息竟然只差了五日。哪怕再拖上幾天，陳允寧微攥手指，皇上都要先殺掉一些人穩定朝局。

為了爭長房繼子，他和二弟已經鬧開了，在母親面前備受責難……現在陳允遠回來了，這些日子的努力一下子付諸東流，哪怕他早知曉半日，也可尋人想辦法讓陳允遠進不得這個家門。

「朝廷也知曉我們老三忠義，專門請了頂官轎，還讓官差跟著送了回來，這般從刑部出來的還是頭一份。」二老太太董氏緩緩看了陳允寧一眼。

陳允寧心中再次驚訝，臉上卻不得不露出笑容來。兩種情緒交加下，表情讓人看著怪異非常。

「這……可是皇恩浩蕩……」

陳允遠臉上也有了些笑容。

不一會兒工夫，陳琳嬌的夫君袁延文登門。

袁延文向長輩們行過禮，就坐在一旁說起打聽來的事。「多虧沿途兩個驛站的馬匹管理不當，平倭的捷報晚了幾日進京。」

看到陳允遠僥倖的笑容，陳允寧胸口如被壓了一塊大石。帶了火牌的軍報文書，就算掉了腦袋也不敢傳遞有誤，這一路上卻接連幾個驛站出了問題，這種事大周朝也是從未有過，說是巧合誰能相信，定是一早就安排好的。

是有人故意讓捷報晚進京，這才讓陳允遠等人保住了性命。

誰有這樣的本事，在成國公眼皮底下還能動手腳？

是康郡王。雖然年紀輕輕，卻敢與成國公一起去福建，沒有人將剛復宗爵的郡王爺看在眼裡，沒想到卻做出這樣的大事。

陳允寧道：「聽說成國公謀反的奏摺是康郡王遞上來的。」

竹簾後的琳婉、琳芳、琳怡幾個也在靜靜地聽屋子裡說話。琳芳本來心情沈悶，屋子裡提起康郡王幾個字，琳芳的眼睛驟然亮起來。

袁延文道：「要不是康郡王跟著，消息不會傳回來這麼快。」能將消息送回京，單憑這一點就不能讓人小看。

琳芳激動地握住手裡的帕子，不停地去看屋子裡的二太太田氏，彷彿要從田氏眼睛裡找到些同樣的喜悅。

康郡王。康郡王的嬸娘周夫人是很喜歡她的，琳芳想著，咬住嘴唇。

大家說了會兒話，二老太太吩咐大太太董氏去張羅宴席，琳婉、琳芳、琳怡幾個也從屋子裡出來，走到廊上，琳芳再也忍不住。「妳們說，叛軍能被壓下去嗎？」

琳婉看著琳芳水靈靈的大眼睛。「這……朝廷都出兵了……肯定能……」

琳芳低下頭，眼睛裡透出陽光初照般的笑容。「這麼說……康郡王定是大功一件了。」想到這裡，琳芳就心跳加快。康郡王才二十歲，就立下這樣的功勞，將來仕途定會順利。

琳婉收攏身上的披風，似是無意中說起。「康郡王就是和寧平侯五小姐——」

琳芳「哼」一聲。「寧平侯家已經開始和五王爺談親事了。」

琳芳母女向來是消息最靈通，何況寧平侯五小姐和琳芳還算走動得近，自然會第一時間聽到風吹草動。周十九和寧平侯五小姐的婚事談不成，琳怡倒是不奇怪，前世也是這樣的結果。

「寧平侯家嫌康郡王養在嬸娘家，當年康郡王這支失了爵位，家裡田產就全都上交了，現在雖復了爵位，家底也是薄得很，哪裡比得上五王爺。」琳芳邊走邊說。「宗室子弟那麼多，真到了挑的時候，還要分出遠近。」

聽琳芳的意思，對寧平侯家的作為甚是不屑，這事如果換作二太太田氏和琳芳，也會這樣選擇。人的慾望是無止境的，得到好的就想要更好。靠著惠妃談成的婚事，裡面就有牽扯不開的政事在裡面，將來還不定會怎麼折騰。

三個人說著話，剛過了白玉拱橋，就看到門上的嬤嬤領著一個婆子進了府，那婆子揹著個箱子，正東張西望。

琳芳嘴最快，皺著眉頭看了看那婆子。「這是做什麼來的？」

門上的嬤嬤低頭回道：「是進府看病症的。」

話說得遮遮掩掩，那婆子又是一臉奇異的笑容，琳芳更加好奇。「給誰看病？」

門上的嬤嬤曖昧地笑道：「小姐們不知道的。」說著福了個身，帶著那婆子走了。

這話一出，琳芳豁然明瞭，轉頭看著琳怡。「是來看胎相的吧！也不知道妳將來會有個弟弟還是妹妹。」

前面走的婆子耳朵極靈，聽得這話，滿臉堆笑向嬤嬤道：「原來太太已經有孕了，我就說我的藥極好用的。」

那嬤嬤低斥一聲。「莫要亂說。」

那婆子才算住了嘴。

琳芳目光一閃，看向琳怡。

琳怡只當作沒有聽到，接著向前走去。

眼看著琳怡和琳婉走遠，琳芳低聲吩咐身邊的四喜。「去打聽打聽，三嬸到底求了什麼藥。」

玲瓏給琳怡換了手爐。沒想到轉眼天氣就冷下來，吃過晚飯之後，天上更飄起了雪花。小蕭氏感嘆多虧陳允遠現在回家了，否則在大牢裡還不要凍病了。

家裡請了郎中來，陳允遠堅持要給小蕭氏先看脈，郎中看了之後，開了一副調理胎氣的藥，陳允遠拿著藥方看了半天，也不能決定到底是抓藥還是不抓。

琳怡這才從長房老太太嘴裡知曉，原來生母蕭氏懷哥哥和她的時候，也是這般症狀，從懷孕到生下孩子，家裡就一直沒有斷過藥湯。現在小蕭氏好不容易懷了身孕，陳允遠就更加鄭重，最終還是在長房老太太的決定下，暫時先不要給小蕭氏過湯藥。

長房老太太道：「女人懷孩子總是難熬的，過了頭幾個月只會越來越好，只要孩子大人都好，多找幾個廚娘來變著法做些吃食試試。」

二老太太董氏倒也是慈眉善目。「就算用藥，也要多找幾個郎中來看看再說。」郎中又給陳允遠看了脈，只開了些補養身子的藥。

藥方最終送到大太太董氏手裡。幾個月的籌謀，她得到的就是一張給三叔補身子的方子……真是天大的笑話。

陳允遠沒有死，病得奄奄一息的蕭氏也搖身一變成了身懷有孕。她平日裡要照顧田氏，現在又多了個蕭氏。

她最終得到的就是這個。

大太太董氏想到這裡，只覺得喉嚨一陣腥臭，胃裡如同翻江倒海，忍不住的噁心，慌忙用帕子捂著嘴，衝了出去。

旁邊的嬤嬤見了，忙去拿痰盂。

「這是怎麼了？」二老太太董氏最先反應過來，看了眼身邊的董嬤嬤。

董嬤嬤忙跟了出去，不一會兒回來低聲道：「大太太吐了，也不知是不是……」

二老太太董氏眼睛裡閃過欣喜。

陳家好久沒有孩子出生，現在二太太、三太太都有了身孕，這喜氣說不得也傳到大太太董氏身上。

二老太太董氏忙吩咐董嬤嬤。「快、快，將郎中追回來好好給大太太看看。」

長房老太太也笑道：「這可是我們家的大喜。」

陳允寧一團死灰的心又燃起了些希望。

二老太太董氏看向兒子。「還愣著做什麼？」

陳允寧這才忙著去將大太太董氏扶去側室裡坐下，夫妻兩個面面相對，陳允寧拉起董氏的手。「是不是身上有了？」

大太太董氏此刻更是半夢半醒般。「我……月事是推遲了……」

旁邊的方嬤嬤就笑道：「那就是了，大太太的月事向來準的。」

雖然不能做長房的繼子，只要自己身上有了孩子，比什麼都強……大太太董氏遲疑地摸向自己的小腹。

方嬤嬤走到門口張望，看到郎中匆匆忙忙讓人帶過來，放下簾子笑吟吟。「太太，奴婢伺候您躺下。」

隔著手絹，郎中仔細診脈。

大太太董氏盯著郎中的表情。剛剛三弟妹診出喜脈的時候，郎中挑起了眉頭賀喜。剛剛還羨慕他人，現在就輪到了自己……

只要有了子嗣，她在陳家就能抬起頭來，老太太就再沒有了藉口壓制她。

郎中放下手，眉毛微皺。「大太太是內傷飲食，可是吃過肥甘不潔的東西？」說著頓了頓。「可否將嘔吐之物讓在下看看？」

大太太董氏耳邊頓時一陣嗡嗚聲響。

第一百零一章

嘔吐之物？她剛吃的東西……是婆子送來的助孕藥。

大太太董氏只覺得心中如被火炭燙了般說不出地難受，彎下腰，又將剛剛喝下的茶水也吐了出來。

二老太太董氏聽得這個消息，臉上的喜悅去得乾乾淨淨。「這是怎麼弄的？好端端地就吃壞了東西。」

董嬤嬤眼睛一眨。「這些日子大太太家裡家外的忙，定是胃氣弱……」

二老太太董氏掩不住臉上失望的表情。「讓郎中好好開些藥，要仔細將養。」大太太董氏這般年紀，恐怕是不會再有孕了。

大太太董氏的病有了結果，長房老太太起身要回長房，臨走之前和二老太太笑著道：「老三回來了，過繼的事也該定下，族裡還等著文書呢。」

二老太太董氏目光閃爍。「這事不急，老三才回來，三媳婦又懷了身孕，總要穩當穩當……」

這是要拖延時間，她好不容易走到這一步，怎麼可能再讓人算計了去？長房老太太笑著道：「我們長房好久沒有人氣了，我是盼著老三媳婦將孩子生在長房，給家裡沖沖喜。剛在族裡寫了文書，老三媳婦就懷了孕，可見我們長房氣數不該絕，」長房老太太說著用帕子擦擦眼角。「我們老太爺泉下有知也該閉上了眼睛。二弟妹，妳為我們陳家立了大功啊……」

高高的帽子戴下來，就算壓也要將二老太太董氏的嘴壓住。二老太太董氏再不甘心，也不敢鬧到族裡去，細究起來，董氏還是繼室。

事已至此，二老太太沒了話。

族裡的過繼文書順利地到了陳允遠手裡，陳允遠看著文書，緊皺眉頭。蕭氏、衡哥和琳怡悄悄退了出去，讓陳允遠自己思量。

就算陳允遠對二老太爺沒有父子之情，這樣一下子去了長房，終究還是要想到生母趙氏。

琳怡坐在炕上和蕭氏說話。

不一會兒工夫，譚嬤嬤讓人端了湯給小蕭氏，小蕭氏喝了兩口就覺得一陣噁心，譚嬤嬤忙讓人將碗撤下去。

「外面正說大太太呢。」譚嬤嬤低聲道。

小蕭氏皺眉道：「什麼事？」

譚嬤嬤不好說。「說起來怕太太膈應，還是等太太好一些再說吧！」

「能出什麼大格。」小蕭氏埋怨了譚嬤嬤兩句。「就算妳不說，家裡一鬧總要到我耳朵裡。」

譚嬤嬤看了看琳怡，然後躬身道：「不知道大太太從哪裡找的婆子，買了求子藥。」

琳怡藉口去端茶，穿著鞋出了門。

譚嬤嬤這才道：「是用紅糖、紫河車……剛成形落下來的男胎，熬成膏子……」

小蕭氏聽到這裡，臉色蒼白得如同一張白紙般，彎腰對著痰盂就吐起來。想及自己也曾要不擇手段地求子，幸好被長房老太太攔住了。

小蕭氏漱了口，問譚嬤嬤。「家裡的人都知道了？」

譚嬤嬤道：「二老太太大發雷霆，說大太太瘋魔了。」

就算求子也不能吃那種東西，讓外面人知曉了可是醜事一件。「二老太太讓家人去捉那賣求子藥的婆子，正好遇見不知哪家的女眷上門求藥，那婆子居然將大太太的事說出來，還說大太太吃了這藥，已經有了身孕，這下子要鬧得滿京城都知曉了。大太太說開始她也不知道是什麼，以為是鹿胎膏，可是家人去了那婆子處，看到水桶裡放著……正準備熬呢。」

小蕭氏更覺得酸氣上撞，勉強才忍住了。阿彌陀佛，真是老天保佑，她差點也吃了這些東西。

弄清楚來龍去脈，琳怡才知道原來二太太田氏算計的是這個。田氏身上有了孕，大太太董氏和蕭氏都著了急，開始各自私下裡打聽助孕的藥方，若是長房老太太沒請來正經的女醫，蕭氏八成要和大太太董氏一樣去尋秘方。

這不擇手段的求子，傳到外面去，深究起來，那來路不明的男胎是從哪裡來的？就算想方設法撇開干係，名聲也壞了。

悲天憫人的女菩薩，真是殺人不見血。

陳允遠簽好了文書，長房老太太讓人看了好日子，讓陳允遠一家搬進長房。

待到陳允遠帶著妻兒正式給長房老太太磕了頭，就算是正式過繼了。
長房老太太將東園子的跨院給了陳允遠和蕭氏住，衡哥住在旁邊的側院裡，琳怡就住在之前來長房住的院子。陳允遠和蕭氏帶回京的下人不多，長房老太太吩咐管事嬤嬤向牙婆子買了些下人來讓蕭氏選。
蕭氏養胎之餘，選了三個丫頭進屋，管事的嬤嬤則用了世僕。這樣忙碌下來，一晃就是六、七日。蕭氏在長房是越住越舒坦，在家休養的陳允遠卻開始有些閒不住了，正準備要四處問問消息，朝廷升遷的明旨來了，陳允遠補了吏部貴外郎，去的是文選清吏司。聖旨一下，即刻上任。
長房老太太道：「能去吏部是朝廷信任你，不過這可不比在旁處，定要少說話，你那倔脾氣也該收斂收斂。」
陳允遠低聲稱是。「母親放心吧，兒子不敢亂來。」
陳允遠去衙門裡報到，長房老太太跟琳怡嘆氣。「本來我想著去禮部最好，誰知道卻去了吏部，真是前程不好讓人擔憂，前程好了也讓人放心不下。」要知道吏部是六部之首，裡面的官員都是從司官慢慢熬上來的，如今老三進去就任員外郎，離堂官只有一步之遙。
陳允遠將去上任，長房老太太讓白嬤嬤包了禮物，讓陳允遠去袁家拜會袁老爺。袁老爺能做到學士，自然熟知京裡官吏之間的各種關係，經過袁老爺的指點，陳允遠小心翼翼地去上任了。
福建的戰事未平，朝廷仍舊是不安穩，長房老太太帶著琳怡去鄭家作客，鄭老夫人熱絡地將陳家長房老太太迎進屋內。「聽說進了文選清吏司，那可是一等一的好差事，將來選去福建的官員，誰能比三老爺更清楚？」

長房老太太道：「還不知道這一仗要打到什麼時候，再說不過是員外郎，只是從旁做些輔助罷了。」

鄭老夫人笑意濃濃。「要想晉升，去吏部那是最快的了。」

長房老太太喝些茶，然後嘆氣。「老三為人耿直，我就怕他應付不過來。」

鄭老夫人眼角的笑紋更深了。「別在我面前愁眉苦臉，妳現在兒孫滿堂，不知道心裡有多得意，如今只怕是喜鵲整日都在妳頭上叫了。」

琳怡坐在長房老太太身邊聽兩位老祖宗話家常，不一會兒工夫就被鄭七小姐拉到一旁，兩個人走到門口處，鄭老夫人正好說到康郡王。「真是年少有為，要不是成國公靠著幾艘大船，早就被綁縛送進京了。」

周十九這份功勞讓人看著眼紅，但是能拿到手卻不容易。

鄭七小姐拉著琳怡到了清靜的花房坐下，這才試探著問琳怡。「怎麼這段日子也不給我回信？」

說到這個，琳怡板起臉。

鄭七小姐心裡發虛，慌起來。「妳也別氣，我是想將福建的消息傳給妳知曉，乾脆就……妳去了通州，我又沒法子告訴旁人，只得寫信，我想在信裡寫清楚，卻怕妳那個祖母或是二伯母什麼的瞧了反而不好，就將字條黏在信封內裡不容易被人察覺。」這是真心話，兩次接到消息都只是隻言片語，她是生怕傳遞不當，畢竟陳六小姐的父親還在大牢裡呢。

「那天十九叔讓人捎回消息，祖父、祖母才知曉福建那邊的形勢比想的要緊張，我聽祖母和母親說，若是福建那邊不順利，祖父也要致仕了，一家人就要回老家避避，母親便急著帶我進宮去見太后，我這樣跟著一忙，就沒想周全。」早知道她就空手抄一份再放進去，那封信送出去之後，她就後悔了。她一心想要幫忙，沒想到男女之防上面。

那字條上也確實沒有旁的話，只是這樣送到她手上總是不妥，她卻又不能向長房老太太說，否則鄭七小姐難免要因此受罰。

大難臨頭，大家都是想方設法自保，鄭七小姐還惦記著她已是不易了。平心而論，那封信讓她踏實了不少日子。

鄭七小姐拉起琳怡的手。「下次絕不這樣了。」

鄭七小姐一心為她，她也著實氣不起來。「下次……」

鄭七小姐吐吐舌頭。「真沒下次了。」

鄭七小姐拉著琳怡說話，鄭老夫人向長房老太太說起二老太太董氏娘家的事。「這次董家是少不了大功一件，妳心裡也要有個數。」

長房老太太頷首，這是避免不了的。

鄭老夫人道：「妳可知道是誰舉薦董家的？」

這一點，長房老太太只是隱約聽到傳聞，卻不是十分清楚。

鄭老夫人目光閃爍。「林家沒少上下打點，妳沒看上林家這門親事，董家人可看在眼裡，」說到這裡頓了頓。「成國公倒下之後，林家子弟必然回朝廷任職，眼見就到了春闈，林家的後生若是連中三元，定會被選入翰林院，說不得還會進南書房。妳別忘了，林家祖宗就是近君側才發跡的，現在文士以進南書房為榮，林家好不容易有了出挑的後代，自然會這般打算。」

經過這件事，許多人家的情形都會大不同了。

第一百零二章

朝堂上的事和家宅中的也差不多，不是西風壓倒東風，就是東風壓倒西風。這次老三能得朝廷重用，旁人自然也能受器重。

陳老太太冷哼一聲。「如今老三已經過繼到長房，董氏那邊，她走她的陽關道，我們過我們的獨木橋……」

鄭老夫人笑道：「氣話不是，誰教你們家還有沒復的爵位，妳不想爭可管不住別人。」

陳老太太提起爵位，不免橫了鄭老夫人一眼。「莫不是妳有什麼好主意？」

「誰能比妳心裡更明白，」鄭老夫人將眼前的黑棗子遞給陳老太太吃。「要不然妳再想想林家的親事。」除掉了成國公一黨，朝廷政局眼見就要變了，林家也是今非昔比，算是門好親事。

陳老太太道：「談不攏的婚事何必再去費精神。」林家後生品行如此，就算將來封侯拜相，她也不稀罕。

鄭老夫人笑著道：「我可是給妳提個醒，如今三小姐、四小姐都到了婚配的年紀，妳就不怕她們結了好姻親。老三一家雖有妳護著，可是終究雙拳難敵四手啊。」

這件事她不是沒想過。她不想賣兒賣女去結親，卻有人能不擇手段往上爬。陳老太太眼前浮現琳怡的笑臉，嘆了口氣。

鄭老夫人喝了口茶。「前段日子，齊二太太上門向我們家求要化州府的橘紅，我才知道原來齊家後生病得不輕，若是這病能好了，說不得春闈倒是能取得好名次，將來也會有個好前程。」

她的心思，從小玩到大的鄭老夫人自然能察覺到，齊家後生是好，只是齊家三番兩次的試探讓她不耐煩。

看到陳老太太沒有向從前一樣接過話茬兒來說，鄭老夫人微一低頭。「怎麼了？可是出了什麼岔子？」

陳老太太不願意將話說得太詳細。「六丫頭年紀還小，三丫頭、四丫頭還沒嫁，不妨再等等。」

鄭老夫人頷首，似是忽然想到了什麼。「宗室男子訂親都早，六小姐年紀正好合適。」

陳老太太眉頭一皺。「妳是說……」

鄭老夫人笑了。「康郡王啊，能不能配得妳家六丫頭？」說著頓了頓。「我知道勛貴之家向來不願意和宗室結親，大多嫌棄的是宗室子弟空有爵位、遊手好閒，可是康郡王妳也瞧見了，日後的前程必定是錯不了的。」

陳老太太沒料到鄭老夫人會和她提起康郡王，怔了怔，屋子裡一下子靜下來。

鄭老夫人耐心地看著陳老太太的神情。

陳老太太半晌道：「不是說康郡王與寧平侯五小姐要過明路了？」

這是揣著明白裝糊塗。鄭老夫人道：「若不是這婚事吹了，妳家二房的二太太田氏能和康郡王的嬸娘走動得那般近了？」

看來二太太田氏真是想要攀上康郡王，否則這事怎麼都傳到了鄭家來？陳老太太思量了片刻。「這可不是我們亂說的，康郡王立了功回來，不知道多少人想要攀這門親呢。」

鄭老夫人笑道：「哪家好女兒不是人人爭著娶，哪家好兒郎不是人人爭著嫁？當年我和老爺的婚事一早就口頭訂下了，我二嬸卻還來挖牆角，當時妳怎麼勸我的？妳說不爭不搶不是好親事，怎麼到妳這裡就變了章程。」

陳老太太想想從前，目光一遠，笑起來。「說起來就像是昨天的事，不知不覺地，我們都老了。」

晚上吃了宴席，惠和郡主讓人拿了石榴給鄭七小姐和琳怡吃。丫鬟拿著小巧的銀勺將晶瑩剔透的石榴籽一個個撥進碗裡。

鄭七小姐拉著琳怡去內室裡坐下說閒話。

「過幾日母親要帶我去清華寺上香呢，妳也一起跟著去吧！」

琳怡道：「眼見就要過年了，外面冷得很，怎麼這時候去上香？」過幾日寺裡就會有人上門取年疏，自然就會送些寓意吉祥的玩意兒。

鄭七小姐鼓著臉。「母親說最近諸事不順，哥哥要參加春闈了，去去晦氣。」

哪裡來的晦氣，未免太言重了些。

看琳怡不信，鄭七小姐道：「是真的，母親好不容易給哥哥相看的婚事，沒想到卻八字不合，請來的陰陽先生說硬要做親，不是刑人就是傷財。我母親卻看上了人家的小姐，這樣一來心裡捨不得，妳沒瞧見如今嘴上的水泡還在呢。母親說，這次錯過了，日後不知道還能不能尋到這樣好的閨秀來。」

究竟是哪家的小姐讓惠和郡主這樣喜歡？琳怡道：「是哪家的閨秀？」

鄭七小姐想也沒想。「就是周娘。」

琳怡聽得這話一怔。國姓爺家的周二小姐。惠和郡主不是說給周十九的嗎？怎麼反倒是……琳怡想到惠和郡主和周琅嬛的母親周大太太宴會上目光閃爍的模樣，那時候是她理解錯了？惠和郡主不是給周十九說親，而是相看兒媳婦。

鄭七小姐道：「母親本來氣不過寧平侯家，要給十九叔再尋一門親事，十九叔不肯要，母親想到哥哥的年紀差不多了，也該說親了，這才給哥哥張羅起來。」

鄭七小姐說完話，見琳怡半低著頭恍若未聞。「在想什麼？」

琳怡這才回過神。「沒什麼。」前世經歷的事一件件都變了，周十九的婚事和前世不一樣也不足為奇。「周二小姐性子好，怪不得郡主會喜歡。」周二小姐是正統的大家閨秀。

鄭七小姐撇撇嘴。「我可不想有那樣的嫂子。」

琳怡笑起來。是啊，有那樣的賢良淑德的女子比著，鄭七小姐也要收起好玩的性子。

送走了陳老太太和陳六小姐，鄭老夫人靠著貴妃榻上歇著。

惠和郡主遣走了屋裡的人，坐在錦杌上和鄭老夫人說話。「娘，您看能不能成？」

鄭老夫人閉合著眼睛，搖搖頭。「妳要是想做這個媒人，恐怕不容易，能推就推了吧！

我那老妹妹對孫女寶貝得緊，康郡王是叔叔、嬸嬸撫養長大，光憑這一點，郡王妃不好做。」宗室之間關係雜亂，想做主母不容易，陳老太太又不是想要一心攀高，求的不同，別人眼中的好婚事，她不一定願意。

從鄭家回來之後，琳怡總覺得老太太有什麼話要跟她說，可是每次都是欲言又止。

不幾日，齊二太太帶著兩位小姐來看蕭氏，還送了幅童子圖，幾個人看圖的時候，將琳怡幾個支了出門。

琳怡無意中聽婆子說起過，這時候送的圖，上面畫著的是穿肚兜光屁股的小童子，寓意能一舉得男。

「我哥哥的咳嗽好多了，」齊三小姐不加遮掩。「母親讓我們姊妹將方子記住，日後有用時再拿出來，不過不要外傳。」

姻語秋先生雖然不大見人，可是但凡有人求問琳怡要些方子，姻語秋先生都不阻止，有時候還會幫琳怡參詳參詳。其實姻家人都喜歡安靜，所以交往的人不多，才讓人覺得性子孤僻。

齊三小姐道：「京裡就沒有那麼好的女先生，還是妳有福氣。」

要說這個，琳怡就要臉紅，她可不是一個好學生，換作旁人恐怕早就能給旁人開方治病了，哪像她就會做些藥膳罷了。「我從先生那裡抄了些古籍上的方子，妳若是喜歡就借給妳看。」

齊三小姐聽了歡喜。「那自然是好了。」

經過了上次藥方的風波，齊家兩位小姐和琳怡倒是更親近。齊三小姐更是想開了，不管陳六小姐能不能做她的嫂子，這個手帕交她是結定了。

「海七小姐訂親了，」齊三小姐道。「聽說對方還是宗室，這個月下定，明年開春就要嫁過去。」

動作這麼快，海御史定是為了自保，找了個靠山。

「海七小姐嫁妝定是少不了的，」齊三小姐說著笑起來。「海七小姐眼高於頂，就因為家裡有錢，這下好了，如今她嫁了人，錢也跟著一起嫁過去。」

這話的意思，這門親事是買來的。

玲瓏給齊五小姐換了手爐，齊五小姐跟著姊姊笑。「這下妹妹出去宴席再也不會遇到海七小姐了。」

說到這個，齊三小姐沈默下來，五小姐和姊姊對視，臉上也有幾分黯然。

齊三小姐也到了出嫁的年紀，嫁了人，姊妹再也不能朝夕相處，到了婆家就要處處小心，要哄著公婆高興，不僅要侍候夫君，還要想法子早生子嗣。

琳怡笑著道：「我醃漬的梅果如今好了，我讓人生了炭火，我們自己來煮梅子茶喝。」說著吩咐胡桃。「去廚房裡拿一盤我新做的茯苓餅來。」

齊家小姐走的時候帶上了一罐青梅，一盒茯苓餅，一盒豌豆黃。齊二太太看著精細的糕點，也要讚嘆。「陳六小姐性子真是豁達。」

自從上次在齊家作客之後，陳六小姐很少在她面前露面，卻還和兩個女兒如從前般來往，做事不卑不亢，自有一分大氣。

「等春闈過後，我再跟妳們父親提提，」齊二太太道。「就怕到時候陳家看不上我們家了。」

第一百零三章

齊三小姐回到家裡，看著哥哥吃了蜜膏子，親手送去一碗藥。

齊二喝了一口，微皺眉頭。剛吃過蜜，藥就格外地苦。

齊三小姐和齊五小姐笑道：「瞧瞧，咱們家大才子的嘴也被養刁了，日後看到黑漆漆的藥恐怕都吃不下去了。」

齊五小姐拉起齊三小姐。「還是讓哥哥讀書吧，一會兒被父親知曉我們又要挨罵了。」

齊三小姐將從陳家拿來的糕點擺在旁邊的小案几上。「父親說得好，只差這幾個月就要進貢院，這時候誰打擾哥哥讀書可是大罪過。」

看到齊二臉上露出無可奈何的表情。

齊三小姐吐吐舌頭，拉起齊五小姐出了門。

關上屋門，炭火燒得正旺，齊二站起身走到炭籠前烤手，眼睛不由自主地看向案几，白瓷盤裡的糕點看著軟糯適口，眼前不由得浮起那個笑容溫暖的陳六小姐，靜謐的時候讓人覺得清暇雅致。

掌炙熱，齊二才發覺手觸到了炭籠，不由得收手，這樣一驚，嗓子癢起來咳嗽幾聲。

外面的丫鬟聽到動靜，忙將手裡的針線放下低聲問：「二爺，是不是屋裡的炭籠太熱？」

齊二收斂袍袖，重新走到書桌前提起筆，板起臉又咳嗽一聲，聲音沈靜。「沒事。」

外面傳來離開的腳步聲，齊二鬆口氣，手一顫，筆尖上的墨滴落下來，髒了衣襟。

琳怡和玲瓏分了線，要繡頂梅花帳子送給琳霜。長房老太太的意思是過年之後帶著全家回族裡。

「再有三兩日，帳子也就繡好了，」橘紅進屋邊看邊笑著道。「這梅花像真的一樣，彷佛一搖晃就有香氣似的。」

玲瓏道：「那還用說，要不然四小姐千方百計要抓我們小姐幫她繡荷包，好在勛貴、宗室女眷面前長臉呢。」

福建那邊頻頻告捷，陳允周走的時候任的前鋒參領，回來之後定然升官，二太太田氏和琳芳在京畿女眷中就更加受歡迎。

玲瓏道：「真正立功的還不是老爺，我們家太太、小姐也沒像那般招搖。」

這就是做官了，有人能四兩撥千斤，父親是實打實的辛苦，一不小心還要豁上一條性命，這是不能比的，父親的性子只要無愧於心就能睡得安穩。

琳怡放下針線，去老太太房裡陪老太太吃飯。

祖孫兩個吃過飯，開始張羅府裡過年的事。長房老太太將過禮的單子整理出來讓琳怡看，這些就全是長房這麼多年攢下的關係。

送禮和收禮是同時進行的，長房老太太讓琳怡寫下往來的禮單，到了晚上，祖孫兩個在燈下指著名單一個個地細說。

大家忙著籌備過年的當口，京裡和成國公黨羽有關的斬首上演了好幾場，可見皇上對成國公的深惡痛絕，海御史家小姐沒來得及等到開春就抬去了夫家，可還是沒有買到海御史的性命，海御史等人噴下一腔熱血之後，京裡總算慢慢安靜下來。

朝廷有意召袁老爺官復原職，袁老爺以身體老邁、力不能支為藉口請辭，皇帝一再挽留，成全了君臣之禮，最終准了袁老爺所請，讓陳琳嬌的夫君袁二爺補了正七品內閣典籍。

袁家的慶賀宴剛剛擺完，陳琳嬌順利生下了個大胖小子，過了年十五，袁家擺滿月酒，陳家作為姻親浩浩蕩蕩去了袁家。

「人家都說我們家是大難不死必有後福。」陳琳嬌笑著向陳老太太道。「其實我知道，要不是祖母幫襯，」說完又看著琳怡。「六妹妹幫忙，哪裡有我們的今日。」

琳怡彎腰看著搖車裡的小寶寶，紅紅的臉蛋睡得正熟，乳娘輕手輕腳給他換包布的時候，他才掙扎著哭起來，那聲音十分洪亮。

琳怡試著伸出手去逗他，那小得可憐的手一張一合抓住了琳怡的手指。那麼小的手，卻很有力氣。

陳老太太低聲道：「皇上要召回袁學士，袁學士怎麼請辭了？」

陳琳嬌扶扶頭上的護額，讓身邊的丫鬟退下去，這才低聲道：「公爹說經過了這件事，君臣之間已經有了隔閡，就算再回去也不一定會落得善終，不如乘機幫二爺爭個前程。」

原來是這樣。到底還是老奸巨猾，懂得怎麼算計進退，這樣既保全了名分，又為自己兒子鋪好了官路。

陳琳嬌說完話，看了看搖車裡的兒子。「我聽公爹說，找個機會要尋幾個人想辦法進言復我們家的爵位，不過這也要看時機，現在南書房行走的近臣，皇上最信任的就是安道成，那是和林家有淵源的，要請到他就要讓林家遞話。可是這安道成好像……」

安道成向皇上進言啟用陳二老太太董氏娘家，顯然是和林家站在了二老太太董氏那邊，怎麼也不可能幫父親的。

陳老太太沈吟片刻。「這種機會可遇不可求，還是等一等，不著急。」

陳琳嬌點頭，要有十足把握才好，免得給他人做了嫁衣。

小同哥哭起來要吃奶，陳老太太和琳怡就回去堂屋和眾女眷說話。

小蕭氏坐在軟椅上，雖然冬天穿的衣服多，還看不出肚子，但是大家早已經知曉，趁著這會兒都去賀喜，袁大太太更是將小同哥穿過的肚兜送給了小蕭氏。

小蕭氏笑得臉頰通紅。

這會兒工夫，只聽小丫鬟道：「林大太太來了。」

大家轉頭看過去，穿著杏紅小襖，披著石青刻絲灰鼠披風，抱著手爐的林大太太笑著走進門。

女眷們見了禮，袁大太太道：「妳家青哥就要進貢院了，我就捎信讓妳別來，免得誤了正經事。」

林大太太頗為自信地笑了。「都安排好了，青哥這些日子天天去書院請教博士，早出晚歸的，我就算在家也不能幫襯什麼。」

說到這裡，許多人露出羨慕的神情。科舉之事，林大太太有本錢驕傲，前世琳怡嫁給林正青時，林正青就考中了同進士。

琳怡端了小蓋盅給小蕭氏，小蕭氏拿過來喝了些，紅棗、枸杞、薑沏茶，喝到肚子裡暖和舒服。小蕭氏懷了孕後總愛噁心，喝了這個倒是好多了。

林大太太看著小蕭氏梳著圓髻，臉色紅潤泛著桃紅色的模樣，揚起嘴角看著小蕭氏。「家裡的二爺要考鄉試了吧？」

衡哥最近課業比從前進益多了，是該參加鄉試。小蕭氏頷首。「可不是。」然後頗為不自然地沈下眼睛去看長長的手指甲，這樣僵硬的動作讓女眷們都看出端倪來，林大太太恨不得在琳怡臉上燒出兩個洞。

琳怡半低著頭。參加鄉試要有廩生推薦，廩生是鄉試、府試頭名才能當得的，林正青就是難求的廩生之一。林大太太是想要壓小蕭氏一頭，不過年年都有鄉、府試，廩生再少，也不至於差林正青這頭大蒜。

小蕭氏就算再沒有脾性，只要想到那日林家打聽出琳怡小名作文章，就不想多加理睬林大太太。

小蕭氏不擅言辭的性子，倒是給林大太太當頭一棒。看著林大太太五彩斑斕的表情，琳怡心裡悄悄地笑。

屋子裡果然靜謐下來，女眷們都在喝茶、整理手帕。

林大太太硬硬地咳嗽一聲，陳大太太董氏笑著開口。「我娘家有一個哥兒，正好要到了參加鄉試的年紀，您家大爺是廩生，還想求您家裡的大爺寫封舉薦信。」

林大太太這才鬆開眉毛，和陳大太太董氏心有靈犀地相視一笑。「您開了口還有什麼好說的，我回去就讓青哥寫了。」

林大太太說完話笑著看琳婉，琳婉對上林大太太的目光，臉頰微紅。

林大太太道：「陳三小姐是越來越漂亮了，那眉眼精緻得就像畫上畫的。」

陳大太太董氏側頭看女兒。「讓您見笑了。」

眾人從這隻言片語中已經聽出端倪，只是想到林家開始屬意的是陳六小姐，目光就在琳怡臉上徘徊，琳怡還是表情依舊，大家才失去了探尋的興趣。

想來想去，琳婉就是前世林正青嘴裡說的那個賢良淑德的陳氏女吧，這世她遠遠地躲開，瞧著林正青和琳婉兩個如何順利地結成連理。

長輩們說話，小姐們去花房裡看皮影戲。

這次演的皮影戲，琳怡沒有看過，講的是一門郎才女貌的好親事，被當地惡霸活活攪散，最終縣太爺作主發落了惡霸，仍舊是男娶女嫁兩家歡喜。

琳怡正看到惡霸被打了板子，琳芳就湊過來道：「六妹妹妳知不知道，三姊姊要說給林大爺了。」

琳怡嗯了一聲，仍舊看皮影戲。

琳芳皺起眉頭。「我看他們是早有謀劃，否則怎麼會這樣突然就到了這一步……林大爺那是狀元之才，不知道多少人想攀這門親事，大伯母卻不聲不響就算計到手。大伯母之前對妳好，那是為了討長房老太太歡心，妳怎麼還像沒事人似的？」

那她要怎麼做？琳怡轉臉看向琳芳。「四姊姊是不是也想要這門親事？要不然四姊姊怎麼會這般上心？」

琳芳聽得這話，臉一紅，隨即瞪圓了眼睛。「妳真是不識好人心，我是為妳抱屈罷了！我怎麼會看上林大爺……我……」

第一百零四章

琳怡知道琳芳想說什麼。

琳芳想說她如今攀上了宗室，想要嫁給康郡王，林家早就不在她眼裡。

「好了四姊，」琳怡銜著皮影戲努努嘴。「還是坐下來看戲吧！」好不容易新年清靜幾日，何必庸人自擾。

琳芳冷笑。「誰像妳，沒心沒肺。」說著甩甩手裡的絹子。

琳芳在琳怡這邊沒討好，想要和她說話的女眷卻不少，將琳芳拉過去問東問西。琳芳這一身蜀錦襖裙繡著金魚邊，袖口攏著金線，這樣的手藝，尋常成衣匠是做不出來的，頭上戴的紗花層層疊疊，隨著動作顫顫巍巍就像真的一樣，腳下穿的是瓔珞玉底鞋，走起路來發出清脆的聲響，從頭到腳每樣東西都不尋常。

「是周夫人送我的。」琳芳紅著臉道。

「周夫人？哪位周夫人？」

琳芳開始不肯說，後來才遮遮掩掩。「康郡王的嬸娘。」

小姐們眨眨眼睛，抿抿嘴唇，更加羨慕起來。

袁家人明顯待琳怡更好，旁邊的丫鬟搶著和玲瓏、橘紅兩個伺候琳怡，一場皮影戲演完，琳怡意猶未盡，旁邊的管事婆婆忙將戲摺子送到琳怡手裡，笑咪咪地道：「太太說了，讓小姐們點喜歡看的呢。」

琳怡和袁家小姐點戲，大家說說笑笑，袁家小姐都覺得陳家六小姐和氣好相處，幾個人點了兩場熱熱鬧鬧的戲，琳芳湊過來看一眼，就嘟著嘴。「一看是六妹妹點的戲，這樣打打殺殺有什麼意思，粗俗得很。」

琳怡在人前要堵住琳芳的嘴，將戲單送到琳芳眼底下。「那四姊姊點兩齣妳愛看的吧！」

琳芳點的戲著實沒有意思，台下小姐們聊天的聲音比影幕後的聲音還大，琳芳開始還裝作聽得津津有味，後來也放棄了，和大家一起出去看煙火。

因怕驚嚇到琳嬌生下的小寶寶，袁家準備的煙火並不多，下人來報說放完了，大家正要回去花廳，袁大太太聽了管事婆子的傳話，笑著看幾位老太太。「家裡準備了不少煙火，咱們再看一些。」

陳二老太太道：「這……不好吧，別驚了孩子。」

袁大太太眉眼裡淌著無盡的笑意。「就算我們家不放，一會兒工夫京裡就會煙火四起，既然如此，我們家倒不如跟著一起應個景。」

在座的老太太略微思量袁大太太的話，立即明白過來。

陳老太太手一攥，佛珠到了手心。「難不成福建的戰事平了？」

「……成國公勾結海盜、倭寇和當地巨富，今天衙門裡還議論不知道要耗多久。福建臨海，海上有不少島嶼都是海盜落腳之地，成國公若是逃去了那邊，怎麼也不可能捉回來了，」陳允遠說著捋起下顎的美鬚。「要不是成國公被就地正法，這場仗還有得打。」

琳怡抬起頭看外面。年都快過去了，現在才真正熱鬧起來。整個京城都在為康郡王凱旋慶賀，這些煙火其實是為平叛大軍而放。這時候琳怡也不得不讚嘆，周十九真是很厲害。

「做成了這件事，日後我就別無所求了。」陳允遠難得地讓小蕭氏準備了些酒菜，在兒女面前獨酌。

小蕭氏滿臉笑容。「看老爺說的。」

「妳懂得什麼，」陳允遠將衡哥叫到旁邊坐下。「修得文武藝，賣與帝王家，妳知道一年裡有多少人入仕？又有多少人想要做件為國為民的大事，男人沒有這點抱負，怎麼能十年寒窗苦讀，不是任何人都能有這樣的機會。當時我在牢裡就想了清楚，只要最終成國公被扳倒，我就算死了也不虧。這樣的奸臣，死了一個能救多少福建百姓。」

小蕭氏停下手裡的針線，望著燈下的夫君，琳怡也坐在一旁看桌子上一盤盤小菜。

不能說父親的看法不對，人與人不會完全一樣。有人一心想要得利，有人只想著實現心中的抱負，要不然父親也不會在福寧苦這麼多年，不過最重要的是要保住自己的性命，不能在官場上進退自如，真的是很危險。

「人不能太貪心，以後我就不求別的了，」陳允遠給衡哥挾了一塊粉蒸肉。「咱們家就要看你的了。」

周家，周夫人捧著手爐，拿著掐絲捏翠的小夾子，撥弄手爐裡的炭塊。「這麼說，澈兒要回來了。」

申嬤嬤道：「可不是，外面都傳郡王爺神武呢。一開始大家以為取下成國公首級的是哪位勛貴子弟，卻沒想到就是郡王爺本人。」

周夫人微抬眼睛。要說他年少氣盛還是膽子大，竟然敢和旁人一樣衝鋒陷陣，萬一有了閃失，他就不怕福建的事功虧一簣？鎮壓叛軍的功勞已經不小了，他還要冒險爭更大的功勞，凡事他都是有算計，這次又有了什麼安排……

周夫人動動慈母的口唇，半埋怨半心疼。「真是胡鬧，出了差池可如何是好。」

申嬤嬤隨著周夫人的意思。「就是說，奴婢聽了也嚇一跳，都不知曉咱們郡王爺還會武功呢。」

這也不新鮮，養他那麼多年，她也是近兩年才知曉他會騎射，而且在勛貴子弟中無人能敵，否則也不會在圍獵中被皇上發現。

周夫人慢慢道：「讓人將庫裡的煙火都拿出來放，咱們家的喜事總不能讓旁人壓了下去。」

申嬤嬤彎起嘴角。「夫人放心，奴婢已經去安排了。」

周夫人點點頭。

不一會兒工夫，周家的煙火四起，周夫人讓申嬤嬤扶著去門口看煙花。

鶴氅壓在身上，周夫人慢慢動著溫軟的手指，好似不經意。「妳說，郡王爺立了這麼大的功勞，我要去宮裡求些什麼恩典呢？」
申嬤嬤躬身笑起來。「夫人去給幾位爺求個差事？」
周夫人搖搖頭。「郡王爺年紀不小了，可還沒有正經的府邸。」家裡的園子不小，可是二爺、三爺相繼成親就顯得侷促了許多。不過要賜府邸，應該有個說法。
「澈兒立了大功又到了要成親的年紀，若是皇上能賜婚，那是最好不過的。」周夫人說著回到房裡。
申嬤嬤目光閃爍。「太太是看好了哪家的小姐？」
周夫人笑容溫和。不管是誰，定不是他心裡想的那一個。「我也是為了澈兒好，至少要尋個賢良淑德的媳婦，將來媳婦娘家有所依靠，澈兒前程也好更順利些。」
戰亂過後，就是恩威並濟。成國公一黨浩浩蕩蕩進京，一起趕赴法場，在黃泉路上結伴而行。
陳允周雖然掛了彩，還是平安地回到家裡，二老太太董氏抱著兒子又是歡喜又掉眼淚，直說是祖宗保佑。一起進京的還有二老太太董氏的娘家人。
大軍凱旋之後，由統兵主帥上奏官兵勞苦情形，以分軍功，京裡因此進入了一輪宴席高峰。
獎賞功臣，如今是武將占了重頭戲。

「去了福建的嚴大人做了總督。」陳允遠伺候陳老太太喝茶。

陳老太太點點頭。「你有什麼想法？」

「兒子現在吏部已是祖宗保佑，別的也就不求了。」陳允遠語調平平不見波動，他向來不會爭搶功勞。

「也好，」陳老太太安慰陳允遠。「現如今你剛去吏部，還是做好差事要緊，別的可以暫且放一放。」

陳允遠頷首。沒想到二老太太董氏娘家因此一戰備受器重，傳言董氏的弟弟要提為副將。

「先看他們要怎麼折騰。」

陳允遠坐下來。「勛貴的爵位是軍功晉身，二哥在營裡立了大功，帶兵的參領已經遞了功牌上去。」

陳老太太沈下眼睛。「老二從戎前就已經安排好的，他說受傷，又沒有御醫來驗……軍功……就算他在後面吃喝，也照樣會有的。現在就怕你大哥那邊丟了名聲，董家人乾脆一起支持老二，到時候我們陳家的爵位復了，十有八九就落在老二身上。」

琳怡坐在旁邊聽著。大太太董氏應該不會隨便放棄，董家定會鬥上一陣子，不過就算這樣，目前看來爵位落在父親身上的可能性也不大。

陳允遠生怕陳老太太過勞累壞了身子。「母親為兒子已經思慮太重，現在看來，有些事也不能強求，還是順其自然吧！」

第一百零五章

好不容易盼到了大晴天，玲瓏讓丫鬟將箱籠裡的衣裙都拿來曬曬。琳怡陪著長房老太太去庫裡看有沒有用得著的東西，恰好這時候，大太太董氏來看長房老太太，大太太董氏喝了一杯茶，才等到長房老太太祖孫兩個從後面回來。

琳怡手裡捧著一隻鬥彩雞鳴富貴花瓶，小心翼翼地放在窗邊的長几。

大太太董氏餘光一掃便知這花瓶是前朝古物，目光一閃，卻不動聲色問起長房老太太身體。「不知道老太太身子最近怎麼樣了，可還舒坦？」

長房老太太笑道：「從前到了冬日都不出來見人，今年算是好多了。」

這話不虛，前兩年她見到長房老太太時，總覺得長房老太太時日無多了，今年卻和往年大不相同，長房老太太似是一下子活過來般。

大太太董氏道：「家裡也是十分熱鬧，我們老太太讓我來請長房老太太和三叔一家回去呢。」

自從二老太太董氏娘家弟弟來京之後，陳家二房門口就沒斷了車馬，就連陳家族裡的子弟也來求去川陝從戎。

大太太董氏捏著帕子。「斌哥明日也要回來了，要來給長房老太太請安。」說著頓了頓。「斌哥年紀不小了，最近宴席上不少人提起斌哥呢。」

大太太董氏是來報信的，二太太田氏要趁著這時候給兒子結親。

長房老太太垂下眼睛頷首。「斌哥在外求學有兩、三年了，是該回來京裡。」

「可不是。」大太太董氏眼角微澀。「已經到了奔前程的年紀。二弟妹好福氣，身上懷了身孕，二叔又立了大功，斌哥聽說在外面也闖出了些名堂，琳芳也是一女眾家求呢，真是讓人羨慕。」

好久沒有動靜的小蕭氏都已經懷孕，她吃了那麼多藥不但沒能得償心願，反而淪為了旁人笑柄，這樣的醜事出來，她一步也不想踏出家門，眼巴巴地看著二太太田氏每日帶著禮物四處奔忙。

大太太董氏坐了一會兒就離開，剛起身，就聽到外面丫鬟稟告。「三老爺回來了。」

大太太董氏一怔，見到陳允遠笑著道：「三叔怎麼回來了？聽二叔說，五王爺在新府邸上宴請功臣，二叔都已經過去了。」

今天下朝之後，眾人就在議論五王爺之事，五王爺定下了正妃和側妃，今年五月份就要成親，皇上為此賜下府邸，王府剛收拾完，五王爺就得了犒賞功臣的差事，正宴訂在後天，今日是小聚。

小聚赴宴的才是和五王爺更親近的臣子。

陳允遠道：「我當值，一會兒還要處理公文。」

大太太董氏一臉了然。「原來是這樣。」

小蕭氏和琳怡將大太太董氏送出門。

走到月亮門，衡哥下課回來，見到董氏，向董氏行禮。「大伯母。」

董氏眉眼飛揚。「快起來，」說著看向小蕭氏。「還沒過完年，天氣又這麼冷，虧妳捨得讓衡哥出去讀書，我看既然在京裡定下來，還不如請個西席就在家裡進學。」

小蕭氏伸手整理衡哥的衣襟。「不是我催著他去，是他自己吵著要去書院。」

衡哥邊笑邊呵手，大太太董氏將手裡的暖爐遞給衡哥。「快暖暖手，你母親還真下得了狠心，才多大的孩子，晚幾年再考童試能耽擱什麼，又不是只有一條科舉的路能走。」

衡哥推讓董氏的暖爐。「大伯母不用了。」

小蕭氏也道：「他一個男孩子還用不慣這些呢。」

大太太董氏目光一軟。「那就快進屋去吧，我這就上小車了。」

衡哥應了一聲，帶著書僮去給長房老太太請安。

話說到這裡，大太太董氏頗有深意地看了琳怡一眼。「衡哥是找了個好先生，齊家多少年就出博士，有齊二郎幫襯課業自然進益得快些。」

小蕭氏知曉大太太董氏的意思，也就含含糊糊。「都是親戚，也就託了他們的福。」

大太太董氏似笑非笑。「真正的親還在後面呢。」

琳怡假作神遊太虛，聽不見大太太董氏的打趣。

大太太董氏上了小車，車緩緩向前行，方嬤嬤隔著簾子低聲道：「看樣子長房老太太並不在意，許是真的為六小姐安排好了婚事。」

自然是安排好了。過年時，齊家就送給長房不少的禮物，最近兩家走得又十分頻繁，想必齊家是要等到齊二爺杏榜提名，就會說起親事。

方嬤嬤道：「真不知道長房老太太怎麼就看上了齊家，齊家不過就是出了幾個博士，遠遠不及林家啊。」

大太太董氏冷笑一聲。「妳以為林家能看上六小姐不成？林家之前沒落，就是因為不和武將之家往來。但凡文官出了事，除了幾個清流能出來說幾句話，別人全都縮起來求自保，林家吃過虧，就知道要賣乖。

「我父親要來京裡做官了，林家自然趕著來與我們聯姻。聽說三老爺不願意找武將做女婿，長房老太太再厲害，又能挑出個什麼花樣來？別看六小姐的婚事鬧得凶，到頭來定是竹籃打水一場空。」說著捏起帕子。「可恨的是二太太攀上了康郡王的嬸娘周夫人，我聽說這次斌哥的婚事就要請周夫人做保山。」

方嬤嬤驚訝地半晌說不出話來。那豈不是十分地風光……

大太太董氏一走，天上就飄起了雪花。

玲瓏幾個在炭籠裡加了銀霜炭，長房老太太和陳允遠說了會兒話，就讓人擺了晚飯。吃過飯，陳允遠考校衡哥的功課，衡哥對答如流，聽得長房老太太也露出了笑容。

陳允遠眼睛裡方有了些笑意，這次的題目他故意出得稍簡單些，好讓長房老太太聽著高興。

長房老太太笑著道：「我看這次的童試定能過了。」

衡哥聽到長房老太太的話忙躬身。「童試雖小，孫兒也不敢怠慢。」

長房老太太頷首，這孩子倒是有了出息。「齊家的哥兒又教你了？」

衡哥頷首。「今日裡書院裡不忙，齊家哥哥就給我講一些。齊家哥哥說了，下一次就要等到春闈之後。」

齊二郎待人真誠，自從拿了她的藥方，就時刻惦記著，只要遇到衡哥就是幫著講功課。

「好了，你們也累了回去歇著吧，我這裡有衡哥和六丫頭陪著就行了。」

陳允遠和小蕭氏起身行禮出去。

外面的婆子開始點廊下的燈籠，陳允遠看著飄蕩的燈籠穗子，嘆了口氣，小蕭氏抬起頭道：「今天天冷，老爺剛才又沒吃什麼，我讓人去準備些酒菜，讓梔子伺候老爺……」五王爺府上熱鬧，沒有人請老爺一起過去，老爺嘴上不說心裡也會不舒服。

小蕭氏懷了孕，就尋了個為人老實的丫鬟做通房。陳允遠皺起眉頭。「不用了，我還有公文沒看。」說著快行幾步，出了老太太的念慈堂。

夫妻兩個一前一後地走著，過了長廊，就看到管事的婆子疾行幾步過來。

婆子向陳允遠和小蕭氏行了禮。「門上來了一位客人，說是找老爺的。」

陳允遠皺起眉頭思量片刻卻沒個結果。「有沒有說是誰？」要是來拜見的應該不會這麼晚，再說也該有張拜帖。

那婆子道：「沒說，不過門房看著不像尋常人。」

那……陳允遠道：「先將人請進來。」

琳怡和衡哥兩個陪著長房老太太說了些話，長房老太太想起西邊的書房有幾本衡哥現在能用上的書，吩咐白嬤嬤讓人尋來。

衡哥從來沒去過西書房，就想跟著去瞧瞧。

長房老太太道：「白日裡你也沒空，現在過去看也使得，只是那邊沒有地龍要多穿氅衣，讓人撐著傘，拿上手爐才好。」

衡哥應下來，琳怡也想去看書，兩個人就都穿了氅衣，讓人提著燈籠往西園子去。兄妹兩個一路上說說笑笑。衡哥道：「齊家哥哥的咳疾還沒好全，隨身還帶著妳配的蜜膏子，咳嗽緊的時候吃一口，我聞著香香甜甜的，下次——」

衡哥的話忽然止住，緊接著腳也跟著停下來。

琳怡詫異地看了眼身邊的哥哥，然後轉過頭，看到了那個人長身玉立地站在樹下。

第一百零六章

他眉眼修長、目光鮮亮，穿著的青色長袍上已經積了雪，外面卻連件氅衣也沒穿，手上拎著一只酒罈，如同一個性子隨意的貴公子，鬢間落著的雪花映著他顯得有些疏懶、疲倦，筆挺的身姿又不乏英氣。

站在樹下，似是比雪還要耀眼。

「康郡王。」琳怡上前行禮。

衡哥緊接著也拜下去。

「起來吧，不必多禮。」

平日裡，在她面前都是公事公辦的腔調，旁邊多了人就變得平易近人起來。

衡哥道：「郡王爺怎麼來了？」語氣中很是熟絡的樣子。

這裡有什麼事是她不知道的嗎？哥哥幾時見過周十九？

周十九眼睛一抬，那目光正好落在琳怡臉上，笑容緩緩從嘴邊流淌而出。「從五王爺府出來，不知不覺就走到這裡。」

這樣的藉口……周十九側頭看陳六小姐。

那雙仔細揣摩他來意的眼睛倒是一怔。

她氣勢一弱，他的笑意便又深幾分，讓她覺得惱，卻不知道這惱意從何而來，只得微微皺起眉頭。

他還是第一次見她微蹙眉角，從前眼底的神色都是飄忽如霧氣，讓人看不清也捉不住。

周十九暢然一笑。

「郡王爺是來找家父的吧！」衡哥再次恭敬地道。

周十九收斂嘴邊的笑容。「聽門房說陳大人在家。」

話音剛落，不遠處，丫鬟提著燈籠匆匆迎過來，然後是陳允遠的聲音。「郡王爺——」

陳允遠上前，驚愕地看著康郡王身上的衣衫。「這可……怎麼好，怎麼連個氅衣也沒穿？」

周十九的聲音如流水般隨意灑脫。「過來的路上看到老翁賣猴兒酒，身上沒帶銀錢，就將氅衣換了猴兒酒。」

陳允遠驚訝，又打量康郡王連個小廝也沒帶。「這……我讓家人將郡王爺的氅衣拿回來。」

周十九阻止陳允遠。「已經讓小廝拿銀錢去贖，陳大人不必掛懷。」

陳允遠想到康郡王一路只穿了襖袍過來，伸手向前讓。「這邊就是暖閣，郡王爺移步過去。」轉頭囑咐小蕭氏。「快備些酒菜。」

家裡來了貴客，本來要歇下的下人又都忙碌起來，陳允遠沒想到康郡王會丟下五王爺的宴席，買了酒來陳家，心裡一高興，想起女兒的手藝，囑咐小蕭氏將琳怡做的小點心拿出來。小蕭氏送上了點心，又恐怕小桌酒席準備得不周到，讓給長房老太太做飯的廚娘想幾道好菜。

冬日裡新鮮的蔬菜不多，巧婦難為無米之炊，新鮮菜真不好尋，廚娘做了幾道家常爽口小菜，就惦記起琳怡屋裡裹了蜜的果仁，要了半碗果仁，又問琳怡能不能用一張曬好的荷葉，蒸好了荷葉，廚房乾脆包起了蜜圓。

陳允遠很少在家中宴客，小蕭氏也是難得伺候酒菜，忙了一陣子，剛拿出針線坐在外間，內間的陳允遠就揚聲頻頻叫篩酒，小蕭氏不禁心中驚訝。老爺怎麼這般孟浪，對面可是郡王爺啊，若是像第一次一樣喝醉酒可如何是好？可是當著康郡王面，她又不敢勸阻，只得讓廚房做幾碗解酒湯送去。

解酒湯喝下卻不頂用，陳允遠量淺幾杯酒下肚，臉已經紅起來，心情比往日也要愉快許多。

小蕭氏偷偷去瞧，怪不得老爺做不得武將，康郡王年紀不大，喝起酒來卻不含糊，舉杯一抿，酒即見底，老爺用盡力氣皺著眉頭才進半盅。小蕭氏立即想到衡哥過年時偷喝酒一節，唉呀，看來以後也不要管太嚴，適當喝些也是鍛鍊。

「陳大人可還記得上次我們一起喝酒時，大人幫我取了小字允直。」

聽得這話，陳允遠驚訝地張嘴，立即嗆了風，彎腰劇烈地咳嗽起來。

外面的小蕭氏也嚇了一跳，差點就發出聲音。

這……是什麼時候的事？

「陳大人說，《爾雅》裡寫過，允，誠也，信也。直，正見也。允直兩個字是極好的，」周十九微微一笑，黑緞般的長髮束在玉冠裡，深邃的眼眸沈靜如神湖，映著廊下的華燈。「那日我有些微醉，回去之後才發覺『允直』兩字不妥。」

小蕭氏只覺得鼻尖都出了冷汗。康郡王這樣一說她就想起來，老爺那日喝醉回府說過這樣的話。

也就是說這是真的。老爺真的醉得忘形，給康郡王取了小字。現在好了，康郡王酒醒之後就找上門來，小蕭氏胸口如翻江倒海般湧動。

陳允遠也酒醒了一半。「郡王爺說的是，大約是我一時糊塗，這小字……」

「允字和陳大人排行相同，我名諱中有元字，不如該做元直。」周十九斟酒給陳允遠。

「陳大人覺得可好？」眉角挑起一個上揚的弧度，嘴角卻抿著，讓人感覺到幾分威嚴。

小蕭氏攥緊了帕子。老爺竟然鬧出這種亂子來，好在康郡王不追究，只是改了一個字。

陳允遠腦子麻木，不假思索。「郡王爺覺得好，就好。」

周十九面容舒展。「那就這樣定下了。」

陳允遠拿起周十九遞來的酒杯喝了半口，這才發現自己已經汗透重襟。

在外面的小蕭氏也覺得心驚肉跳，從屋子裡出來，聞到涼涼的風，彷彿這才透過氣。

小蕭氏讓丫鬟打著燈，不自覺走到琳怡房裡，琳怡正靠在床邊看書。

小蕭氏胡亂說起來。「這仗打得不容易，我看著康郡王似是瘦了兩圈。」

在外面行軍打仗定是要風餐露宿。

小蕭氏道：「妳哥哥還是考科舉的好，將來做個文官總比武官要強許多。」

只要提起武官，小蕭氏就會和戰事、流血聯繫起來，所以這些年極是贊成衡哥讀書，將來好走科舉這條路。

小蕭氏讓琳怡早些睡了。「妳父親今晚恐怕是又要喝醉。」這樣的情形是勸也勸不住的，乾脆就放任自流。

怪不得很少沾酒的父親上次讓人攙扶著送回來。

小蕭氏慌張地要走，琳怡看看身邊的玲瓏，伸手拉住小蕭氏的手。「母親，您這是怎麼了？是不是身子不舒服，怎麼頭上都是汗？」

琳怡用帕子給小蕭氏擦汗。

小蕭氏支支吾吾。「大概是剛才走得急了。」

小蕭氏的心思最好猜，全都寫在臉上，不可能是沒事。琳怡道：「要不然讓人去請郎中給母親瞧瞧。」

小蕭氏攥起帕子，半晌才下定決心，抬起眼睛。「妳父親給康郡王取了小字。」

什麼?!琳怡怔愣了片刻，心裡突然咯噔一下。

小蕭氏說的小字該不是她想的那個，是授業恩師或長輩才能……

小蕭氏向琳怡點點頭。「是妳父親上次喝醉的時候亂說的，今天康郡王提起，妳父親都忘記了。取的小字允直，康郡王說不妥，要改成元直。妳說說現在康郡王是沒有責怪，可是萬一傳出去倒成了什麼，妳父親這是不敬宗室啊！」

蕭氏說了會兒話，這才憂心忡忡地走了。這樣一來，琳怡就沒了睡意，叫來玲瓏。「妳讓院子裡的婆子悄悄去聽聽那邊都說了些什麼，明日來告訴我知道。」

玲瓏應下來，琳怡這才安穩地躺在床上。現在成國公已除，父親對康郡王來講也再沒有什麼利用的價值，周十九鬧這一齣是為了什麼？

閉上眼睛，她依舊輾轉反側，終於迷迷糊糊睡著，夢到黑暗中伸出一隻大手緊緊攥住她的手腕，她怎麼也掙脫不掉，這樣手腳亂推亂踹就將自己踹醒了過來。

玲瓏端水進來嚇了一跳。「六小姐，您這是怎麼了？」

琳怡喘口氣，不過就是作了個惡夢。

玲瓏邊伺候梳洗邊道：「婆子來回話了，老爺和康郡王說了一晚上，不過都是些詩詞歌賦，老爺說到興起，將咱們在福寧的事說了些，還說到小姐調皮從鞦韆上摔下來的事。雜七雜八的，沒什麼要緊的話。」

真的是喝酒閒聊？周十九從來不做沒用的事。

琳怡抬起頭來。「昨晚康郡王沒走？」

「沒走，」玲瓏道。「老爺剛去睡，康郡王也才去廂房安歇。」

周十九這人的心思……看似表面上那麼簡單，其實難懂得很。

琳怡換好衣服，就要去陪著長房老太太吃飯。

祖孫兩個坐下來還沒說上幾句話，外面的婆子就送帖子來。「是族裡來人了，要見長房老太太。」

長房老太太將帖子打開，遞給琳怡看。

大房的三太太和琳霜要來京裡。琳怡抬起頭。「琳霜不是最近就要成親了嗎？」要出閣的小姐怎麼還能到處亂走？難不成是婚事出了問題？

第一百零七章

長房老太太吩咐白嬤嬤。「安排家人去接族裡的女眷。」

大房三太太李氏和琳霜坐船過來，應該在通州換車馬。

琳怡奉茶給長房老太太。

長房老太太嘆氣。「年初就這樣不安生。好好的一樁婚事，不知道又出了什麼差錯。」

「帖子已經送來，看樣子這兩日就能到京裡。大房三伯母和琳霜能來，就是一切都還有挽回的餘地，祖母先不要傷神，到時候再想辦法。」琳怡輕軟地勸說。

長房老太太覺得孫女說的十分有道理，若是就板上釘釘了，大房的人就不會過來求幫忙。

「但願沒有大事，否則，那邊鬧著爭爵位，家裡正是一團糟。」

琳怡笑道：「琳霜像是有福氣的。」這話也就是給長房老太太寬心。琳霜陪著大房三伯母一起來，這事定是小不了。

長房老太太讓琳怡扶著起身去吃了飯，然後祖孫倆坐在暖閣裡，琳怡慢慢說起昨晚小蕭氏提的事。

長房老太太抬起眼睛，轉佛珠的手指也停下來。「竟有這種事——」

琳怡頷首。

長房老太太皺著眉頭思量片刻。「六丫頭說實話，妳怎麼想？」

琳怡握緊手裡的茶杯。「看樣子不是要害父親，否則早就動手了，不會等到今日。若說攥住了父親把柄以圖後用……父親這些年在福寧，也就是知曉福建的事，成國公一倒，也身無長物，所以我不明白……」

琳怡小聲解釋。長房老太太忍不住嘴邊浮起笑意。「虧妳敢這樣說妳父親。」

長房老太太會心一笑，半晌又抬起頭看琳怡。「現在正是爭爵的時候，如果康郡王能站在妳父親這邊，我們勝算就大了許多。反之，如果被妳二伯先攀上了，我們恐怕連一點勝算都沒有了。」

琳怡沒有垂下頭也沒有閃躲，反而抬起頭對上長房老太太的眼睛。「祖母，除了父母、長輩，什麼人都靠不住，大伯爭得再凶，我們也不一定會輸。」

長房老太太仔細看著孫女，十四歲的女孩能想得這樣通透，著實不易。「妳有什麼好法子？」

琳怡靠在長房老太太身邊。「不管他們怎麼變，我們還是按照之前想的按部就班。」慢慢跟他們鬥。

長房老太太喝了口茶，白嬤嬤這時候進屋，走到老太太跟前低聲道：「六小姐猜得沒錯，二房的大老爺真的在外面偷著養了外室，」說到這裡頓了頓。「不過，那女人卻沒有生下子嗣，這樣就算鬧去二房也不會有太大波瀾……老太太，這件事是不是還要透露給二老爺一家？」

長房老太太緩緩思量，看一眼琳怡。

琳怡這才接過話。「看大伯母志在必得的樣子，大伯定是在外有子嗣。這次我們雖然沒有找到大伯的庶子，孫女覺得反而更好。沒有子嗣的外室，大伯母若是知曉，定會接進府放在眼底下。」這個外室，大伯母八成不知道。

大老爺如今是夫妻齊心，現在就看看兩個人之間是否真的毫無隔閡。

琳怡捧來暖爐放在長房老太太腳底。治病就要下猛藥，一心想要害她全家的人，她不會心慈手軟。

服侍長房老太太歇下，琳怡就要出門。

白嬤嬤忙拿了烤好的昭君套遞給玲瓏。「老太太特意吩咐讓六小姐別著涼，冬天最容易寒了身子。」

琳怡笑道：「謝謝白嬤嬤。」

「六小姐這樣就是要折煞奴婢了。」

琳怡穿戴好了出門，白嬤嬤轉身回到內室裡，炕上的老太太嘆口氣，白嬤嬤忙上前聽話。

「妳說六丫頭心裡怎麼想的？什麼事都能想透，唯有自個兒的婚事……」

白嬤嬤道：「奴婢瞧著也是著急。大約是六小姐自己有主意，您給提的齊二爺，六小姐不是就沒說什麼嗎？林家那門親事，六小姐也是說什麼也要拒了的。六小姐心裡還是有數。」

長房老太太半合著眼睛。「這點我瞧得出來。六丫頭就是想要找個踏實、本分的，日後平平安安……」

白嬤嬤笑道：「那就是了，這樣的人難不成還不好找？」

長房老太太聽得這話睜開眼睛，看向白嬤嬤。「那妳說，哪個合適？」

哪個合適？庸才看不上，但凡有些本事的，誰不求功名？

白嬤嬤躊躇起來。「這左思右想還真是……」六小姐的年紀不大，女孩子到了十四歲，提親的人就會陸續上門，到時候定要有個章程出來。

琳怡帶著玲瓏去小蕭氏屋裡，才知道小蕭氏去了花房。

西院新蓋了花房，裡面的花種得全，小蕭氏懷了身孕很少過去，這次是要給康郡王準備宴席，生怕下人選不好插瓶。

「太太讓人去尋過六小姐，才知道六小姐去伺候老太太了。」

琳怡點點頭，一路去西園。

天氣很好，下了一晚的積雪開始融化，在臘梅的枝頭顫顫巍巍，被風一吹，立即四散了，飄到臉上一陣冰涼。琳怡抬起頭正看枝頭的梅花，不遠處傳來一陣琴聲。

「太太給小姐買的琴，是琴師在試琴了。」

琳怡在小蕭氏面前提起姻語秋先生，小蕭氏吩咐家人去買古琴，好讓琳怡沒事的時候彈上一會兒。

現在聽這琴聲，該是用上等的梧桐木做的好琴。

琳怡順著琴聲走過去。

到了半途，那琴音卻戛然而止，讓人意猶未盡。

不一會兒工夫，管事婆子帶著笑容滿面的掌櫃出來，見到琳怡，兩個人上前行禮。

那笑咪咪的掌櫃便道：「家裡的少爺好本事，能彈上這麼一手好琴呢，可惜只有半曲，倒是讓人聽著不夠，要是老身將店裡的……」

衡哥哪裡會彈琴？

管事婆子目光閃爍，看了掌櫃一眼，那掌櫃住嘴，再也不敢多說話，兩個人又躬身行了禮才走了。

玲瓏道：「要不然奴婢去問問婆子方才是誰……」

陳家沒人有這樣的本事。

用不著去問。

琳怡抬起眼睛看看不遠處的東坡亭，轉過身去。「走吧，還是去花房。」

花樹間那抹紅色的身影漸漸走遠，周十九緩緩一笑，整理袍袖走下亭子。

小蕭氏插好了花斛，讓人送進花廳裡。

琳怡接過花斛。「插花的事，母親還是交給我。」

小蕭氏溫和地笑道：「哪有那般嬌貴。」伸出手去撫摸微隆的腹部。

母女倆還沒說到正題，譚嬤嬤進屋稟告。「貴客要走了，請門房備馬呢。」

怎麼突然就走了？小蕭氏忙讓人去喊陳允遠。「快去和老爺說一聲，康郡王要走了。」

林家此時一陣靜寂。

林正青坐在書房裡從窗口看打翻墨盒的小廝。

小廝哆哆嗦嗦地跪在跪上。「小的錯了，大爺饒命。」

林正青反覆瞧那小廝的臉，過了好一會兒，招招手讓他進門。

「我問你，」林正青聲音輕，似是心中有了難題。「我怎麼樣才會連一榜進士也考不上？」

那小廝不明所以，期期艾艾說不上話來。

林正青看向身邊伺候的丫鬟。「去跟太太說，墨盒讓人打碎了。」

那小廝跪下，不停地磕頭。「大爺，饒了小的吧！小的說就是了，大爺就算閉著眼睛也會考上進士！」

狗屁。林正青如沐春風地笑了。「想出答案，否則就滾回你的馬廄去。」

「大爺、大爺……」那小廝連忙表起決心。「那定是朝廷看卷有誤，或是有人賄賂了考官，或者……小的……」小廝淚眼婆娑。「小的真是想不出來了。」

「或者考到我不擅長的題目，」林正青漂亮地一笑。「我說的對不對？」

那小廝哀求地看著林正青，不敢說話。

如果他真的只考上了同進士，那會是什麼題目，莫非是仁君治國？人人都會作美夢，他卻彷彿一再作惡夢似的，竟然夢見自己只取了同進士。

林正青笑。讓他作惡夢，他就讓別人作惡夢。

林正青用手指在桌子上畫圈，忽然吩咐小廝取了氅衣。「去國子監。」

將要考試，去國子監找書看的人很多，大爺從不去嘈雜的地方，大爺討厭和許多人說話。

「那……那……小的去跟太太說一聲。」

滾吧，什麼都要稟告的狗腿子。

林正青揮揮手，走出門，忽然發現天氣很好。

車馬到了國子監，林正青拜見了博士，去了書閣找自己想要的東西。

臨窗的位置，獵物坐在那裡。

「齊二兄。」林正青先開尊口。

齊重軒抬起頭，看到滿臉漂亮笑容、儒雅又風度翩翩的林正青。「林兄今日怎麼來國子監？」

「尋本書。」林正青緩緩道，十分有耐心地和齊重軒攀談。他知道他非常卑鄙，可顯然，他就要壞到極點，才能讓自己得到安寧和解脫。

第一百零八章

齊重軒和林正青兩個人說了會兒話，林正青端起茶來吃，提起海禁。「我一時想不起來，齊兄博覽群書，知我華夏幾百年，海禁了多少次？」

海禁。這時候提起海禁。

齊重軒立即想起成國公勾結倭寇叛亂之事。「難不成林兄覺得朝廷會海禁？」

林正青皺起眉頭。「不瞞齊兄，我也只是有這樣的想法，我們雖還沒有入朝為官，卻也不能兩耳不聞窗外事，一心只讀聖賢書。」

就算要海禁，朝廷也不會向他們問意見。齊重軒道：「眼見就到了春闈，除了應考其他都該放一放，多看些書才是。」

「正是因為如此，」林正青表情略帶些焦急。「齊兄可記得嘉熙十年的春闈，出的題目便是朝堂上難解的政事，皇上據此取才定了前三甲。」

他怎麼不記得，那次考試落榜的是齊家子弟。那時候，整個齊家都覺得會出一名狀元，誰知道卻漏出了頭榜。

「我是擔心，」林正青嘆口氣。「萬一出了這樣的題目，若是不能迎合聖意，說不得就會落榜，所以想來尋些此類書籍好好研學。」

聽得這話，齊重軒也略微思量。

林正青微揚眉角，站起身。「既然如此，我就不打擾齊兄了。」

齊重軒起身還禮，林正青開始在書閣裡尋書。

林正青忙碌了半天，找到了兩本書，坐在角落裡演習了半日，這才跟著眾國子各自回家。

馬車走到僻靜處，外面的小廝忍不住詢問。「大爺猜測的題目為何會和齊家爺講？」家裡藏書最多的就是這次的主考官，齊家和主考官頗有些淵源，齊重軒若是想瞭解海禁，八成會去和主考官借書。

齊重軒可是在他眼裡有狀元之才的人，林正青笑一聲，並不答小廝的話。「回去和太太說一聲，這幾天我都要來國子監。」臨考之前，他要仔細和齊二郎談談，那些可能會出的偏題，他都要聽聽齊二郎的見解。他不會的齊二郎總會，齊二郎不會，還有齊家那麼多博士。林正青想著，眼睛越來越光亮。陳家看上了齊二郎，是因齊二郎會有好前程，若是齊二郎科舉出事再也不能入仕，看陳家還會不會談這門親事。

陳六小姐……這隻狡猾的小老鼠，就算他不把她抓回來，也要放在爪子上好好地玩，不會讓她一不小心順心如意。

琳怡拿著夾子挑了幾塊銀霜炭，放進鎏金金盞花手爐。

「今年真是冷，」玲瓏讓丫鬟掃掉她身上的積雪，又暖了暖手才進屋裡來，看到琳怡看炭籠，一手將琳怡拖過去。「我的好小姐，妳就讓我省省心，萬一燙到了，我們就是萬死也換不回來。」

琳怡笑著道：「不過是一盆炭火罷了。」

「小姐說得輕鬆，」玲瓏說著埋怨地看了一眼橘紅。「這冬天燙傷的人不知道有多少，小姐可比下面的使喚丫頭俐落？」

胡桃將炭籠打開讓粗使丫鬟加炭。

玲瓏還婆婆嬤嬤說個沒完，琳怡只得投降。「好了好了，我下次再也不動了。」

玲瓏這才滿意，捏著帕子去端茶水。

橘紅道：「瞧瞧、瞧瞧，越發不像樣子，連小姐都敢編排，這樣下去可怎麼了得？」

琳怡抿嘴笑了。

玲瓏端著茶進了屋，板著臉看橘紅。「昨晚聽說崔二小姐的事，我現在還心驚肉跳，看到小姐在炭盆面前，我是魂飛魄散。」

昨天崔御史家的消息傳來，玲瓏和橘紅兩個丫頭聽著害怕，琳怡也嚇了一跳。

崔御史處斬，家眷被流放。

發配的時候，崔二小姐哭鬧著不肯走，結果不小心打翻了炭盆，臉被燙傷了，罪魁禍首還是林家。

琳怡去小蕭氏屋裡，小蕭氏也在說這件事。「崔二小姐想要委身做妾，就讓林家抬了走，兩家總算是已經明著談了婚事，林家是一口答應要幫忙，崔家這才有了希望，沒想到到頭來還是……」

如果開始就死心了，崔二小姐大約會就此認命。

「真是可憐，好好的一個小姐傷了臉面，」小蕭氏說著囑咐琳怡。「現在屋裡擺著炭盆，妳也要小心。」

琳怡笑著將玲瓏的話說了。

小蕭氏笑起來，伸出手來點琳怡額頭。「我看數落得對。」

母女兩個說說笑笑，準備去長房老太太屋裡請安。

譚嬤嬤舒著手進門，走到小蕭氏跟前。「二房那邊鬧起來了，大老爺在外面養了外室，現在外室找上門給肚子裡的孩子要名分呢。」

不但在外面養了外室，還讓外室懷了身孕，小蕭氏道：「有沒有和老太太說？」

譚嬤嬤點點頭。「門上的管事嬤嬤已經過去稟告了。」

小蕭氏帶著琳怡一路到了長房老太太房裡，管事婆子說得正興起。「雖然隔著胡同，我們家這邊都聽到吵鬧的聲音。」

長房老太太半沈著眼睛，不動聲色。「有沒有讓她進門？」

這是最重要的，按理說外室沒有給正室端過茶，連妾也不如，這樣不顧禮數地鬧起來，哪家主母也不會讓她進門。

「進門了，」管事婆子道。「挺著大肚子，在門口哭得慘，說生了孩子或是自縊或是做了姑子，絕不拖累府裡。」

這樣的話也敢說。

長房老太太冷笑一聲，可見被陳允寧慣成什麼樣子，如今又懷著身孕，二老太太董氏不在乎大人，卻放不下她肚子裡的孩子。

讓這女人進了門，真正難受的就是大太太董氏。

「讓她們去鬧吧，我們也好清靜幾日。」免得大太太董氏三天兩頭來長房消磨時間。

大太太董氏在二老太太董氏面前捂著臉痛哭出聲。「我也不是不給老爺納妾，老爺怎麼能偷偷摸摸地在外面養外室?!這下好了，讓那賤人鬧到家裡，這前程還要不要……娘，這件事您可不能不管……」

這時候讓她管，之前爭著想去長房的時候怎麼不來和她商量？

二老太太董氏緩緩開口。「讓她大著肚子在外面哭成什麼樣子，讓外人知曉了，還當妳善妒，不准老爺納妾。」善妒是小事，沒有子嗣才是大事。

大太太董氏恍若未聞般不停地擦眼淚。

二老太太道：「怎麼也要先讓她將孩子生下來，」說著淡淡地看大太太一眼。「妳之前真的一點不知曉？」

「姑母，我哪會瞞著姑母……有什麼事我不是找姑母商量……」

大太太董氏正說話，只聽外面一陣嘈雜的聲音。「我只想和老太太說句話……求求你們了……讓我過去……我什麼都不求，只是想要肚子裡的孩兒平安出生……這是老爺的骨血啊……」

大太太董氏像是抓住了稻草般向二老太太董氏求救。「姑母您聽聽，這樣的女人就算在家宅裡也讓人不得安寧，老爺真是糊塗，養什麼樣的女人不好，卻讓這種女人沾身……」

二老太太董氏靜靜坐著，對外面的呼喊聲充耳不聞，半晌才微睜眼睛。「按理說，你們屋裡的事我不該插手，這些年，我也放任你們去做，整個家我都漸漸交給了你們，你們卻還不知足。」

大太太董氏哭聲漸漸停了，二老太太董氏最後半句話讓她微有些怔愣，可是片刻她就立即明白過來。

屋外又是一陣慌亂。

「妳這是要做什麼?!」

「快攔住她……」

淒厲的聲音又傳來。「這孩子……生在外面不能認祖歸宗，我真的不如一頭撞死，好歹也是死在陳家，不至於做了孤魂野鬼！」

大太太董氏頓時出了一身的冷汗，抬起頭來正好迎上二老太太董氏譏誚的眼神。

「老太太……您不知道，您在外面……還有一個沒有歸家……的孫兒啊！」

大太太董氏心中最後一絲僥倖也跑得乾乾淨淨。「娘，她這是什麼意思?我……」

「妳會不知曉？」二老太太董氏端起矮桌上的茶來喝。「妳從十三歲就來我身邊，這麼多年我都沒能看清妳，妳竟然瞞著我做出這種事。老大在外面養外室，妳幫著他在外養大了一個兒子，怪不得你們要爭著去長房，原來手裡還有這麼張牌。」

大太太董氏渾身的力氣似是一下子被抽光了。

二老太太不再理睬大太太董氏，而是吩咐身邊的董嬤嬤。「去跟她說，讓她安心將孩子生下來，我會讓孩子認祖歸宗。」

大太太董氏肩膀一抖，抬頭去看董嬤嬤，董嬤嬤匆匆忙忙退了出去。

悲戚的聲音傳來。「謝謝老太太周全。」一陣腳步聲過後，四周死一般地靜寂。

老太太屋外有人躡手躡腳地離開，一路走到二太太田氏的紫竹院，將情形說給二太太田氏聽。

二太太田氏正唸佛經，好半天，睜開眼睛嘆口氣。「我也是要自保啊……」

第一百零九章

「就您心善。」旁邊的沈嬤嬤道。「要是奴婢早就忍不下了，就將這裡面所有的事都和老太太說清楚。」

二太太田氏埋怨地看了沈嬤嬤一眼。「畢竟是大伯、大嫂，鬧出這事來，我躲在這裡，不去幫襯大嫂說話已經是不對，我們這邊不能有任何話傳出去。」

沈嬤嬤眼睛一黯。「這叫什麼事啊，大太太想方設法算計咱們，咱們卻還不能有二話，不是奴婢說，就算太太這般心善，大太太那邊也未必領情，還當是我們害她。」

「跟我們有什麼關係？」琳芳眼睛裡都是笑容卻還皺著眉頭。「這種事又不能瞞一輩子，母親就安心養胎，不要為這些事操心，」說著伸出手去摸田氏大大的肚子。「母親還有兩個月就生產了。」

二太太田氏彷彿這時才放下心來。「也只能這般了，」說著仍舊叮囑沈嬤嬤。「還是要吩咐下去，不准任何人談論大老爺的事。」

沈嬤嬤應了。「奴婢就去安排。」

琳芳嘟起嘴，仍舊不甘心。「大伯、大伯母害我們家的時候可沒想這麼多。」

田氏慢慢捻佛珠。「我們不能和別人比，」說著用手輕點琳芳的額頭。「妳啊，也不要想這些事了，該是學些規矩的時候了，我託人去找個宮裡出來的禮儀嬤嬤，從今往後妳就要跟嬤嬤好好學。」

宮裡出來的禮儀嬤嬤。只要想到學規矩，琳芳心裡就五味雜陳，說不清什麼滋味，又是期待又是害怕辛苦。「母親，妳怎麼捨得讓我受這樣的苦。」

田氏拉起琳芳的手。「那也是沒法子的事，想要嫁進高門大戶，就要禮儀周到。妳瞧妳六妹妹在長房老太太身邊學得越發有模樣了，早將妳這隻猴兒比了下去。」

聽到田氏說琳怡，琳芳心裡就有無名之火，轟轟烈烈地燒了起來。「她那叫什麼規矩，都是算計人的小心眼，如果我也和她一樣不安好心，早就讓她見不得人了。」說著委屈地靠在田氏肩膀。

「不管怎麼樣，妳都要好好的學，能託到宮裡的嬤嬤不容易……」田氏說著似笑非笑地看琳芳。

琳芳臉頰一片紅暈。「母親不用再說，我學也就是了。」

二太太田氏立即著手安排琳芳的禮儀嬤嬤，彷彿對大太太那邊的事充耳不聞。

大太太董氏房裡，滿地一片狼藉，兩個丫頭奉茶撞在一起，大太太頓時發了脾氣，將桌架上的香爐也砸了。

「一個個都下去好好學學規矩，這點事都做不好，我是留不得妳們了，趕明兒來了牙婆子將人領出去！」

兩個丫頭跪下來不停地求饒。大太太盯著兩人粉嫩的臉頰，肉皮緊繃，身段纖細，年輕的女人無論怎麼看都是漂亮，就像剛才跪在地上的那賤人，哭得眼睛紅腫，自是我見猶憐。

她年老色衰也有自知之明，這些年也容忍了老爺納妾，沒想到，她真的沒想到……這輩子事事為老爺著想，老爺卻背著她養外室。

無論丫鬟怎麼磕頭，大太太還是鐵石心腸，淡淡地吩咐方旺媳婦。「現在就去找牙婆子。」

看著兩個丫鬟臉上滿是驚恐地被婆子拖拉下去，大太太董氏冷眼旁觀，心裡說不出的痛快。

空有好年華能怎麼樣，只要她一揮手，這些花骨朵就會被踩在爛泥裡。

不一會兒工夫，方嬤嬤進屋，低聲向大太太董氏稟告。「聽說鞏氏是知曉了大老爺在外面還有庶子沒進門，這才動了心思來家裡鬧。」

老爺有庶子的事，老太太還被蒙在鼓裡，一個小小的外室如何能知曉？難不成是老爺親口說的……大太太董氏這樣想著，眼睛越來越紅。幾十年的糟糠之妻比不上一個來歷不明的賤人。

大太太董氏看向方嬤嬤。「讓人去門口等老爺，看老爺是要這賤人還是要我。」

方嬤嬤剛要去，簾子一動，琳婉掀開簾子進門。「母親要三思啊。母親這樣安排，恐怕父親在舅老爺面前抬不起頭來。母親不是說了嗎，昨晚二叔父和舅老爺在一起吃宴十分高興，回來的時候，舅老爺還誇獎二叔父。」

經琳婉這樣一說，大太太董氏頓時想起這件事，轉念之間卻冷笑。「我哪件事不是為了妳父親著想，到頭來落得妒婦的名聲，恐怕等到妳父親做了爵爺，立即就會休了我。」

「母親怎麼會這樣想，」琳婉上前扶著大太太董氏坐下，轉頭看了眼旁邊的方嬤嬤，方嬤嬤輕輕頷首，悄悄關上了排插。

屋子裡就剩下大太太董氏和琳婉兩個人。

「我一路過來看到不少下人聚著閒話，女兒也不敢去聽，這倒是小事……舅老爺好不容易來趟京裡，萬一被他聽到……趕在這個時候，母親只好先忍一忍。」琳婉輕聲輕語地勸說。

大太太董氏豁然從這話裡聽出些端倪來，看樣子老爺養外室不是一日、兩日了，怎麼偏巧在這時候鬧出來？老太太剛才的神情分明是先一步知曉了老爺有庶子……這裡面是有人故意安排，就是要她和老爺現在跌跟頭。

會是誰？大太太董氏腦子一轉，想到了二太太田氏。是她，一定是。

琳婉不知說什麼才好。「母親，現在已經到這個地步了，咱們家不能再亂了啊！」再亂就會被人看了笑話，就會讓她們如意。

無論如何，這口氣她要忍下來。

奪爵的機會只有一個。大太太董氏抬起頭。「定是妳二嬸一手安排。」只有二叔才不願意看到董家支持老爺。

琳婉道：「女兒覺得，不論是誰……祖母總是知曉了，眼下弟弟要怎麼認祖歸宗最重要。母親快想想法子，怎麼才能讓祖母消氣。」

怎麼讓老太太消氣……

「女兒記得相士不是說過，父親的子嗣不能養在身邊……」

大太太董氏眼前一亮。這不乏是個好法子，這樣一來，她瞞著老太太是因聽了相士的話，到了外面，她也有了說法，只要為了老爺的子嗣，她受再多委屈也值得。要忍一時之氣，否則就會功虧一簣。

大太太董氏高聲喚方嬤嬤。「去鞏氏在外面住的小院，將鞏氏的東西都接進家裡。」既然人已經進了家裡，就別想再圖後路，這些年鞏氏從老爺手裡撈來的財物，她要全部收回來。

至於二叔和二弟妹，也別想站在一旁看笑話。

大太太蕭氏這邊想得通透，卻沒想到事情辦起來沒那麼容易。

琳怡在長房老太太房裡正往牆上的梅花填色。

白嬤嬤就將打聽來的事講給長房老太太聽。「大老爺養的那個外室鞏氏，找上門之前早就有準備。大太太去收拾鞏氏的行李才知曉，大老爺本為鞏氏買好了田產和房屋，結果全被鞏氏變賣了，而今那房子不過是向買家租住的，就連大老爺也被蒙在鼓裡。大太太氣急了去找鞏氏，那鞏氏撒潑起來，說是為了保住腹中的孩兒，被什麼跛腳的道婆騙了錢財去，請大太太一定要捉住那道婆，將財物要回來。」

真是個天不怕地不怕的渾人，竟然能想到這樣的理由。

「鞏氏進門身無長物，大太太也沒了法子，那些銀兩不知去了哪裡。」

長房老太太道：「那聳氏是什麼人？」

白嬤嬤道：「從前也是妾室，後來被送給了大老爺。」

那就難怪有這樣的手段，可見是要為自己留條後路。可憐天下父母心，無論是誰都一樣，拚了命也要為自己肚裡的孩子爭個名分。

白嬤嬤將屋子裡的丫鬟遣下去，在長房老太太耳邊低聲道：「大太太如今已經盯上了二太太。」

琳怡坐去長房老太太身邊，挾了塊窩絲糖給長房老太太吃。

長房老太太吃得眼睛微瞇。

白嬤嬤道：「這幾日，我們家這邊的眼睛倒是疏忽了許多，沒有人在背後盯著，就連奴婢做事也覺得輕鬆了。」

要不然，長房老太太和鄭老夫人頻頻通信的消息早就傳到二老太太董氏耳朵裡。

長房老太太拿起淡茶喝了一口，眉毛一低，聲音低沈。「若是果然被他們惦記到了，我情願陳家的爵位不復，否則不但不能光宗耀祖，恐怕還要為禍族親。」

長房老太太這話雖然說得輕鬆，可是琳怡知道陳家爵位來之不易，長房老太太從前是盼著誥封鐵券放回陳家祠堂裡，過年大家拜祠堂，長房老太太一直瞧著原來供放鐵券的地方。就連父親每每提到也說，只要陳家能復爵就好。

白嬤嬤又想起一件事。「二太太給四小姐請的禮儀嬤嬤進門了，從現在開始，四小姐就要學習各種禮數了。」

那是自然。二嬸想要將琳芳嫁去宗室家裡，以琳芳如今的禮數將來要怎麼做命婦？不過這臨時抱佛腳到底有沒有用……

長房老太太一笑，不置一詞。

第一百一十章

琳芳第一天跟著嬤嬤學禮數，幾個時辰下來就覺得吃不消，好不容易找了藉口去園子裡歇歇腳，剛剛坐在錦墊上，就看到琳婉迎面走過來。

大家碰了個正著，琳婉的腳步停頓了片刻，還是走上前去，叫了一聲「四妹妹」。

琳芳被禮儀嬤嬤管得周身不舒坦，見到琳婉更是沒有好臉色，甩甩帕子就要走了。

「四妹妹，」琳婉不明所以有些慌張。「這是怎麼了？」

旁邊的四喜上前解釋。「我們小姐要回去學禮數了，三小姐這邊坐吧。」

琳婉頷首，一臉羨慕。「二嬸能請來宮裡的嬤嬤教四妹妹，這京裡總共也沒幾家小姐能這樣。」

琳婉軟軟的話，讓琳芳心裡痛快起來，停下腳步，嘴角漾著笑意，伸手去扶鬢。「三姊姊最近也好，聽說林家那邊已經答應了，」說著拿起帕子捂嘴。「林大郎將來高中，自然有姊姊的誥命夫人做，這一點我是比不上的。」

琳婉的臉登時紅了。「妹妹怎麼這樣說……我……不論成不成……四妹妹將來只會比我更好。」說著垂下頭看到琳芳濕了的鞋。「四妹妹鞋子都濕了，我們還是在暖房裡坐下，讓丫鬟拿了羊皮靴子來換上才好走。」

四喜道：「也好，小姐過去坐了，奴婢這就去取鞋子。」

琳芳瞄一眼琳婉，一直都是唯唯諾諾、膽小怕事的模樣，就算說話也是大音不敢出，更何況琳婉剛剛幾句話正捧得琳芳舒服，琳芳也就欣然前往。

兩個人走進屋子，讓丫鬟伺候著脫了鞋，坐在臨窗的大炕上，丫鬟在旁邊蓄茶給琳婉、琳芳吃。吃過四、五盅，琳婉想起小時候和琳芳兩個編辮子的事。「……我身下和妹妹身下都是庶妹，年紀差得多又不大來往，我只當四妹妹是親的，過年時拜祖宗都要和妹妹梳一樣的髮髻，那年妹妹編了一頭的辮子，讓我好生羡慕，我卻沒有那麼多的頭髮，只得加了條假的上去，後來還是被妹妹發現了，好一陣笑話。」

琳芳皮膚生得細白又有一頭黑亮的長髮，是誰也比不上的。

琳芳順著琳婉的話，隱隱約約想起舊時情景，祖母賞下來的物件，若她喜歡，琳婉定是不吝嗇給。

琳婉滿臉殷切，鹿眼一眨，長長的睫毛覆蓋下來像一把扇子。「我是盼著妹妹好的，妹妹將來好了，我也能依仗。」所以沒有想要爭什麼的意思。「將來父母老了，我們各自嫁去了夫家，也唯有我們姊妹相互守望，有什麼煩心事，就是姊妹之間常吐煩鬱，不知道我說的對不對妹妹的心思，我是這般想法。」

琳芳聽得這些話，自然心裡歡喜，臉上卻不動聲色。「還有六妹妹呢。」

琳婉似是沒聽出琳芳話裡的諷刺意味。「六妹妹也是貴人。」

貴人……這兩個字挑中琳芳的神經。「她算是哪門子貴人，妳想一想，到頭來她不過就是攀上了長房老太太，就連林家也是最後選了妳不選她，她哪點好？」

琳婉從不編排旁人。「四妹妹別這樣說，六妹妹也……名聲很好，我們在外面聽別人說起六妹妹，臉上不時也跟著增光？若是沒有兩個妹妹的好名聲，林家也不會來挑我。」

好名聲都是母親在外講佛偈，她和各府小姐吟詩作畫換來的，和琳怡哪有半點關係？

琳婉說起琳怡，緊張地看看周圍，彷彿生怕有人講話傳去琳怡的耳朵，琳芳看著就更加怒火高張。「姊姊真是好出息，坐在自己家裡還怕別人。」

琳婉不自然地垂下頭。

琳芳道：「就連齊家都不願意痛快地將琳怡娶過去。」說著冷笑。「高門大戶的女眷個個精明，許多人都是表面上迎合罷了，要是沒有長房老太太，六妹妹能不能嫁出去還要另說。」

聽得琳芳這樣說，琳婉的表情漸漸鬆下來。

兩姊妹又說了一會兒，這才換上靴子各自回去屋裡。

琳芳走上青石路，身邊的四喜低聲道：「看樣子三小姐是真的想要依仗四小姐。」

琳婉也不傻，這時候自然要攀著她，琳芳想著冷笑一聲。「她向來膽子小，不願意得罪人，來和我說好話，不過是怕琳怡。」臉上浮起不屑的神情。「琳怡有什麼好怕的，將來——」

琳芳剛將話說到這裡，楚婆子一路尋過來，見到琳芳笑逐顏開。「小姐，寧平侯家送帖子來了，寧平侯五小姐請小姐過去吃宴呢。」

琳芳接過帖子，飛眼看四喜。「幫我的人來了。」

在林家捉姦沒想到捉到了崔二小姐，寧平侯五小姐提起這個就恨得牙癢癢，和琳芳說，下次定要撒個大網，捉住琳怡這條魚，看琳怡還能神氣什麼。

琳芳帶著丫鬟歡快地去了田氏房裡。「母親，您說明日我穿什麼去寧平侯家好？」

二太太田氏放下佛經，將女兒拉到身邊坐。「新做的幾套衣裙都很漂亮，」說著吩咐屋裡的嬤嬤將首飾盒子拿來，她親手給琳芳挑了套點翠的首飾。

母女兩個忙活了一陣，田氏吩咐琳芳。「自己出去赴宴要事事小心。」

琳芳頷首。「母親安心吧！」

田氏又道：「我讓沈嬤嬤跟著妳，在外要聽話，不要惹出什麼亂子來。」

琳芳眉開眼笑。「去寧平侯家不是第一次了。」

「要聽聽寧平侯五小姐怎麼說……」二太太田氏謹慎地看一眼沈嬤嬤，沈嬤嬤親自去門外守著。

「現在大家都在打聽皇上準備怎麼犒賞功臣，」田氏讓琳芳扶著在屋子裡踱步。「寧平侯家是外戚，多少能比旁人知曉得清楚些。」

琳芳不明白。「還能怎麼犒賞，無非就是財物，打聽也就是這些話。」

田氏笑著看女兒。「那可不一定，皇上正值春秋鼎盛，犒賞功臣也可選女入宮啊。」

選女入宮——

琳芳睜大眼睛，從前不過是聽旁人說說哪家的小姐被選進宮裡，這次母親說起來……

「母親的意思，琳怡可能會進宮做娘娘？」

「哪有那麼多娘娘，」田氏坐下來吁口氣。「寧平侯五小姐妳瞧見了，惠妃娘娘可比她妹妹更漂亮三分呢。」

所以說，平常的姿色進宮可不是件好事。琳芳聽著就高興起來。「那我可要好好向寧平侯五小姐問問。」

早春二月開杏榜，應試的都是舉人老爺，貢院大門關上之後，京裡一下子安靜下來。

齊二太太帶著齊家小姐來陳家長房作客，琳怡和齊家小姐一起挑線，做起針線來。

齊五小姐看著齊三小姐認真的模樣，提起帕子掩住嘴邊的笑意。「我還當姊姊不會有今日，這針啊線啊，姊姊向來瞧著麻煩。」

齊三小姐紅著臉打妹妹。往常都是齊三小姐口直心快，今天倒是換了個。

齊五小姐低聲向琳怡道：「母親今天一大早就求神拜佛，求著能雙喜臨門。」

齊三小姐聽到這裡啐了一口。「看我不封了妳的嘴。」

齊五小姐忙求饒。「都是我說錯了，我該說這杏榜飄香，但願我們家能攀兩枝。」

琳怡笑著看齊三小姐，看來齊二太太給齊三小姐說了門好親事。「什麼時候過禮？」

齊三小姐聽得這個，忿忿地道：「妳也跟著她玩笑我，枉我平日裡那麼待妳。」

琳怡捂嘴笑。「我可是好意，想著趕在姊姊出嫁前，送姊姊一條親手做的衣裙，姊姊這樣說，我倒是省下來。」

齊三小姐紅著臉插起腰。「那怎麼行？快點給我繡好，要是趕不上，我定不能饒妳。」

琳怡和齊五小姐相視而笑。送走了齊家太太和小姐，長房老太太半躺在軟榻上喝茶，看著滿桌子的禮物。「有不少舉子因病上不了場，齊家送禮物來也是應當。要不是齊二太太話說得客氣，我還真就不再和齊家來往。」

長房老太太對上次齊家的作為始終耿耿於懷。

旁邊的白嬤嬤聽著笑了。「齊二太太說，不管齊二郎能不能考中，都定不能忘了我們家的恩情。」當著六小姐面她不好直說，齊家這是來套近乎了，不過倒是老太太怎麼也不表態，待齊家倒是稀鬆平常。都說好事多磨，不知道老太太心裡到底是怎麼想的。

琳怡正準備服侍長房老太太歇著，門房上來報。「族裡的太太和小姐來了。」

長房老太太頗為驚訝。「怎麼跟來信說的日期不同？」

琳怡也覺得奇怪，明明說好是二月底的，家裡的車馬都沒有去通州接應。

長房老太太要更衣，琳怡先帶著人去門口。

大房三太太仍舊是笑容滿面，眼底卻藏不住愁楚，琳霜更是和之前不同，消瘦了許多，臉色蠟黃，眼睛也腫起來。

琳怡給三伯母行了禮，挽起琳霜的手，琳霜想說話，卻咬咬嘴唇，最終忍住了。

大家一起去長房老太太房裡。

禮數過後，琳怡和琳霜進了暖閣。琳怡親手倒了熱茶給琳霜，待琳霜表情微微舒緩下來，琳怡才問：「到底出了什麼事？」

琳霜聽得這話，眼睛一下子紅了。

第一百一十一章

琳霜在屋子裡哭。

「他打死了人，已經押在大牢裡了……都是因為我們家被人欺負，他強出頭才會這樣……」

打死了人？要知道貞娘打死了鄭家的丫鬟，還是褚氏一族出面求了鄭家，下人們假證是丫鬟舉剪子自戕，這才糊弄過去。鄭家要不是為了擺脫褚氏，也不會這樣安排，內宅裡出了人命都是這般花錢遮掩，可若是在外面就……

琳怡試探著問：「那要怎麼辦？有沒有花銀子打點？」

琳霜黯然地搖頭。「這些日子族裡人沒少為這件事奔勞，可是那邊發下話來，非要官府決斷不可。」

琳怡道：「打死的是什麼人？」誰會在滿是陳氏族人的地方欺負陳家人？這樣的人肯定來頭不小。

想起這個，琳霜又生氣又委屈。「是宗室家裡的下人，所以才……怎麼都沒用。」

得罪了宗室？琳怡睜大了眼睛，宗室怎麼會去三河縣那種地方？

「都是那些田莊惹的禍，」族裡的三太太在長房老太太面前垂頭喪氣地說經過。「原來咱們家那邊的莊子是從宗室手裡買來的，老太太大約也記得，您的那個莊子也是……現在宗室突然來到族裡，要將田產收回去。」

宗室子弟遊手好閒，靠朝廷養廉銀子不能過活，就將之前祖宗買來的田產也敗了出去。要知道宗室手裡的都是好地，當年聽到宗室要賣地，陳氏族裡就動了心思，果斷地將大片土地都購置在名下。

長房老太太那莊子能旱澇保收，也是因土地好才會如此。

長房老太太皺起眉頭。「當年賣地是做好的文書，現在怎麼能說收就收回去？」

族裡的三太太心裡更加委屈。「可不是。就算是宗室也要按照文書上得來，再說這件事已經有二十多年，原來那些田莊買來的時候都是無人打理，現在山上已經種了果樹，地上也做了暖房，那些人又要按照當年文書上的銀錢買回，這……怎麼也不行啊！」

琳怡和琳霜走到隔扇，正好聽到這些話。琳霜這些日子已經聽習慣了這些話，並不為所動，琳怡就忍不住皺起眉頭。就算是宗室也不能這樣無法無天。

長房老太太隱忍著怒氣，仔細地問族裡的三太太。「那葛家的哥兒怎麼會打死人？」

族裡的三太太道：「宗室裡來的那位爺不聽我們說話，就要將莊子上的家人攆出來，葛家的哥兒交遊廣闊，就想從中說和，結果……」說著頓了頓。「不知怎麼地就說到我們家姊兒身上，大概是言語很是不乾淨，葛家哥兒一氣之下推了宗室家的下人一把，當時那下人只是摔傷了臉面，並沒有其他，誰知道第二天就說死了，官府立即就去拿了葛家哥兒。」

當時沒事，過後死了，這樣竟然也能判打死了人。

長房老太太道：「就沒有人替葛家哥兒作證？」

族裡的三太太搖頭。「開始都是肯的，到了公堂上就都換了說辭，一下子就定了案。」這是早就安排好的陷阱，就等著陳家人跳下去，琳怡看看身邊的琳霜，怪不得琳霜會這樣著急，整件事本來和葛家哥兒無關。

族裡的三太太嗓子略啞。「那是個好孩子，琳霜沒有進門，就算他不幫忙我們也不會埋怨他。」

琳霜手指攥得越來越緊，琳怡伸手過去拉住琳霜的手，琳霜手一鬆，掌心都是濕冷的汗。

這裡面的曲折長房老太太不用去打聽，陳家定然是用盡了法子，否則也不會求到她跟前。「那家宗室打聽清楚沒有？是哪家？」

族裡的三太太道：「聽說是興祖三子一支，原是封為輔國將軍，遞降到閒散宗室。」太祖登基之後，追封祖父為興祖，興祖的三子，那是遠親。這樣的遠親宗室，大周朝不知道有多少，還不至於會這樣明目張膽地害人，背後定是有人支持。

陳家最近哪裡得罪了宗室？

族裡的三太太道：「我們實在沒法子了，只能上京來看看還有沒有轉機，總不能就眼看著葛家哥兒就被……就被……」三太太忍不住的眼淚掉在手背上。

不會那麼容易就將事解決了。

長房老太太聽著嘆氣。「族裡有沒有想出個章程？」

琳怡將琳霜拉到一旁的錦杌上坐著，聽外面說話的聲音。

族裡的三太太道：「我們老爺和宗長說好了，只要葛家哥兒能回來，族裡的土地都還給宗室，我們家名下的田地自然不必說，旁人家的，就由我們家來補銀錢。宗長這些日子就是四處奔走安排這件事。」三太太從身後嬤嬤手裡將盒子拿出來，遞給長房老太太。「已經收上來大半……」

雙魚鎖一開，長房老太太看到厚厚的土地文書。宗室無非要的就是這個結果，不花費任何銀錢就將這麼多土地收入囊中。拿出這麼多田地，族裡三老爺、三太太一家該是用盡了銀錢。

一條人命，換來這個結果，無論是誰都會見好就收。

只是這未免太冤了些。

大周朝總有法度，就算宗室也不能亂來。

族裡的三太太喝了口茶，茶流過嗓子，火辣得如同割肉般難受。

長房老太太看看族裡的三太太。「妳先去歇歇，我就讓人去打聽打聽，再想法子。」

族裡的三太太聽說老太太能幫忙，感激地千恩萬謝。

長房老太太道：「我們都是陳家人，用不著這樣客氣。」

白嬤嬤領著族裡三太太去歇著，琳霜勞累了一路也打不起精神，自去睡一會兒，屋子裡就剩下琳怡和長房老太太。

不能當著族裡三太太的面說的話，長房老太太和琳怡說起。「這件事不簡單，看來是必然要用銀錢才能買葛家哥兒的命了。」

遇到這種事，把柄攥在別人手裡……

「不光是要那些田地，否則在宗長出面就該有些眉目了，不用等到族裡找到祖母。」琳怡伸出拳頭給長房老太太捶肩膀。

長房老太太頷首。「妳和我想到一起去了。」

「現在人在大牢裡，不能硬碰硬，否則真的鬧開來，葛家爺性命難保，我們陳家從此之後也無立足之地。」

莊子是身外之財，不比性命重要，琳怡心裡就是有一種不好的預感。「只怕是就算花銀錢，這件事也不會十分順利。」

長房老太太握住手裡的佛珠。「明日我託人去打聽打聽再說。」

晚上，琳怡和琳霜睡在一處。

琳霜盯著床上的帳子，好半天才幽幽地嘆氣。「我已經想好了，若是他死了，我也沒臉活在世上，乾脆一條綾子吊在樑上也算還了他的命。」說著嘴角彎起淡淡的笑容。「只要這樣想，心裡就會舒服很多。」

琳霜直率的性子，不是隨便說說罷了。

琳霜說完話覺得痛快多了，起身從矮桌上拿了一塊玫瑰山楂糕吃。

琳怡勸她慢慢吃，別噎著。

琳霜卻越發吃得快了，幾口下去，果然嗓子不舒服，琳怡忙從玲瓏手裡接過茶送到琳霜手裡，琳霜喝了茶，轉身蓋了被子，嗚嗚咽咽哭了一個時辰才算止住。

琳怡讓玲瓏將屋裡的燈撤下，兩個人手拉著手躺在床上。

琳霜道：「人這輩子難不成就這樣了嗎？」

琳怡也不接口，仔細聽著琳霜將苦悶傾訴完了，才安慰琳霜睡下。

有些人，一念之間就能毀掉別人的一生。這種事琳怡感同身受，所以她這輩子才會小心翼翼，盡可能不讓自己出錯。

可，不是不出錯就不被人害。

康郡王的嬸娘周氏每日卯時起身，梳洗乾淨之後，先喝一杯淡茶，然後聽申嬤嬤講家裡的事。

周大太太甄氏也會早早上門請安，說些周夫人愛聽的話。「娘用了御賜的蜜粉，這些日子眼角的皺紋也似沒了似的。」

周夫人微微一笑。「哪有這麼誇張，人還能返老還童不成？」

周大太太捂嘴笑。「誰說不能，娘還不是活生生的例子，等到下次宮裡再賞了，我定要向娘要幾盒粉來用。」

周夫人看向申嬤嬤。「瞧瞧，明著向我要東西。」

「別人的東西媳婦還不要，」周大太太目光閃爍。「也就是您屋裡的東西，我都好好用著呢。」

周大太太說了會兒話，就起身告辭。

申嬤嬤這會兒上前道：「郡王爺今兒沒有上朝，看來是有話想和夫人說。」

回來了好些日子，終於肯來說實話了，周夫人端起茶潤潤喉。「那邊的事如何了？」

申嬤嬤道：「聽說陳家族裡人已經上京了，現下就住在陳家長房裡。看來陳家長房老太太要出面幫忙了。」

這是預料之中的事。「讓人聽著消息，別大意了。」

申嬤嬤躬身。「您放心吧，」說著頓了頓。「您說郡王爺回來這些日子天天往南書房跑，忙得腳不沾地，會不會自己向皇上提起婚事？」

周夫人搖搖頭。「郡王爺不是性子唐突的人，無論誰也不能不經長輩在婚事上自作主張。郡王爺從來不做沒把握的事。」

再說，只要她不出面，就算元澈自己說了，皇上也不會准的，到頭來，元澈還是要來求她。

第一百一十二章

周夫人道：「我真不願意做這個壞人。只是兒女年紀小，不懂得識人，這是一輩子的事，哪裡能大意了。」

申嬤嬤深以為然。「奴婢在內宅裡聽得、見得的事多了，太有心機的媳婦哪個不是將家裡弄得不得安寧？」

周夫人嘆氣。「我自己的媳婦不用擔心，就是郡王爺，管得深了不是，淺了也不是。不知怎麼地，郡王爺就是跟我隔著心，」說著翹起眼睛。「不信妳瞧著，郡王爺絕不會跟我直說。」

說起來也是，這些年夫人吃喝穿戴從來都是緊著郡王爺，可畢竟是隔著肚皮，表面上客客氣氣，其實生分得很，就像這次去福建，郡王爺就沒和夫人說實話。

主僕兩個正這樣坐著，只聽外面丫鬟打簾，周夫人從背靠上直起身，一臉慈愛的笑容迎接周十九。「快過來坐下，有沒有吃飯？」

不等周十九說話，申嬤嬤接口道：「夫人聽說郡王爺沒有出門，就等著郡王爺一起用飯呢。」

周十九穿了一身淡藍色錦緞暗紋長袍，如蛟爪般的花樣在陽光下時隱時現，頭上扣著秀竹的玉冠，翠綠的顏色讓他看起來笑容更加寧靜，讓人想不到他銀甲披身時站在成國公對面是什麼模樣。

周夫人端詳周元澈。從進了這個家門，她大多數見的都是周元澈滿臉笑容，那笑容止住後會是什麼光景，她就沒見過。

周十九道：「我陪嬸嬸去用膳。」

周夫人驚訝地眼睛一亮，申嬤嬤也欣喜地抿嘴笑，彷彿這樣是多麼難得般。「奴婢這就去安排。」

周十九將周夫人扶起來，兩人到外間吃過飯，母子進了內室裡說話。

案桌上的花斛裡插著幾枝迎春花，申嬤嬤帶著幾個丫鬟在旁邊剝了水果送上，窗子半開著，送進一陣陣的微風。連著幾日下雪，難得換來了好天氣，讓屋子裡的氣氛也分外好，周十九親手端茶遞給周夫人，然後才坐在錦杌上。「姪兒有件事想求嬸娘。」

周夫人笑著將茶放在一旁。「那可要說來聽聽，看看我有沒有這個本事。」

周十九眉目舒緩，氣質如高山流水，聲音清澈，秀長的眼眸裡斂著光華。「嬸娘自是能的。」說著頓了頓。「嬸娘能不能進宮請皇太后出面，求皇上賜我門親事？」

開口就先封住了她的嘴，若是她說不能，她這個做長輩的就不算盡力，他正好名正言順地自己籌謀。

周夫人笑容僵在臉上，半晌才回過神。「這是……怎麼說的……郡王爺看上了哪家閨秀，我這個做嬸娘的怎麼都不知曉？」這樣半開玩笑半真切地說話，虛虛實實地試探，就是要他自己說出實話。

卻憑她怎麼說，周元澈臉上的神情都沒有絲毫變化，若不是之前她讓人打聽出些消息，周元澈定會掩得滴水不漏，直到婚期定下，她才會知曉到底是哪家閨秀要進她周家的門。

周十九微微一笑道：「嬸娘說笑了，還要看皇恩浩蕩。」

皇恩浩蕩。在福建立了大功，賜婚這樣的賞賜自然不在話下，對待為朝廷出生入死的宗室，朝廷是極其慷慨大方的。

周夫人嘆口氣。「你還記不記得，三年前榮郡王在邊疆立了大功，皇上開恩晉了他的爵位，你家這支是太祖之子，封爵時爵位就低了，我想趁著這個機會託人幫忙看看能不能給你晉爵，再將從前朝廷收走的宅子和田產要回來。」說著眼睛一紅。「你父親臨終時還念念不忘祖上傳下來的宅子，你既然復了郡王爵，也該有個郡王的樣子，家裡外面是一樣也不能少的，等一切準備妥當，哪家的小姐不願意嫁過來，到時候再去求親還不是順理成章。」她就是要提醒他，就算是想要娶妻，也要先對得起祖宗。

「嬸娘安心，這件事姪兒沒忘記，皇上已經著人安排，要賜下康郡王府。」

周夫人微微一怔，驚喜地半天才說出話來。「你這孩子……怎麼才說……」

「姪兒推辭了。」周十九放下手裡的茶碗，頓了頓。「姪兒之功不足以讓聖上這般眷顧，就是五王爺，也是先定了婚事後賜了府邸，姪兒不敢逾越，所以才會退一步，請嬸娘進宮幫姪兒求皇上賜婚。」

原來在這裡等著她，只要向她說起，就勢必要讓她進宮求親，真是安排得滴水不漏。

這何嘗不是正對她的心思。

周夫人雙手合十，唸了句佛。「不管怎麼樣，這下子你父親、母親可心安了。這幾日我就去宮裡求恩典，但願我們家到時候能雙喜臨門。」

周十九面帶微笑，黑亮的眼睛卻一深。「等旨意下來，我去祭祖告慰祖先。」提起周元澈亡故的父母，周夫人眼睛澀起來。「如此甚好。」

周十九說完話，去了衙門裡。

周夫人就帶著申嬤嬤去花房挑盆景。

「您說，郡王爺真的就那麼喜歡陳六小姐，竟然想到了要皇上賜婚？」申嬤嬤道。「論才貌，陳六小姐可都不出挑，還不如陳四小姐。」

周夫人看了申嬤嬤一眼。「郡王爺挑媳婦可不是看才貌，女人相夫教子最重要，支起內宅，才貌算得上什麼？能有個人在背後幫他算計才是主要的。要說郡王爺喜歡陳六小姐倒不一定，這些年，妳見他對什麼人上過心？不過就是權衡利弊罷了，陳六小姐的性子透亮得很，眼裡揉不得半點沙子。」之前聽說郡王爺的死訊，就是這個陳六小姐在她面前作戲遮掩，陳六小姐在她面前那一跪，她現在想想還頗受不起。京裡這麼多名門閨秀，哪個有這個的本事。

申嬤嬤低聲道：「郡王爺是故意要跟您分心……」

「他是這樣想，我這個做長輩的卻不能任著他胡來，怎麼也要攏住他的心。一家人就是一家人，不能就這樣生分過去。陳六小姐不安分，又有一個護短的祖母，和郡王爺實在不是良配。我答應了郡王爺進宮求恩旨，郡王爺卻沒有說明要求哪家的小姐，真是皇上賜婚，聖旨上寫的是誰誰就是郡王妃，旨意不是兒戲，郡王爺還能抗旨不成？」既然他要權衡利弊就隨他去，是前程重要還是一個女人重要，難不成他還能跟皇上分辯。「再說，陳家長房老太太大約也不願意攀附這門親事，男婚女嫁說起來容易，有幾個人能順著自己的心思。」

申嬤嬤笑道：「還是夫人想得周詳。」

一步步都按照她安排的進行，周元澈就算再聰明也不能弄清楚內宅的事。至於陳家，還有件大事等著他們。

長房老太太出去打聽消息，琳怡就留在府裡陪著琳霜。

琳霜神情懨懨地坐在廊上，琳怡恐怕她受涼，乾脆將她帶去大廚房裡為長房老太太準備糕點，兩個人做了一大桌小菜、點心，長房老太太總算回到府裡。

大家在堂屋坐好，長房老太太喝了茶，潤潤嗓子才道：「我從前識得不少的宗室，這兩年我不大出去，這段日子才算通了消息，」說到這裡眼睛一沈。「該說的我都說了，那邊的主母答應去說項，若是能成，那邊會說死了的小廝從前就有些病症，是回到家後病發死的，不是被葛家哥兒當場打死。這樣一來打死人變成打傷人，葛家哥兒頂多挨上一頓板子，這件事也就了了。」

琳霜聽得這話，緊緊拉住琳怡的手。

這樣已經算是最好的結果。

族裡的三太太也是千恩萬謝。「多虧了老太太幫忙，否則還真不知道要如何辦法。」

長房老太太將茶放在一邊。「先別謝我，那邊還沒去說，不知道是什麼結果，妳們也要想清楚，萬一油鹽不進該怎麼辦？」

琳怡眼見著歡喜從琳霜眼睛裡退得乾乾淨淨，她抬起頭向琳怡求救。

琳怡抿抿嘴唇，抬起臉問長房老太太。「祖母，不知道這樣去說項，有幾分把握？」商量了一日，總該有些眉目。

長房老太太嘆口氣，眼睛裡有些疲憊，可更多的是憂愁。「說不好，帶著小廝去三河縣的叫周永昌，從前就是欺男霸女的人物，這次康郡王在福建立了功，宗室子弟臉色有光，比往常更加跋扈起來。死的那個是周永昌身邊得力的小廝……這事想要談和，恐怕要費些周章。」

族裡的三太太也緊張起來。

長房老太太道：「不過，妳們也放心，既然周永昌會鬧，定是有所圖，那些人無非是要些錢財之物，我們就等著他開條件就是。」

可這種情況就是這樣，想的是一回事，最終往往會出乎意料。

長房老太太隔了一日又去周家，回來的時候氣得臉色鐵青，手也跟著抖起來。

第一百一十三章

琳怡將長房老太太扶去內室裡坐下，又親手泡了杯熱茶送到長房老太太嘴邊。「祖母，您喝些熱水穩穩神。」

長房老太太強喝下半杯茶，閉著眼睛躺在軟榻上。

族裡的三太太知道情形不好，也就不再詢問長房老太太，帶著琳霜退了出去。

大約過了一炷香的時間，長房老太太才算順下這口氣。

「真是欺人太甚！」長房老太太只要想著胸口那團氣就往上撞。「原來他們惦記著我那個莊子，這也就罷了……」說著看了一眼身邊的琳怡。「竟然張嘴就要求娶六丫頭。」

琳怡想過不少種可能，卻從沒料到會是這個結果。

旁邊的白嬤嬤也愣住了。「要求娶六小姐？是哪個宗室子弟？」

長房老太太冷笑一聲。「真是不自量力，別說不過是個無所事事的紈袴子弟，就算他是正經上進的，從前已經娶過正室，讓我們六丫頭去做繼室……也是妄想。說是不打不相識來結親，其實我看是早有預謀。」

按理說，她和父親才從福建來京裡，她又沒有別的名聲，不可能隨便引人來求親，之前林家來求，那也是因要利用父親，再有就是陳家或是蕭家的遠親，那都是有緣由的。

為了救人可以用銀錢，卻不能拿六丫頭的終身大事開玩笑。

長房老太太道：「我已經回絕了，讓他們斷了這個念頭。」

長房老太太從來沒動過這麼大的氣。

「我們家好歹是立戰功的功臣，也被這些閒散宗室欺負成這樣，可想而知平頭百姓見到他們會如何，從前我那莊子旁邊也是閒散宗室家的田地，他們是動輒就來我那莊子上借用長工、佃戶，到了年關，只要我那莊子上收穫好了，那些宗室的下人必定去我那莊子上又吃又拿，逢年過節，莊頭最怕的就是這些人。這些我都忍了，誰教我們家一早貪了好土地，沒想到現在他們是得寸進尺……」

琳怡總算知曉為何長房老太太聽到宗室兩個字就皺眉頭。可現在不是宗室打死人，而是葛家的少爺打死了宗室的下人。

到了晚上，長房老太太婉轉地將整件事的結果告訴族裡的三太太和琳霜。

琳霜聽得臉色蒼白，「霍」地一下站起身，走到長房老太太身邊跪下，咬了咬嘴唇。「求老太太再去說說，只要他們能放了葛家少爺，我……我願意嫁過去……」

族裡的三太太聽得這話也站起身來。「傻丫頭，妳說什麼胡話！」

琳霜抬起頭來，表情堅定。「我是說真的，這件事本來就因我們家而起，若是這樣就能解決，不光是葛家少爺能放出來，我們家在三河縣也能抬起頭。」說著淒然一笑。「否則我們縮在一旁，將來又有誰敢與我們家來往？我嫁過去，最壞的結果不過是被休回娘家，難不成族裡的兄弟還不能養我餘生？我……不是隨便說說……我是真的願意。」

族裡的三太太萬念俱灰的臉上滿是淚水。

長房老太太一掌拍在矮桌上。「胡鬧！我們陳家還真被人這樣拿住不成？送上田地不說，竟到了賣兒賣女的地步——」說著一急，咳嗽起來。

琳怡忙去給長房老太太順後背。

大家說著話，陳允遠下衙回來，坐在長房老太太旁邊的椅子上。「幸而葛家和陳家都打點過，這案子暫時壓在了通州，若是定了案，報來順天就麻煩了。」

會不會定案，如今就看宗室那邊還會不會死咬著不放。

琳霜道：「老太太，趁著現在還來得及，老太太再出面……」

琳怡不等琳霜將話說完，上前將琳霜攙扶起來。「祖母還有別的法子，妳先不要急。」

族裡的三太太向琳怡投來一個感激的眼神。

琳霜幾乎將嘴唇咬出血，抬起頭央求地看琳怡，琳怡搖搖頭，將琳霜拉到一旁坐下。

陳允遠道：「我託人去通州衙門裡說了，別的不敢說，這案子有了情況，我們家總能最快知曉。」

族裡的三太太道：「那就煩勞叔叔聽著些。」

大人在屋子裡還有事要商量，琳怡將琳霜拉去房裡。琳霜看著琳怡。「我有話也不瞞妹妹，就算嫁過去我也不會後悔，現在就怕人家不願意娶我。早知道會牽連老太太和妹妹，我和母親說什麼也不會過來。」

琳怡搖頭道：「他們是早就算計好的，妳們不來，祖母聽到這個消息也會出面幫忙，尋常人求來還是如此，何況是自己的家人。」長房老太太的莊子是他們一早看好的，她的婚事也是有人在算計，搞不好整件事開始就是衝著祖母和她來的。

小蕭氏請了郎中來給長房老太太調了順氣的方子，琳怡服侍長房老太太吃下，又讓白嬤嬤將屋裡的香爐搬開。「祖母這幾日還是不要用香了，免得咳嗽得更厲害。」

長房老太太點點頭。「已經用慣了香，一時撤下還不習慣。」

琳怡笑道：「祖母從前也愛吃醬菜，如今已經有幾個月不碰了。」

白嬤嬤也在旁邊應和。「老太太就聽六小姐的吧，準是沒錯。」

待到白嬤嬤和房裡的下人退下去，長房老太太嘆氣。「妳說這件事要怎麼辦才好？」

琳怡聽得這話也垂下了頭。「祖母心裡也是左右為難，我也是想不出個結果來。」

長房老太太微合眼睛。「妳這個丫頭就是我肚子裡的蛔蟲，我想什麼妳全都知道。」說著伸出手去整理琳怡的鬢角。

琳怡道：「現在越來越清楚，這是早就挖好的陷阱，就等我們家跳下去，輕的是要走了祖母的莊子，重的還不知道會牽連什麼。若是平常，祖母定會對這件事三緘其口，還要父親遠遠避開，以求自保。可是現在牽連了族裡，鬧不好就是葛家少爺和琳霜兩條人命，祖母就不能充耳不聞。」

長房老太太聽著直嘆氣。「人還是糊塗些好，現在妳心裡明白了也會不好受。妳父親現在官途正順，若是我們家能平平安安，再有袁家和鄭家的幫襯，別的不說，妳父親至少能取了堂官做。」

就算沒有這件事，恐怕也沒那麼容易。

「我想來想去，宗室裡面我們得罪過的人……」

長房老太太還沒說話，琳怡就道：「是不是康郡王的嬸娘？之前孫女頂撞周夫人，現在二伯母又要將四姊說給康郡王。」

既然要結姻親，自然就會站在一條繩上。

「有本事衝著我老婆子來，現在卻連妳也算計在內。」

琳怡安慰長房老太太。「還不是一樣，眼下大伯、二伯那邊就怕祖母給我尋了門好親事。」將琳婉和琳芳比下去是小，萬一靠上棵大樹，大伯和二伯的謀劃就算不落空，也會十分艱難。

在兩個伯父眼裡，最好她不能嫁人，就算嫁人，也要為琳婉和琳芳鋪路。

長房老太太拉起琳怡的手。「換作別人，大概早就為這個愁死了，妳平日裡看著都還歡喜，心裡卻這樣明白。」說著長長地嘆口氣。「妳父親剛才說了，這次獎賞功臣，皇上要從功臣中選女入宮以示恩賜，」長房老太太說得極慢。「從前就有過這樣的慣例。」

琳怡睜大眼睛，也就是說，她很有可能被選入宮。

「進宮之後就是骨肉分離，妳父親剛才說了，在旨意沒下來之前，要將妳的婚事定下來，以免將來會措手不及，」長房老太太說著。「我原本是想妳年紀還小，慢慢幫妳挑門好親事，可眼看是來不及了，我就問妳一句，齊家的哥兒妳覺得如何？」

第一眼見過齊二郎，就覺得他是平心持正的人，後來經過齊二太太要藥方一節，她就更知他性情。

琳怡不說話，長房老太太也就點頭。「以齊家哥兒的性子，別的不好說，有了事定會全力護妳周全，若不是如此，妳出嫁前我也不會和齊家再來往。」齊二太太不來陳家賠禮道歉，齊二郎就不吃藥，單這一點，長房老太太就對齊二郎很滿意。

琳怡聽得這話，只覺得臉頰發熱。

長房老太太道：「等妳出嫁之後，妳父親的事我再想法子，妳父親也是這個意思，不肯用妳的婚事來攀高。等到杏榜一發，不出意外，齊家就會上門提親，到時候我們兩家換了庚帖，宮裡選人，也就選不到妳身上。」

齊二太太對琳怡是越看越喜歡，最近頻頻向長房老太太說項，就怕經過上次，長房老太太不肯答應這門親事。

而且現在陳家的情形和從前已經不一樣，陳允遠已經做了吏部員外郎，又過繼到了長房，就算齊二郎上了杏榜，和齊家結親也不算是高嫁。

她的事是籌劃好了，琳霜卻要怎麼辦？

知道琳怡的想法，長房老太太道：「人都是有私心的，這件事若是牽連妳，我是第一個不肯……」

「祖母，」琳怡輕聲道。「我有個法子，不知道能不能行得通。」

第一百一十四章

長房老太太看向琳怡。「什麼法子？」

琳怡道：「那周永昌仗著是宗室到處作惡定不是第一次，祖母不如讓人去打聽一下，從前那些事都是怎麼了結的。」

這話……長房老太太聽著緩緩點頭。「說的是，既然那麼不好談攏，我們只有想別的法子。」

只有手裡攥著東西，才好和旁人談條件。

琳怡道：「我是覺得，既然他們是衝著我們家來的，也就不要遮遮掩掩，該做什麼就做什麼。」知曉了來龍去脈，還將族裡和琳霜推在前面擋著，於情於理都說不過去。

考生從貢院裡出來，有的精神煥發，有的痛哭流涕，有的悵然若失。齊重軒就屬於最後一種。在貢院裡揮筆疾書，時間一到，寫滿字的卷子被收上去，全身的精力也似是被一起帶走，身心只餘一片空白。

齊重軒回到家裡，二話不說一頭倒在炕上，疲累得不想和任何人說話，齊家上下也都不敢打擾，直到深夜，齊重軒才昏昏沈沈地睡著。

這一睡就是兩日。

齊五小姐來到陳家作客，這些日子，她已經習慣了安靜，乍一出門還不適應，只空坐著喝茶，都不敢說話，彷彿還在家裡似的，半晌才笑道：「妳不知道我母親緊張成什麼樣子，家裡的茶盞不小心被碰摔了幾套，晚上給我父親洗完腳，就將換下來的襪子又給我父親穿上，我父親無可奈何，讓我母親去相熟的人家說說話，免得憋出病來。」

齊五小姐說著和琳怡相視一笑。

兒女奔前程，最緊張的就是父母。

齊五小姐道：「三姊也想跟著來，母親讓三姊在家裡備嫁，不准她出門了。」

只要是訂了親的小姐，就不能再出去拋頭露面，整日裡在閨房裡繡花。

「這麼說，要見到三姊，只有等三姊成親之後了？」琳怡展顏一笑。「好在是嫁到京裡，否則還真不知道什麼時候才能再聚在一起。」

齊五小姐點頭。「可不是。」

琳怡將琳霜拉過來和齊五小姐認識，開始，琳霜還心事重重，說到後面也綻開了笑容。

「人生不如意的事太多，」齊五小姐安慰琳霜。「有時候沒法子，也只能看開些。」

琳霜垂下眼睛，對齊五小姐十分感激。

不一會兒工夫，齊二太太過來，進了門看到兩個燒旺的炭盆。「天冷也要當心別著了炭氣。」屋子裡白日停了地龍，燒的是銀霜炭，窗子都讓開了個小縫，不至於會被炭燻到。

齊二太太這樣的關懷透著一股深意，就連旁邊的琳霜臉上也有恍然明瞭的表情。

兩人送走了齊二太太和齊五小姐。

琳霜笑著拉起琳怡。「那個齊二郎怎麼樣？這次定能登上杏榜吧？」

科舉的事誰能說清楚，前世她對齊二郎沒有關注過，只依稀記得會元郎並不出在京畿，林正青只是取了貢士，到了殿試不過點了同進士。

葛家哥兒還在大牢裡，琳怡也不好和琳霜說太多齊二郎的事，幾句話就岔開了，帶著琳霜去選幾塊料子做衣裙。

杏榜飄香，朝廷連連傳出喜報，陳家氣氛低沈了許久，現在終於有了雲開見月明的感覺。白嬤嬤笑著向長房老太太道：「齊家少爺取了頭名會元。」

長房老太太原覺得齊家二郎能掛榜中士，卻沒想到一舉取了會元。意外之喜。

最近的事，件件讓琳怡覺得意外，前世的一切到這裡終於全都變了。林正青雖然沒有像前世一樣連中三元，齊二郎卻一下子從眾考生中脫穎而出。

白嬤嬤已經向長房老太太恭喜。「還是老太太有眼光。」

長房老太太責怪地看了白嬤嬤一眼。「別人家二郎中會元，妳跟著高興做什麼？」

白嬤嬤急忙笑著告罪。「是奴婢多嘴了。等到下個月殿試過後，一準兒會取了進士，咱們大周朝又多了位儲相。」

長房老太太似笑非笑地看琳怡一眼。「瞧瞧，虧得她還知道什麼叫儲相。」

只要想到要和齊家談定婚事，琳怡就心裡突突亂跳。

不一會兒工夫，齊家報喜的人來了，長房老太太照例挑了塊端硯送去。

陳允遠回到家，說起這個，也捋著鬍子直笑，標準的文人模樣，口中連著誇讚。「齊家哥兒真是不錯，我聽說那文章寫得眾多學子無人能及，會元郎是名副其實。之前春闈結束之後，我聽說這次考題偏了，還心裡著急，沒想到成全了他，若不是博覽群書有深厚的底子，絕不會有如此的結果。」

小蕭氏抿著嘴看陳允遠。「看把老爺高興的，這門親事還沒定下來呢。」

「我看八九不離十，」陳允遠笑道。「前幾日遇到齊老爺，齊老爺還請我吃了頓酒席，席上說起兩個孩兒……」

小蕭氏放下手裡的針線，埋怨地看了陳允遠一眼。「老爺也真是，怎麼沒和我說起這事？」

陳允遠正色起來。「這怎麼能亂說？」他也是瞧著老太太應允了這才提起。

小蕭氏聽得眼睛發亮。「琳怡也是好福氣，最好能做了狀元夫人。」

「婦人真是貪心，妳知道考上進士有多不容易，還想著狀元。」陳允遠雖這樣說，眼睛裡卻掩不住笑意。

小蕭氏想及兒女長大了將來要各自成家，兒子不用說自是在身邊，六姊兒……不禁嘆氣。「殿試過後，我們兩家也就要過明路了，照這樣算，明年六丫頭就要出嫁了啊……六丫頭明年才及笄，我真是捨不得。」

捨得捨不得倒還是其次，陳允遠道：「只要六姊兒順順利利地嫁了人，中間別出差錯就好。」

小蕭氏想到族裡三太太的女兒琳霜出嫁前出了這麼大的事，也是心驚肉跳。「老太太安排得那麼周詳，一定不會有差錯的。」

陳允遠和小蕭氏在屋裡說話，琳怡聽著外面的爆竹聲響，想到齊二郎在春闈上一枝獨秀地拿到會元，總覺得心裡不大踏實。

她吩咐玲瓏。「將我的氅衣拿來，我要去哥哥屋裡。」

第一百一十五章

衡哥正在屋子裡寫字帖，琳怡撩開簾子進屋，就聞到滿室的墨香。

衡哥見到妹妹，獻寶似地將墨拿給妹妹瞧。「新得的老墨，知道妹妹喜歡，特意留了一塊給妹妹。」說著將手裡青緞盒子遞給琳怡。

琳怡低頭看，墨色深而不化，是上等的老墨。

「這是誰給哥哥的？」

衡哥抿嘴笑道：「爹爹今天難得高興，就將康郡王送來的老墨勻了兩塊給我。」

陳允遠有一大愛好就是蒐集老墨，搬家的時候囑咐小蕭氏，什麼都可以不要，那些他蒐集的陳年舊墨，要一個渣都不落地給他帶回來。

「父親說，郡王爺雖是武將卻頗通文墨，真正的文武雙全，郡王爺不但挑了幾塊老墨，還送了幅前朝孟春的『枯木逢春圖』給父親。」

陳允遠吃過飯，神秘地捋著鬍子將衡哥叫去房裡，原來就是得意地將得來的書畫曬給兒子瞧。陳允遠喜歡的都是書畫中的異類，平日裡得來的書畫都不對他的心思，這次終於得償所願。丫鬟端了茶杯進書房，陳允遠都沈下臉讓人將水端出去，生怕那些水潑到畫上去似的。賞完畫又再三囑咐小蕭氏一定要收好。

提起父親，衡哥津津樂道。「父親可比在福建的時候開懷多了。」

自從前些日子康郡王平叛回京，五王爺宴請功臣之後，陳允遠的處境就明顯比從前好了許多。

陳允遠也是最近才知曉原因所在。

歸根結柢，還是因康郡王的緣故。

琳怡和衡哥去小蕭氏房裡，陳允遠正對這件事津津樂道。「我才知道那晚郡王爺是醉了酒要回府的，不知怎麼地就走到咱們家來。周家不見郡王爺，去五王爺府尋，著實找了好一陣子。」

周十九喝醉了酒？那晚周十九上門，明明是再清醒不過。

小蕭氏埋怨地看了陳允遠一眼。「郡王爺醉了，老爺還和郡王爺喝酒，老爺也真是……」

那晚其實真正醉的是父親，父親第二日連衙門裡也沒去，周十九卻神清氣爽地在亭子裡調琴。

周十九在王爺府醉酒還想著來陳家，這樣的傳言散出去，怪不得人人都要高看父親一眼。父親本是沒有被王爺請去宴席而失意，這樣一來，卻是塞翁失馬焉知非福。

陳允遠道：「侍郎大人說，等我熟悉了吏部，年底就要提名我做吏部郎中。」

小蕭氏睜大眼睛。「老爺這麼快就要做堂官了？」

陳允遠又高深莫測地一笑。「在吏部有那麼多的員外郎，按理說我的資歷可是不夠，不過是侍郎大人栽培。」

在別的部院還好，在吏部任正職那是多少人削尖腦袋也鑽不上去的，就算父親有功勞在身，也可以進其他部院。

吏部的堂官是一般人不敢得罪的，祖母就說若是父親能在吏部熬到堂官，至少會讓人有些顧忌，沒想到轉眼這話就要實現了。

陳允遠說完這些看向衡哥。

「過來有什麼事？」

衡哥道：「想問問父親這次春闈的試題。」

陳允遠聽得兒子說這話，頓時兩眼亮光，誇讚衡哥。「果然是長進了。」

衡哥被誇了好一陣子，總算將試題要到手。八股文的題目總是彎繞得人頭暈，陳允遠慢慢解釋道：「對海外國家是要施仁政還是加強兵力，要看過許多關於海論的書，才能引經據典寫出文章。」

真的偏題了，她記得父親說過，科舉的題目諸子百家治國策論居多。

陳允遠道：「齊家二郎考上會元，這次的主考大人可是高興得不得了，齊家二郎春闈發憤，算是彌補了上次秋闈的遺憾。」

琳怡忍不住插嘴。「主考官為什麼會高興？」

陳允遠喝了半盅茶。「主考大人和齊二老爺是同科。」

琳怡聽著這話，皺起眉頭。不是她想得太多，只是認識主考官又在偏題的情形下取了頭名，說到了外面會不會讓人起疑？

琳怡才將這樣的憂慮說給長房老太太聽，族裡就來了人說起莊子上的事。「實在是欺人太甚，莊子上的東西不准我們動一分，葛家哥兒不放出來，莊子如今也成了他們的。葛家也是，只聽那邊鬆了口，就送去了大把的銀子，結果人說了，只保證不牽連陳家，葛家老爺一下子就被氣昏了過去。」

好歹毒，長房老太太幾乎將手裡的佛珠捏碎了。「這樣葛家人還以為我們陳家上下打點是為了不被牽連。」

葛家和陳家本來同仇敵愾，現在葛家心裡卻被撒了一把沙子。

琳霜聽了這話，心底唯一的希望被澆滅了。

就算葛家哥兒被放出來，這門親事恐怕也是再也做不成。

長房老太太實在沒法子，又請惠和郡主幫忙去周家說項。一日的工夫，惠和郡主打聽出消息，周永昌家和康郡王的嬸娘周夫人有些走動。

恰好趕上康郡王的嬸娘周夫人做宴，長房老太太和琳怡過去送了份禮物。

周夫人見到陳家長房老太太十分親切，將長房老太太請去上座，讓人用粉彩的壽字蓋碗盛了龍井茶。

周夫人的大媳婦——周大太太甄氏親切地待客，見到琳怡，拉著手好一陣子瞧，當著花廳裡眾位夫人笑道：「陳家的小姐個個長得漂亮，我可是見了好幾個了。」

這話一出，琳怡立即感覺到落在她身上的視線多了起來。

周大太太甄氏話裡帶著深意，是在間接地說陳家女兒都惦記著進周家大門。

周家賓客眾多，大家你一言我一語，說了半天才漸漸散了，長房老太太好不容易找到機會和周夫人單獨說話。「這次來是想託您去說說，葛家哥兒是有錯在前，可是說到故意打死人，可絕沒有這個心思，葛家後輩中可全都靠他，葛家急得不行，總也要謀條活路出來，我是厚著臉皮過來請夫人幫忙。」

周夫人臉上始終帶著笑容，聽到最後，也沒有遲疑太久。「老太太這樣說了，我怎好不幫忙？一會兒永昌的母親甄氏過來，論輩分她也該叫我一聲伯母，我這個長輩既然當著，就問問她到底要怎麼樣才肯罷休。」

這話說得十分漂亮，讓人挑不出半天錯處來。

每一次見到周夫人，琳怡都覺得周夫人的心思真是深不可測。

花廳裡的戲開演了，眾夫人笑著聊天看戲。長房老太太怕冷，琳怡陪著在廂房裡小坐。不一會兒工夫，周夫人帶著一位穿著水銀小鳳尾褙子，滿頭碧玉蝴蝶簪，圓盤臉下掛著雙下巴，銀鈎鼻上一顆大大的黑痣幾乎占滿了鼻頭，杏核眼兼長眉入鬢，走起路來搖搖擺擺的夫人進了門。

那夫人跟著周夫人走上前幾步，大大的眼睛骨碌碌轉到長房老太太臉上，然後又去斜旁邊的琳怡。

從那高高在上略有幾分得意的目光裡，琳怡猜出來這位就是周永昌的母親甄氏。

長房老太太和琳怡起身向甄氏行禮。

甄氏笑著甩帕子。「您瞧瞧這般多禮做什麼，大家又不是外人。」說著用胖胖的手去拉起琳怡。

周夫人和甄氏落坐，丫鬟們端上茶水。

甄氏的目光再三落在琳怡身上。

長房老太太強浮起笑容和甄氏客氣幾句。

甄氏慢慢應著，彷彿感興趣的只有眼前的琳怡。

直到周夫人提起葛家的事，甄氏才恍然大悟。「那件事啊！」說著看向陳家長房老太太。「您之前託人來和我說，我就已經說了，這事不要緊，都已經過去了，您就不要放在心上。」

甄氏話說得輕鬆，如今葛家哥兒還在牢裡，著急的是陳家和葛家。

甄氏的話到這裡，不等長房老太太開口，又道：「只是可憐那個孩子，跟著我家昌哥這麼多年，說沒就沒了，我家昌哥身邊就這麼一個得力的，唉……這就像砍了左右手，要說不疼，那是我胡說呢！陳老太太您說是也不是？」

既然是來求人家，還能當眾反駁不成？

長房老太太道：「這也是飛來橫禍，大家都不想的啊。」

甄氏也不反駁，單去看琳怡。「這家裡少了一個，若是能多一個補上，我們家昌哥的心情好了，我還有什麼好說的？」

長房老太太沒想到甄氏會這樣直接說出口，驚訝地看著周夫人，好一陣子沒反應過來。

周夫人也怔愣了半天才明白。「這……可要從長計議才好。」

甄氏卻不受挫。「陳六小姐明年就要及笄了吧？我們家昌哥可是正經的貴胄，」說著頓了頓。「陳老太太您心裡也要有個數，不能光聽旁人說三道四，畢竟人心隔肚皮，您這裡幫葛家說話，您不知道葛家怎麼說陳家呢。」

長房老太太臉色漸漸陰沈，皺起了眉頭。「夫人這話是怎麼說的？」

甄夫人拿起帕子捂嘴笑。「陳老太太，不知道您在三河縣的莊子上是不是產御用的粳米呢？」

御用的粳米就算是有也是御賜的，哪家敢私自囤這個？

「陳老太太，您在京裡還不知曉，三河縣的官差可都去您的莊子上了，只怕幾日查下來就要有個結果。」甄夫人說著眼睛又看在琳怡身上。「瞧這身子單薄的，要吃些藥調養調養，將來也好有個好底子。」

第一百一十六章

看到甄氏眉開眼笑的模樣，長房老太太攥著怒氣，可仍舊嗓子一癢，劇烈咳嗽起來。

琳怡忙上前拍撫長房老太太的後背。

周永昌的母親甄氏和周夫人的大媳婦甄氏娘家是本家，加之大家都是宗室，住在宗室營，平日裡來往自然不少，甄氏能在周家這樣明目張膽地說話，自然有周夫人背後支持。

琳怡拿出隨身帶的藥膏子服侍長房老太太吃了些，長房老太太這才覺得胸口舒爽了許多。

「瞧瞧，」甄氏一臉笑容。「我早就聽說陳六小姐是姻語秋先生教出來的。」說著去看周夫人。「我家老夫人身子素來不好，陳六小姐若是能幫我們家老夫人調養一二，那就是最好的了。」

琳怡只覺得長房老太太後背又繃起來。

之前將她和小廝一起比，而今又讓她充當郎中，甄氏握住了陳家的把柄，就以為她不會拒絕。

「夫人高看了，」琳怡對上甄氏的眼睛，微微展顏。「我不過是在祖母、父母面前動些心思做藥膳罷了，對著旁人別說是開方子，就算讓我說些藥理也是不能的。」

甄氏驚訝片刻瞬即輕笑起來。「這話是怎麼說的，我倒沒這個臉面了。」

琳怡的聲音依舊清亮，不卑不亢。「不是夫人沒臉面，我跟著姻語秋先生學藥理是要盡孝道的，旁的就真是不會了。」

學藥理是盡孝道用的，也就是直說甄氏是外人，和她沒有半點關係。

好尖利的嘴。周夫人抬起眼睛看著陳家長房老太太身邊的女孩，素淨的臉孔，目光明亮純粹如晴好的天空，安安靜靜地站在一旁，花月般的臉頰上卻隱含著一股堅韌的神情，如同柔軟花瓣上伸出的刺，只要伸手去揉搓它，就會被它狠狠地刺上一下。

長房老太太聽得孫女不軟不硬的話，覺得比吃了薄荷還要舒坦。這才是救急的藥丸啊。

甄氏甩甩帕子，臉色陰沈起來。「看到這些孩子，才發覺我們這些人都老了。」說著嘆氣。「活了這麼大歲數，心裡哪裡還能裝下別的，也就是他們好了，我們心裡才能痛快。老太太這般待孫女，可知天下父母心了。」

這話意有所指。葛家還不是為了葛家少爺才拚盡全力，這是要提醒她們，葛家要告陳家不是說說而已。

都說宗室仗勢欺人，這次琳怡算是見識到了。

「顏家班的小菱仙也該上場了，」周夫人恰好這時候插嘴。「桂芳不是最喜歡看小菱仙的嗎？」

甄氏這時才想起來。「真是，別誤了大事，」說著整理自己的馬面裙。「好不容易請到小菱仙，要是沒有將戲聽全可是得不償失。」

葛家人命關天，到頭來不如一場戲重要。

甄氏抬腳就要出門，周夫人起身請陳家長房老太太。「老太太，您也去聽聽。」

長房老太太搖頭拒絕。「我還是在屋裡歇歇腳，免得不舒坦攪了妳們的興致。」

周夫人倒是周到，留下丫鬟、婆子服侍，又好一陣子說：「我去前面待客，一會兒就來陪老太太說話。」

長房老太太去側室裡歇腳，白嬤嬤笑著將屋子裡的丫鬟、婆子都迎出去說話。

琳怡拉起長房老太太的手。「祖母，您身子怎麼樣？」

長房老太太擺擺手。「沒事，還不會讓她們氣死，」說著抬起頭來看琳怡。「妳可看清楚了？」

琳怡頷首，看清楚了，周夫人謀劃將她嫁給周永昌。

長房老太太嘆口氣。「妳準備怎麼辦？」

琳怡笑著安慰長房老太太。「能怎麼辦？解鈴還須繫鈴人，宗室我們惹不起，可是總要有人來收拾他的爛攤子，要不我們來周家做什麼？」

周夫人埋怨地看甄氏一眼。「妳是要找兒媳婦，可不是別的，要想著一家和睦才好。」

甄氏撇嘴一笑。「您就是攤上了我那妹妹做媳婦，事事百依百順，要是遇到這般的，您的性子還不讓她騎到您頭上去？」

周夫人微皺眉頭。「總不好就這樣逆著來，萬一生分了那可怎麼得了？」

甄氏眉飛色舞。「那就休妻，或是再續弦，只要兒子好端端的，還怕好好的梧桐樹招不來金鳳凰？」

周夫人停下腳步。「看妳這張嘴。」

甄氏似是大受打擊。「我也就是自己寬心罷了，我沒有您的福氣，您就要和有名的菩薩結親了，她那個女兒貌似天仙啊，將來您是有享不盡的福。」

提起陳二太太田氏和陳四小姐，周夫人點頭。「那孩子是不錯，和她母親一樣有一副好心腸。」

周夫人進了花廳，甄氏剛要跟著進去，周夫人的兒媳周大太太一把將娘家姊姊拉到一旁，低聲問：「怎麼樣？」

甄氏譏誚一笑。「現在黑扛著，早晚要自己找上門來求我們，到時候可少不了嫁妝。」要不是妹妹提醒陳家長房有不少的田產，陳家長房老太太又極疼陳六小姐，她還想不到這個法子。

周大太太跟著笑。

甄氏道：「妳放心，將來事成了，我少不了要謝妳。」

周大太太忙擺手。「要謝就謝觀音大士點化了妳，我也是無意中聽到陳二太太田氏說起的。」

甄氏得意了一會兒，想到陳六小姐衝撞她的話又冷笑。「要不是衝著陳家長房有了底子，我才不要她。鄉下養大的果然是沒規矩。這滿園子的客人，除了皇親就是顯貴，她們也來渾水摸魚，要是我早就臊死了，竟然還端坐在那裡，真是不嫌丟人。」

等到甄氏去看戲，周大太太吩咐身邊的丫鬟。「陳家老太太和小姐用過的杯子都收起來，將來打發了窮親戚拿去。」

丫鬟知曉周大太太素來愛乾淨，忙應了。「您放心，那些茶碗都單放著呢。等客人走了，奴婢們就取水來刷地，保證弄得乾乾淨淨。」

周大太太讚許地看那丫鬟一眼。「這樣最好。」只要看到陳六小姐，她就像聞到一股土腥味兒，心裡說不出的膈應，凡是陳六小姐用過的東西，最好遠遠地丟開，免得壞了她的心情。

看完了戲，天色雖早，陳家長房老太太帶著孫女告辭。周永昌的母親甄氏，捏著帕子意猶未盡地學著小菱仙唱一句，立即博了個滿堂彩。

甄氏看一眼陳六小姐，陳六小姐依舊不受教，沒有半點迎合她的意思。

甄氏情緒越發高漲，笑著看周夫人。「上次葉子牌玩得不盡興，今日要多玩幾圈。」

周夫人故意笑甄氏。「輸了的可不許抵賴。」

甄氏難得地大方。「就是多輸幾個又何妨，只要夫人高興就是了。」

眾女眷談笑。「不知她發了什麼財，這樣財大氣粗起來。」

發的財，無非就是葛家和陳家。

大家心有靈犀，嬉笑著看好戲，甄氏也仰著頭不加遮掩。

長房老太太氣得手發抖，卻不敢說出半句不是，走到僻靜處，才使勁將枴杖拄在地上。

「仗著老天不收人，就無法無天！」

宗室可不是就有天在護著。

留下來摸牌的畢竟是少數，周家門房開始準備車馬送客人回去。

陳家的馬車牽過來，琳怡才要扶著長房老太太上車，只聽門外傳來一聲淒厲的呼喊。「陳老太太，我們家哥兒可是為了護著妳陳家的田莊才被人陷害，你們陳家不知報恩，一心只想著置身事外，真讓我們沒了活路……妳不知道，他們還讓我們告陳家私藏貢米，妳真當他們是什麼好人，他們是吃人不吐骨頭啊！」

門外這樣一鬧，長房老太太看向身邊的白嬤嬤，白嬤嬤急忙出了門，琳怡扶著長房老太太，祖孫倆靜靜地等著，總算聽到白嬤嬤的聲音。「您是……葛家的太太？葛家太太……您冤枉我家老太太了，我家老太太也是為了葛家少爺才會……在這裡的呀！」

話音剛落，只聽得一陣馬蹄聲響，有人大聲呼救，緊接著有人抽鞭子的聲音。「不要臉的東西，這時候敢調理爺兒們?!」

又是鞭子落下來的聲音，外面的人一聲慘叫。

之前說話的葛家太太已經變了聲調。「這裡還有沒有王法……就算宗室也不能……」

「我就是要打死妳，也沒人敢捉我……」

旁邊的甄氏聽到自己兒子的聲音，剛要招呼人出去瞧，只聽剛才威風凜凜的聲音透出一股懼怕來。

「郡王爺……叔叔……您這是要做什麼……姪兒……」

只是微微停頓，琳怡聽到周十九的聲音。

「步兵統領衙門的人跟著你嗎？」

有人回道：「已經到了宗室營。」

「將人交過去說清楚，看衙門的人怎麼說。」

周永昌頓時慌了神。「叔叔……姪兒沒做錯事，那些人怎敢拿我？叔叔去說一聲也就是了。」

周十九不再說話，外面傳來周永昌求饒的聲音。

第一百一十七章

甄氏剛剛學戲子時翹起的蘭花指也放下，鮮亮的面容一下灰敗起來，忙求助地看向周夫人。

周夫人看向身邊的嬤嬤。「去瞧瞧是怎麼回事。」

長房老太太也鬆開琳怡，就要帶人出門去看葛家太太，人走幾步，剛要出車門，迎面傳來一陣腳步聲響。

金黃色前後左右開裾，領袖石青色織金緞鑲邊，繡九蟒蟒袍，黑色包頭雲紋靴邁進來，腿上袍裾忽沈，上面的巨蟒頓時舒展開鱗爪，在陽光下翹著首威風凜凜，院子裡一下子安靜下來。

周十九臉上依舊帶著淡淡的笑容，門外的哀求彷彿和他沒有半點關係。

眾人上前行禮，周十九先伸手托起長房老太太。「外面正亂著，老太太還是一會兒才出去。」

周夫人眉毛微皺。現在還不到下衙的時辰，康郡王怎麼倒回來了？是湊巧還是早就安排好的？他臉上卻又讓人看不出半點端倪來。

周夫人還沒想出個結果，周永昌的母親甄氏卻已經按捺不住，一步上前。「郡王爺啊，我家昌哥怎麼了？您說步兵統領衙門……難不成要將我們昌哥捉去衙門裡嗎？」

周十九的目光極清澈，笑容就在嘴邊。「永昌太不小心，在外面惹了事被人告去了衙門，恐怕要去走一趟。」

話說得輕鬆，有一半女眷已經鬆口氣。

宗室子弟就算去衙門無非走個過場。

「安心吧，」旁邊的夫人勸甄氏。「不過委屈昌哥一下，說清楚也就好了，步兵統領衙門的人還將輔國公家的三爺也抓了起來，最後還不是給送了回來，辦事的官差還被輔國公罵了一頓。」

另一個夫人也道：「那些人誰不好捉，偏要來盯上宗室，現在的步兵統領衙門，實在該好好整一整。」

在宗室堆裡聽到的也只有這些話。

這話雖然讓旁人聽了刺耳，卻安撫了甄氏。

甄氏打發婆子。「讓小廝跟著點昌哥，去衙門裡別吃了虧，」說著看向康郡王。「郡王爺幫幫忙，讓人過去說句話。」

從始到終沒有人問起周永昌到底惹了什麼亂子。

周十九道：「還是聽衙門裡怎麼說。」

話說得雲淡風輕，倒讓人無法再追問。

外面周永昌也不再叫喊，甄氏這才想起要出門看兒子，卻只來得及看到周永昌的影子。

周十九轉頭看向陳家長房老太太身邊的陳六小姐。

陳六小姐臉上一片清明。

周十九笑容更深，看著她一步一步離他越來越近。

琳怡扶著長房老太太上馬車，眼觀鼻鼻觀心，沒向周十九看一眼。她在算計，他也在算計，他總是出其不意打亂她的計劃。

這次葛家的事是周夫人一手安排，既是針對陳家也是在害她，這一切的根源還是因周十九。周夫人對她的關注實在太多，以至於著手安排她的婚事。她不怕被人算計，但是厭煩這種本來和她毫無交集的人，千般手段都用在她身上。

遇到這種事，她絕不會不反抗。

琳怡深深地看了周夫人一眼。周夫人能害她，她就能想方設法自保，但願經過這一次之後，周夫人能明白，她這枝帶刺的花不願意放在周家花斛裡，周夫人也不要想方設法去摘來扔掉，否則很有可能扎在手裡扔不出去，將來兩看相厭，日日煎熬。

待到馬車車簾放下來，長房老太太聽到孫女嘆了口氣。

自從見過周十九，不論怎麼計劃周詳，她也從來沒有完完全全地贏過一次。

和宗室扯上得越多，陳家越不好脫身。

長房老太太也是目光深沈。「和我們之前想的不大一樣。」

琳怡點頭。

之前只想抓住周永昌的把柄，父親請周十九幫忙從中調和，用些銀子將葛家少爺換出來。

周永昌好賭，一年前因輸光了銀錢，就在賭坊殺過人，後來花銀子讓人頂罪扛了過去。這次葛家出銀子，周永昌有了銀錢傍身，賭性大發，醉醺醺地去了之前殺過人的賭坊，東家怕出事，客氣地花五十兩銀子要將瘟神打發走，周永昌腰邊別著財神，哪裡肯干休？這樣你來我往地幾句話，就將當年的事引了出來。

本來當年周家上下打點就頗費了些功夫，尤其是賭坊這種地方魚龍混雜，消息極難遮掩，葛家若是被逼急了，難免會魚死網破，將周永昌從前和現今的惡事一紙訴狀告上去，就算告不贏，周家也要再打點一次，周永昌還要收斂作為，要知道去年好幾個月，周永昌都躲在府裡。

但凡紈袴子弟都好逸惡勞，能順利拿到銀錢，何必要繞上一圈？這樣拖下去，很有可能雙手空空還惹一身騷。

周夫人想逼她嫁給周永昌，其實周永昌身邊美妾居多，並不會在乎要不要續弦。只要周永昌不願意再周旋，一個巴掌拍不響，這件事也就了了。甄氏算計極多，想要捏住陳家做搖錢樹，怎奈她兒子不是這塊料，就算壞也不會壞得高明。

宗室子弟犯事的也不是一、兩個，不管是葛家還是陳家，直接面對宗室都沒有勝算，為了保住葛家少爺的性命，只能與宗室周旋。她和長房老太太去周家示弱，也是要眾人知曉，周永昌借著葛家連陳家都要拿捏，周永昌的惡名揚得越遠越好。

這樣的安排，琳怡講給長房老太太聽，長房老太太也是十分讚許，祖孫兩個連同葛家一起安排了幾日，總算好戲開鑼，只可惜這戲只演到前半截，後面全都變了味道。

周十九忽然冒出來。

整件事不再照章程來演，就要重新打聽消息。

長房老太太回到房裡，陳允遠也剛好下衙。

說起今日的事，長房老太太才從陳允遠嘴裡知曉，今日的變故是陳允遠安排的，長房老太太皺起眉頭。「你怎麼敢這樣亂來？」

陳允遠知道自己先斬後奏有些不妥當。「是康郡王要幫忙，否則兒子也不敢。再說那周永昌委實無法無天，我們就這樣忍氣吞聲也不是辦法。」

長房老太太將整件事想了一遍。「看樣子，康郡王是要幫我們家。」

陳允遠深為贊同。「康郡王為人正直，就算是宗親也應該不會維護，否則怎麼眼看著步兵統領衙門將人帶走？」

周十九為人正直……他是精於心計，長袖善舞才對。

周十九這樣輕易地讓父親信任他，由此可知，將來無論周十九有什麼事，父親都會首當其衝。

葛家在周家門前鬧得人盡皆知，卻也不一定就能將周永昌拿住，周十九定還有別的打算。

長房老太太仔細思量。「等葛家那邊傳來消息，就能弄清楚。」

話才說到這裡，小蕭氏快步進屋道：「老太太，葛家人來送消息了，說是那周永昌將步兵統領衙門砸了！」

長房老太太聽得這話坐直了身子。「真是吃了豹子膽……竟然連步兵統領衙門也敢砸。」

陳允遠的表情從驚訝變成了欣喜。「這樣說，葛家哥兒定能救出來了，我立即去找御史言官，看看能不能明日就遞摺子上去。弄出這麼大動靜，就算是宗室也遮掩不過去，何況之前還砸了賭坊，又在賭坊前打葛家的下人。」

長房老太太嘴邊也浮起淡淡的笑容。「就算宗室也別想全身而退。葛家哥兒還是有福氣的。」

這一切都是周十九安排好的。

周永昌先是在賭坊鬧得天翻地覆，又滿街追打葛家人，然後砸了步兵統領衙門，這一步步都是周十九事先設好的陷阱，就等周永昌踏進去。

陳家這邊鬆了口氣，周永昌的母親甄氏聽了消息，整個人就似掉進了冰窟，睜大了眼睛半晌才哆嗦著。「這孩子……瘋了……不成？竟然……敢在……步兵統領衙門……」

傳話的小廝用袖子擦擦額頭上的冷汗，聲音也沙啞。「爺說了，是康郡王身邊的人讓爺自己想法子從步兵統領衙門出來，剩下的事，康郡王會出面……」

甄氏不知該不該相信，指揮下人。「快，快準備車馬，我要去求問周夫人！」

葛家人很快從衙門裡出來，琳怡安排下人收拾出一進院子好安置葛家太太。

琳霜平日裡十分關切葛家，這次葛家太太來陳家，她倒藏在屋裡不肯出來。

琳怡看著琳霜笑，琳霜急起來。「等那個齊二郎來了，看我不笑妳！」

琳怡故意向窗外看一眼。「這……葛家太太來看妳了。」

琳霜的臉一下子紅了，忙伸手整理鬢角，半天才回過神來知道是琳怡耍戲她，抬起頭看到琳怡滿眼的笑容，就作勢要打琳怡。「妳這個壞丫頭——」

話音剛落，只聽外面的婆子道：「葛家太太來了。」

琳霜懷疑地看了琳怡一眼。

琳怡笑著搖頭。

外面一陣腳步聲傳來，右手纏著軟布的葛太太進了屋，琳怡和琳霜上前行禮，葛太太先是將琳怡扶起來，然後才去看琳霜。「好孩子，這段時日讓妳受苦了，可讓我怎麼說才好。」

琳霜鼻子有些發堵。「都是因為我們家……」

「說這個做什麼，不論是誰，我們家哥兒都會去幫忙的。」

琳霜感激地看了葛太太一眼，葛太太的目光裡沒有埋怨只有欣慰。兩個人這樣看著，眼圈都紅了。

琳怡尋了藉口退了下去。

這樣看來，琳霜真是尋了門好親事，葛家哥兒稟性好，葛太太為人聰明心又善，大家一起經過生死，情分也就不尋常，琳霜嫁過去定不會被夫家刁難。

琳怡將這番話和長房老太太說。

長房老太太笑著看了孫女一眼。「妳也別羨慕她，將來妳的婚事也差不了。再說這次算是九死一生，若是沒挺過去又當如何？世上的事就是這樣，一生平平淡淡會讓人覺得過得太尋常，可是要讓人羨慕，就難免要經過旁人沒有的挫折。妳說哪個好？」

哪個好？

前世的經歷不可能不給她留下陰影，重生之後那一瞬間，她情願一生平淡，嫁個踏踏實實的人，兒女繞膝，享受天倫之樂。

看到孫女心事重重，長房老太太道：「要不然我也給妳找個土地主嫁過去，妳和琳霜正好作個伴。」

琳怡靠著長房老太太笑了。

第二日，御史將周永昌一本參了上去。有人開了頭，緊接著奏摺就像雪片般飛到御案上。

見事不好，周永昌的母親甄氏如殺豬般在周夫人面前嚎哭。

周夫人被磨得沒法子，將周十九叫來問情形。

周十九超乎尋常地直言不諱。「我是要他在衙門裡認個錯，我也好尋人說情。現在弄成這樣，誰出面也是沒用。」

甄氏聽得這話，眼睛一翻昏了過去，周大太太看到族姊這般，忙過去掐甄氏的人中，甄氏渾渾噩噩地醒過來，還是覺得胸口發悶，這樣一嘔，將污穢都吐在周大太太身上，周大太太也跟著一陣翻騰。

白嬤嬤繪聲繪色地講這一節，沒去周家的小蕭氏也覺得解氣。

宗室比強盜惡霸還要厲害，小蕭氏暗地裡決心，日後出去宴席見到宗室一定要小心，免得不知不覺就被算計了。

周永昌鬧得滿京城人盡皆知，皇上為此龍顏大怒，很快就下旨，將周永昌杖責四十，開除宗室籍，收回賞賜的田產，發配奉天，永世不得回京。

這樁案子在京裡很多人沒反應過來之前就塵埃落定。康郡王將周永昌扭送去衙門，皇上大為讚許，誇康郡王不包庇族親。

葛太太從來沒遇過這樣的大事，心驚肉跳地好幾日沒合眼，只道聽到明旨這才安心。

「在周家門前鬧完我就後悔了，當時我一心想著我家小兒被周永昌害得那麼慘，不知道哪裡來的膽子……」說著頓了頓。「還要謝三老爺，沒有三老爺請動康郡王，哪裡扳得動周永昌。」

是陳允遠傳話讓葛家下人想方設法激怒周永昌，葛太太當家這麼多年，也應付過些地痞無賴，這次發現宗室也不過爾爾，讓他上當也不那麼難。

第一百一十八章

葛太太這話也就是關起門來說，在外人眼裡，周永昌是過於囂張才會落得這個下場。

「哥兒也該出來了，」長房老太太看著葛太太。「太太還是早些回去打點。」

葛太太笑容滿面。「那邊有老爺照應呢，前幾日去書信和老爺說好了，若是生哥能從衙門裡出來，先要來京裡謝過長房老太太。」

葛家連這樣的事都想在了前面。

長房老太太道：「孩子剛受了苦，怎麼能這樣折騰他？這樣來京裡我是不見的。」說著看看身邊的琳霜。「日後我還怕少了他的禮不成？」

琳霜揪著帕子低下頭，嘴邊漾著羞澀的笑意。

葛太太和族裡三太太都笑了。

「說的是，」葛太太看向族裡三太太。「若沒有這個差錯，兩個孩子的事早就妥當了。」

聽到葛太太說這話，琳霜掩著臉去了裡間，琳怡也就陪著過去說話。

中午，琳怡和琳霜兩個小睡了一會兒，琳怡正起來洗臉，玲瓏進門道：「二房的二太太生了。」

田氏生了？

玲瓏接著道：「是位小少爺呢。」

二太太田氏也算是多子多福，又給陳家添了男丁，不過生男生女是二老太太董氏最在意的，琳怡只是在盤算等二太太田氏出了月子，是不是又該四處活動了？

琳霜也從床上爬起來。「打這以後，妳那個二嬸更要猖狂。」

長房老太太得了消息，第二日帶來小蕭氏、族裡三太太、衡哥、琳怡和琳霜去二房看小寶寶。粉嫩的孩子抱在銀紅色的錦緞裡，睡得正香。

二老太太董氏好久不曾見過家裡有孩子出生，滿臉都是歡喜，讓長房老太太過來瞧瞧。「是不是像我們老二？我們斌哥像母親，這斌哥若是像老二就齊全了。」

剛出生的孩子哪裡能看得出來像誰？

長房老太太向來不習慣逢迎，就扯開話題。「已經取了名字？」

二老太太董氏笑著道：「是蔡參領給取的。」

旁邊的董嬤嬤也笑著插嘴。「我們二老爺說，兵者，國的手腳……奴婢雖不識什麼大字，卻也知道是了不起的話，再說四少爺八字好，是文武近君王的貴命。」

二老太太董氏無可奈何地看一眼董嬤嬤。「什麼兵者，國的手腳，明明不懂還學人拽文，是兵者，國之爪也。」

這孩子才落地，竟然連命也批算好了，可見二老太太董氏有多喜歡這個孫兒。相士之說放在其次。要引經據典，《老子》裡說兵者，不祥之器。陳允周給兒子用這個字是為了討好蔡參領。

從二太太田氏房裡出來，玲瓏將聽來的事講給琳怡和琳霜聽。陳允寧的庶子在外養得不成樣子，做了彈弓打鳥，卻打到了大爺陳臨斌的大丫鬟杏兒。嬌滴滴的小姑娘一下子就少了隻眼睛，不能再在陳臨斌身邊伺候，當晚就被拉出了陳家。

杏兒一走，陳臨斌身邊少了人，夜裡看書感了風寒，到如今還沒有好利索。

琳怡聽了這話沒說什麼，琳霜就忍不住。「恐怕不是看書感了風寒吧！」貼身的大丫鬟，十個有九個等主子成親後被抬通房，說不得那個杏兒沒守本分，二太太田氏想出了這樣的法子……

琳霜抬起眼看琳怡，兩個人的目光不約而同地撞在了一起。

陳允寧的庶子敦哥八成是替罪羊。

二太太田氏既抹黑了姪兒又解決了心腹大患，這是一石二鳥之計。

說曹操曹操到，門房來傳。「蔡參領和夫人、小姐來了。」

陳允周忙帶著陳臨斌匆匆忙忙地出了二門，不一會兒工夫，琳芳也梳妝打扮挪步出來。

見到琳怡，琳芳止住腳，甩甩帕子笑道：「六妹妹怎麼瘦了許多？」

琳芳身上穿著櫻桃褙子，外面罩了件繫著粉色袋子的小褂衫，看過去就像一朵含苞待放的杏花。

真正瘦下來的是琳芳。

經過了一個冬天，琳芳的雙下頷沒有了，薄薄的春衫顯得格外地細，身段堪比琳婉，可見這段時日下的功夫不小。

琳怡道：「四姊姊穿得少，小心著涼。」

琳芳心情很好，也跟琳怡應承幾句，然後看向琳霜。「也不知道族裡怎麼想的，我們陳家結親，找個有一官半職的並不難啊，真是可憐姊姊了。」言下之意，葛家被欺負是因為家中無人在朝為官。

琳霜臉色一僵，琳芳這才捏著帕子走了。

「瞧她得意的，不怕將臉笑抽了，」琳霜說完轉頭看琳怡。「臉上鋪了那麼多粉，活像妳做的糯米糕。」

琳怡掩嘴笑，怪不得她看著眼熟呢，還是琳霜先想到。蔡夫人和小姐來到陳家，送了兵哥一對玉麒麟，一對金鎖，一對金鑲玉的項圈，還有一雙虎頭鞋，一包金瓜子，可謂是禮物齊全、周到。

看過小寶寶，很快地蔡夫人將注意力轉移到陳臨斌身上，蔡家小姐也偷偷打量陳臨斌。陳臨斌長相俊俏，蔡夫人覺得滿意，蔡小姐也很歡喜，不時地拿鮫紗扇子搧風。

琳怡將蔡家小姐和陳臨斌放在一起比較，要說般配……就差了點，陳臨斌瘦高，蔡家小姐就有些過於矮胖，陳臨斌文質彬彬，蔡家小姐好像過於直白。

眾目睽睽之下，一門親事就這樣做成了。

蔡家小姐就將陳家當作了自家，拉著蔡夫人抓緊時間遊園，臨開席之前，蔡夫人婉轉地向二老太太董氏說明，陳臨斌的院子太小了些。

二老太太董氏笑道：「等斌哥成親了，就將旁邊的二進院子收拾出來給他住。」

蔡氏母女這才心滿意足。

琳芳就在一旁噘嘴，等到大家都去了花廳，琳芳在琳怡旁邊小聲嘟囔。「等將來他們就知道其實是高攀了我們家。」

走到沒人的地方，琳霜憋不住問琳怡。「那個蔡參領是多大的官職？」

琳怡道：「正三品武官。」

琳霜驚訝地張大嘴。「那琳芳還說是人家高攀了……」

因為……

琳怡沒說話，旁邊的玲瓏道：「二太太要將四小姐嫁給康郡王呢。」

也就是說，這塊糯米糕是將來的郡王妃。琳霜有一種喝了油的感覺，不知道康郡王本人會不會噁心呀……

宴席上氣氛很和諧，除了大太太董氏有些心不在焉，一切還似尋常，二老太太喝了些桂花酒，有些微醺，琳婉攙扶著老太太回屋子。要說二老太太董氏對陳允寧一家還有什麼好感，也就是琳婉了。

陳允寧和大太太董氏因庶子和外室沒少吵鬧，琳婉去勸說，慌亂中被推倒在地，琳婉沒顧上自己，反而伸手抱住董氏的腿苦苦哀求。「父親、母親要顧著這個家啊……」二老太太董氏聽後覺得這個孫女非常懂事。

因為琳婉，陳允寧夫妻和二老太太董氏之間的關係才沒有弄得太僵。

吃過宴席，大家一起回到長房。

眾人才下了馬車，門上的管事就彎腰來報。「家裡有客，老爺吩咐小的去得月樓買了些飯菜，如今老爺正和客人在堂屋裡說話呢。」

陳允遠說有公事才沒去二房，怎麼倒早早就回來了？小蕭氏忙去照應客人，長房老太太吩咐白嬤嬤。「快去瞧著點，太太月份大了，要小心些。」

琳怡和琳霜去了長房老太太那裡，不一會兒白嬤嬤來道：「是康郡王來了，說是因齊家少爺的事。」

琳怡心裡一沈，側頭看長房老太太。

長房老太太皺起眉頭。「齊家哥兒怎麼了？」

白嬤嬤道：「奴婢也只聽了一耳朵，到底是怎麼回事還不清楚呢。」

長房老太太打發白嬤嬤。「弄了明白過來告訴我。」

白嬤嬤飛也似地去了，琳怡和琳霜就陪著長房老太太玩葉子牌，祖孫幾個閒閒地打發時間，很快就等到白嬤嬤折返回來。

白嬤嬤進屋，四處看看並不說話。

長房老太太看一眼琳怡，真有事也是瞞不住，六丫頭聽聽也無妨。

白嬤嬤這才道：「朝廷查出主考官有洩漏考題之嫌，齊家少爺這個會元取得不實。如今主考官已經被抓起來了，齊家少爺恐怕……」

長房老太太只覺得額頭「嗡」地一下，手腳一陣酥麻。「康郡王過來是說這件事？」

白嬤嬤搖頭。「奴婢瞧著不像，只有老爺著急似地，一直追問康郡王，康郡王只是說現在情形不明，也不能料到結果。」

長房老太太皺起眉頭，康郡王不想管這件事，不過也情有可原，康郡王畢竟是武將，科考舞弊涉及的都是文官。

長房老太太正想著，小蕭氏讓人扶著進門。「老太太，」小蕭氏神色倉皇。「聽說齊家二郎被抓起來了。」

這樣的事只要入了大獄就會嚴刑拷打，一般的士子哪個能經得住這個，只怕是凶多吉少。

長房老太太側頭看著孫女。波折真是一件跟著一件，好不容易一起安排妥當，齊家哥兒卻又……

第一百一十九章

不過是幾杯酒，就引起陳允遠對前程的擔憂。成國公是奸僮，打倒了他卻不等於朝廷就從此一片太平、祥和。

福建平亂之後，文官藉機打壓武將，皇上獎賞立功將士的摺子壓在內閣，最終只是先獎賞了一部分兵士，很多立功武將的資歷都在吏部壓著等著授職。

陳允周就是其中一個。

朝廷上處處都是爭鬥，稍不小心就會被牽連。

陳允遠外放多年，大多時間在外奔忙，現在做了京官，就是整日案前喝茶勾心鬥角，沒過多久就開始覺得頭腦不大靈活。

這次主考官曹子清以編修起家，而今是翰林院掌院學士，做過學政、鄉試主考官、會試總裁官，為官勤懇，交往廣闊，又有滿腹的好文工，書法也盡得皇上喜歡，這樣的人竟然還被下了大獄。

「曹大人有個遠房姪兒，另有一個拜在他門下的學生，這次都中了貢士。現下兩人的試卷被拿出來複審，確不能列為上等。御史摺子裡說，此二人的字跡，曹大人再熟悉不過，從眾多試卷中挑出來易如反掌。」燈下，周十九放下手裡的粉彩蓮紋酒杯。

陳允遠接觸曹子清並不算多，只知道曹子清將被提為協辦大學士，陳允遠摸摸自己的鬍子。「郡王爺看，這事當不當真？」

周十九眼睛清澈卻仔細看起來，似有淡淡的雲霧慢慢舒捲。「大人還是不要插手的好。」

這話的意思，八成要定案了。

康郡王做事向來謹慎，他說不要插手，那就是沒有回轉的餘地。

陳允遠下意識地去拿酒杯，又糊裡糊塗地放在嘴邊淺酌一口。

科場舞弊是極重的罪，莫說主考、同考要被處以嚴刑，涉及舞弊的考生死在獄中的也有不少，就算僥倖被放出來，也是再也不能參加科舉，一生的前程就此被毀，三代受牽連。身為文官，陳允遠還是深知其中厲害。

「我們家與齊家還算交好，我也不能不管不問。」陳允遠嘆氣，齊家哥兒的文采真是好，要說齊家哥兒舞弊，他是如何也不肯信的。

周十九緩緩道：「陳大人身在吏部，還是謹言慎行，若是貿然幫忙，對齊家、陳家皆不利。我身為武官厲害輕些，倒可以幫忙打聽。」

陳允遠驚喜地露出笑容。「郡王爺幫忙，那自然甚……好。」

晚上天色忽陰，下起了小雨，琳怡怕小蕭氏奔勞著涼，特意讓小廚房煮了碗暖湯，和琳霜挽手一起送了過去。

小蕭氏剛喝了女兒送來的暖湯，譚嬤嬤推門回來道：「貴客要走了。」

小蕭氏忙起身安排人送傘過去，轉念一想又覺得不妥，就讓譚嬤嬤打傘，她也過去送送。

琳怡和琳霜陪著小蕭氏一起出門，沒等周十九出來，琳怡、琳霜避嫌去了旁邊的耳房。聽到外面撐傘的聲音，琳霜覺得好奇就要過去往外望。「我還沒見過正經的皇親國戚呢！」說著調皮地笑笑。「看看是不是和一般人長得不同。」

琳怡被琳霜逗笑了。「還能有什麼不同，一個鼻子兩個眼睛。」

琳霜低聲嘟囔。「好不容易有這樣的機會，錯過這個村就沒這個店了。」

玲瓏、橘紅兩個也低頭笑。

玲瓏上前將窗子拉開一條縫，琳霜有些膽怯，硬拖著琳怡一起到窗前。第一次偷看外男，琳霜很是緊張，將琳怡手指抓得格外緊，琳怡想要說話，又怕被外面的人聽到。

細雨順著縫隙灑進來，濕潤又有些冰涼，琳怡躲在窗後等著琳霜。琳霜「咦」了一聲，琳怡下意識地轉頭，恰好一絲雨飛進了琳怡的眼睛，琳怡猛地閉眼。

雨急打在傘上如蹦珠般聲響，傘下的人緩步前行。

琳霜去看琳怡，不小心手上一滑，讓窗屜落下來，頓時嚇了一跳，忙又將窗屜撐起。慌張的聲音傳到院子裡，周十九腳步微停。

琳霜吐吐舌頭，以為形跡敗露，正不知道怎麼辦才好，伸手去拉琳怡。

琳怡頷首，吩咐玲瓏去關窗子，一陣風吹來，大雨突然如幕，本來已經黑下來的天空瞬間如晨光初現，天地都浸在萬峰雨色中，唯有院子裡周十九撐著的傘下一片安寧。

琳怡和琳霜兩個人身上都被水淋濕了，玲瓏和桑葉忙去拿乾淨的衣服。

琳霜道：「這麼大的雨拿來也是濕的，我們只是濕了衣袖，過會兒再換也就是了。」

「我的好小姐，」玲瓏拿著雨傘。「可讓奴婢們省省心吧，萬一著了涼可如何是好。」

琳霜知道是自己錯在先，癟癟嘴，也就聽從丫鬟們的安排。

兩個人換完衣服，雨也緩下來，琳霜去琳怡房間裡睡覺，兩個女孩擠在床上嘻嘻哈哈地說話。

「好像比旁人高大些，」琳霜仔細想著說。「又不胖，不像我哥哥長得肥肥壯壯。」

這樣說自己的哥哥，琳怡眼前浮起琳霜哥哥憨厚的模樣，只覺得好笑。

琳霜半帶認真。「人說貴遊公卿子弟，鮮衣怒馬，氣勢煊赫，是不是指的就是這樣？龍子鳳孫就是跟普通人不同。」

琳怡道：「要說龍子鳳孫，那個周永昌也是。」

提到周永昌，琳霜的好心情頓時跑得無影無蹤。「他不是被除籍了嗎？那就不是了。」

郎的事。

還有這種說法，琳怡不由得又發笑。琳霜這是在想方設法地逗她，好讓她不要多想齊二

不過出了這麼大的變故，琳怡不可能不去想。

周十九這次來陳家是故意透露消息？他胸藏城府，智謀又深，讓人看不清也猜不透。

第二天，琳怡頂著黑黑的眼圈去長房老太太屋裡。

長房老太太顯然也是一晚沒有安睡，早早就將陳允遠叫過去問話。

陳允遠決定還是聽康郡王的，觀望一下再說。

長房老太太頷首。「這樣也對，科場舞弊可不是小事。你在吏部，許多眼睛都瞧著，不能行錯一步。」

陳允遠吃過飯就去上衙。

長房老太太拉起孫女的手。「我們就等著聽消息吧，現在的事不是我們婦孺能插手的。」

這樣的大事一般都扯了黨派之爭，她們能做的也就是向袁家、鄭家問問情形。琳怡給齊三小姐、五小姐寫了封信安慰兩姊妹。

齊五小姐的信很快回過來。齊家如今亂成一團，齊二太太病在床上，她們兩姊妹和嫂嫂輪流床前侍疾，裡面沒有要請陳家幫忙的話。

琳怡將齊家的信遞給長房老太太看。

長房老太太也嘆氣，都是好孩子啊。

齊二郎的事，陳家不好明目張膽地去管，琳怡坐在長房老太太身邊也只是偶爾插嘴。

「照哥哥說，齊二郎一直都是埋頭苦學，怎麼會注意海上的事？」

衡哥以為琳怡猜疑齊重軒真的是科場舞弊，張口辯解。「齊家哥哥聰明絕頂又博覽群書也不是不可能啊！」

琳怡不是這個意思，外面都說齊重軒臨考之時去主考官家借書，哪有這麼巧合的事？這就說齊重軒可能是被人陷害。

長房老太太倒聽出琳怡的弦外之音，偏頭看向琳怡。「那妳就替我寫封信，提醒齊家一下，讓齊家想方設法去刑部問問齊家哥兒，這裡面說不定有別的緣由。」

衡哥這才知曉是自己想偏了。

長房老太太的信送到齊家，齊家只是回信言謝，再就沒有了消息。

又過了兩日，刑部傳出消息，主考官曹子清門下的學生先招認，他送了曹子清五百兩銀子，為了讓恩師抬手讓他考上貢士。

長房老太太接到消息，心裡瓦涼。曹子清的罪名定下，齊家哥兒也算是完了。

陳家長房一片沈寂，琳芳倒是托著香腮格外的開心，沈嬤嬤說得繪聲繪色，琳芳覺得比看戲還要過癮。

戲臺上畢竟是假的呀，這可是貨真價實。

琳怡還以為撿到了金子，誰知道竟然是贗品，實在太好笑了。

「要是讓琳怡嫁給了進士，我都不甘心。」琳芳挑了塊桂花糖放在茶水裡，捧起來嚐嚐。

好甜，可見琳怡煮的桂花茶也不過如此，真是沒見過世面。

二太太田氏抱著兵哥搖晃，寵溺地看女兒一眼。「不要亂說。」

琳芳撇撇嘴唇。雖然她看不上進士出身，可不等於琳怡就能配得上，進士好歹也是儲相，琳怡不是和琳霜要好？還不如讓族裡也給她找個員外的兒子嫁了，長房老太太也好搬去鄉下陪孫女。琳芳又想到齊家小姐每次和她針鋒相對的模樣。「齊三小姐的婚事也該告吹了吧！」

旁邊的陳臨斌有些坐不住了。怎麼離開家一段時間，妹妹變成了這個模樣？「妹妹，凡事要給人留些餘地，給別人留餘地也是給自己留餘地。長房雖然和咱們家關係不好，可畢竟都是陳家人。六妹妹和我們還是同一個祖父，就算平日不互相照應，也不至於要做成仇人。」

琳芳怔了怔，哭喪著臉向田氏求助。「母親，您看哥哥，怎麼能幫著外人來說我？琳怡害我的時候哥哥怎麼知道，要不是因琳怡在長房老太太耳邊說我壞話，我如何連長房都去不得了？上次去族裡，琳怡還陷害我將三姊推下山坡，又讓婆子在亭子裡放蛇，讓我在祖母面前跪了好幾日，又被罰關在屋裡思過，要是這事鬧出去，我才是走投無路的那一個。」

陳臨斌看妹妹皺著臉哭得傷心，不由得也微微動容。「害人之心不可有，妹妹下次防著六妹妹也就是了，不要說出這樣的話，讓人聽了還以為妹妹──」

田氏接過兒子的話。「妳哥哥也是為妳著想，就要嫁人了，有話不能張口就說，這是在娘家，將來去了夫家，難免要被人捉了把柄。」

說起琳芳的婚事，陳臨斌道：「今日我還見到康郡王，真是儀表不凡。」

二太太田氏臉上浮起溫暖的笑容。

琳芳紅著臉低下頭，卻還忍不住看向哥哥，期望哥哥能多說些康郡王的事。

不過，康郡王彷彿並不知曉兩家要結親，陳臨斌介紹自己是誰，康郡王就像對待旁人一樣禮節地笑笑。

陳臨斌思量片刻，在二太太田氏沒有將話題引到蔡家小姐身上之前，先站起身告退回房。

陳允遠一直等著康郡王的消息，康郡王始終沒有插手幫忙。直到朝廷下發公文此次春闈成績作廢，三個月後重新再考，眾人皆知科考舞弊案已經塵埃落定。

小蕭氏道：「老爺說了，齊家二爺始終沒有招認舞弊。」

長房老太太早知道齊二郎好風骨。

長房老太太讓白嬤嬤給小蕭氏揉揉腫了的腿腳，小蕭氏還有些不好意思，等到腳上舒坦下來，整個人才放鬆多了。

「不過朝廷裡已經有文官開始替齊二郎說話了，往年題目洩漏，雷同試卷至少有幾十份，這次獨有齊二郎一份，再說曹子清不曾承認將題目賣給齊家，同樣也沒有真憑實據齊家賄賂主考官，國家棟樑之才難求，望朝廷不要草草結案。」

看來是齊家上下活動了，只是不知道能不能奏效，還是差一個皇上信任的人在旁進言。

待到小蕭氏走了，長房老太太滿腹心事地和白嬤嬤說話。「我是不是將六丫頭的婚事張羅得太急了？」

白嬤嬤道：「老太太也是怕六小姐被選進宮。」

這是其中一個原因，尚有一個理由，她誰也沒提起。「我覺得康郡王中意我們家琳怡。」

白嬤嬤驚訝地睜大眼睛。「老太太……您……這是怎麼看出來的?!」

「活了一把年紀，再沒有這點眼力，那就是老糊塗了，」長房老太太靠著軟墊躺下。「不過六丫頭不喜歡康郡王。我也覺得康郡王心思重，家裡又沒有長輩支撐，那周夫人是唯恐天下不亂，為了掌握康郡王，是絕不會讓康郡王稱心如意的。」

要知道，當家主母支撐的是後宅，乃至整個家啊！

第一百二十章

葛家少爺從大獄中出來，身上多少染了些病症。葛太太接到消息去向陳家長房老太太辭行，族裡三太太和琳霜也一起回三河縣，長房老太太讓人準備了四輛桐木漆翠幄車，挑了幾個家人、婆子跟車送去通州坐船。

送走了琳霜，琳怡也沒有了精神，在長房老太太屋裡瞌睡，長房老太太看著孫女好笑，乾脆讓玲瓏服侍琳怡去內室裡睡覺。

琳怡上了炕，閉上眼睛踏踏實實地睡了兩個時辰，醒來之後，鄭家正好送信過來。鄭老夫人請陳老太太和琳怡去鄭家作客，信裡說鄭七小姐整日念叨琳怡，要不是惠和郡主請來嬤嬤讓鄭七小姐學規矩，鄭七小姐早就來陳家了。

最近京裡彷彿盛行請嬤嬤學規矩似的，琳怡看了鄭七小姐的信才知道，請嬤嬤風波是因周二小姐周琅嬛而起。

周琅嬛人前禮儀周到原來是和宮裡的嬤嬤學的，惠和郡主沒能討到周琅嬛做媳婦，只盼著鄭七小姐能比上周琅嬛一半溫婉，也就心滿意足了。

鄭七小姐滿篇抱怨，說嬤嬤將她的鞭子、陀螺、花球全都收了起來，還逼著她學針線，現在她滿手全是針眼，真是苦不堪言。

惠和郡主這是望女成鳳，琳怡十分慶幸長房老太太和小蕭氏對她要求不是很高，細算她每日拿針線的時間也不是很長。

琳怡給鄭七小姐回好信，陳允遠也正好下衙來給長房老太太請安。喝過一盅茶，陳允遠不知是報喜還是報憂。「母親，兒子上峰尚書大人晉為大學士，加銜太子少保，主管這次會試，兒子也被晉為郎中，不日就要有正式旨意。」

這麼快就又晉升了。

坐在一邊的琳怡都抬起頭來。升這一職是萬分難的，父親卻在員外郎上任職不到一年就提了郎中，從前是平職留京，大家還不至於驚訝，而今這樣想不讓人注意都難，最重要的是趕在這時候……

陳允遠皺著眉頭。「原來是有人密告科場舞弊，是皇上命我們尚書大人去查閱的試卷。」所以因此立了功，現在備受皇上信任，連同他們幾個也跟著沾光。

長房老太太知曉陳允遠的意思。「外面人還當是你們查出了科場舞弊。」說著抬起頭看陳允遠。「這次牽連的人不少吧？」

陳允遠嘆氣。「對於科場舞弊案來說，已經是很少的了，其實這事也就是我們尚書大人經辦，否則換了旁人，不知道要有多少人獲罪。但是外面人卻不這麼想，特別是齊家……齊二老爺見到兒子，臉色都怪怪的。」

屋裡安靜了一會兒。

琳怡想起周十九讓父親不要過問舞弊案，微微抿起了嘴唇。

長房老太太道：「看來齊家二爺不被放出來，這誤會也就說不清楚了。」

不但是現在說不清楚，將來恐怕也很難釋懷。吏部尚書做了出頭的椽子，父親更不能插手科場舞弊的案子，弄不好壞了自己也翻了一船人，既然開始沈默，升職了就更要沈默到底，沒得選擇。

做堂官是天大的喜事，可是隨之而來還有不少的小煩惱。

長房老太太淡淡地道：「在朝為官就是這樣，不可能所有關係都顧及到，你祖父、父親在官場上不知道得罪了多少人，光鮮的時候自然有人捧著，沒落了不踩一腳的已經是有交情在，不必想得太多，還是多思量日後要怎麼做官吧，該打點的要趁早打點，別上任之後被人出了難題。」

陳允遠仔細聽著長房老太太訓誡。

陳允遠開始還覺得這官來得有些不是時候，他在吏部的資歷尚淺，最好的時機是再過個一年半載……可是第二日他就慶幸，多虧他提前一步做了堂官。

陳家二老太太董氏的弟弟，舅老爺董長茂因在福建立功，被人薦為熱河都統。

長房老太太聽得這個消息坐直了身子。董家世代武將出身，在川陝熬了多少年，終於被朝廷重用。跟著太祖爺打江山的勛貴，這些年因事被罷免了許多，倒是那些開始並不顯眼的功臣子弟逐漸壯大，董家能世代守城也是被朝廷信任，說不得哪一日就會一步登天。這是長房老太太曾經想過的，只是如今聽到仍舊免不了驚訝。

長房老太太看著陳允遠。「這麼說，你走文官的路子反而是對了。」否則更是羊入虎口，董長茂做了都統，那已經做到武將最高職，那是誰也得罪不起的。

長房老太太說著嘆口氣。「咱們家的爵位保不住了，哪日復爵了也是被董家所用。」老爺泉下有知也不會怪她吧，她一個老太婆是用盡了手段。

這句話正中要害，陳允遠聽到消息，心裡放不下的也是陳家的爵位。

長房老太太手肘一彎，靠在光滑的紫檀扶手上。「朝廷什麼時候給你授職？」現在是能順利向前走一步就要走一步。

陳允遠道：「禮部正在準備，三日之後面聖。」

時辰不早了，母子兩個說完話，陳允遠回去歇著。

長房老太太倒是睡不著覺了，讓孫女陪著，兩個人玩葉子牌，琳怡故意讓著，老太太還是一連輸了三把。

長房老太太將葉子牌丟在桌上。「人老了就是不中用了，算也算不過你們這些年輕人。」

祖母說的算，不是指葉子牌，而是被人算計。

琳怡低聲道：「是祖母拿的牌不好。」

長房老太太笑一聲，摸摸琳怡的頭。「就是牌太好，才會被人惦記著。」

說著伸手讓白嬤嬤扶著去休息，又囑咐琳怡。「這幾日琳霜那丫頭在，妳也不得休息，今天早些睡了吧！」

琳怡點點頭，人不用和自己為難。

第二天，琳芳從田氏嘴裡聽到消息。「咱們家有一品大員了？」

二太太田氏頷首。

琳芳幾乎從椅子上跳起來。「那……父親呢？我能不能做上侯府的小姐？」想到寧平侯五小姐平日裡被人簇擁的模樣，琳芳一顆心都要從嗓子眼蹦出來。

二太太田氏似笑非笑地看了女兒一眼。「又在胡說，讓妳祖母聽了看不罵妳？」

琳芳得意地笑道：「我剛去給祖母請安，祖母還誇我越來越有樣子了。」光給長輩行禮一節，她就不知道做了多少遍。

二太太田氏笑了笑。「還是要抓緊學。」

琳芳坐過來膩在田氏身上。「有什麼要緊，只要周夫人喜歡我，我無論怎麼做都是好的。」

「妳呀，」二太太田氏一手戳在琳芳額頭上。「最讓人操心的就是妳了，若是再不聽我的話，將來吃了大虧，可不要哭著回來找我。」

琳芳抱住田氏。「吃了虧不找母親找誰？」

母女兩個說說笑笑，董嬤嬤帶著丫鬟捧著湯藥進屋，琳芳皺著鼻子去聞湯藥。「這些藥母親要吃到什麼時候？」

董嬤嬤笑容滿面。「就快了，」說著頓了頓。「老太太家裡來信，說是舅太太已經從川陝啟程進京來看老太太。」

等到舅太太到了京裡，舅老爺任命的文書也該發去川陝。

舅老爺上任的熱河離京不遠，按理說，駐外都統家眷都要留在京城，那麼以後兩家就可以頻繁走動。

琳芳笑著拍手。「這可太好了，到時候我帶著舅太太和妹妹將京裡轉個遍。」

董嬤嬤說了會兒話就退了出去，幾乎是前後腳，二太太田氏身邊的沈嬤嬤帶消息來。「康郡王的嬸娘周夫人讓人送紅雞蛋過來。」

二太太田氏忙讓沈嬤嬤將人請進屋。

來送雞蛋的嬤嬤就站在簾子外，笑著道：「我們夫人本也想來的，剛得了消息太后娘娘不自在，幾位夫人一起進宮請安去了。」

太后年紀大了，身上經常有不自在，命婦們輪流進宮侍疾。

不過現在這話說出來倒有些別的意思。

二太太田氏笑容滿面讓人拿了如意小銀錠賞了嬤嬤。

琳芳豎著耳朵仔細聽，生怕聽漏了半個字。

等到那嬤嬤走了，二太太田氏笑著看女兒一眼。「聽到了？還不下去和嬤嬤學規矩，整日裡膩在我身邊算什麼？」

琳芳臉頰紅得像撲了一層厚厚的胭脂，埋怨地看了田氏一眼。「母親得了四弟就不喜歡女兒了。」

說完提著帕子抿著笑意，匆匆忙忙地出了門。

二太太田氏看向身邊的沈嬤嬤。「瞧瞧都說女大不中留。」

康郡王的嬸娘周夫人段氏正坐在錦杌上。

慈寧宮臺階上的陳鎏金同香爐向外飄著檀香，似一條絲帶飄飄忽忽地飛向雙交四菱花隔扇窗。

老太后半躺在臨窗的大炕上，好一會兒才笑著看周夫人。「康郡王是在妳眼底下長大的，妳雖說是嬸娘，依哀家看和親娘也沒什麼兩樣，不過有一樣，孩子長大了，他的心事做長輩的未必能猜得透。」

周夫人心中一凜，臉上已經笑著道：「太后娘娘說的是。」

第一百二十一章

年紀大的人看透世事，想要讓人如意其實也簡單得很。康郡王誅殺成國公立下大功，她就做一回人情也沒什麼。老太后半抬眼睛。

「康郡王年紀不小了，差不多的宗室子弟就算沒有大婚也都定下了。」

幾日的暗示終於起了效用，周夫人自然而然露出慈母的笑容來。「可不是，都怪我東挑挑西看看耽擱了時間。」這話的意思很明瞭，不是自己親生的孩子就會更費心，生怕會不如他的意。

老太后笑道：「有沒有看上哪家的小姐？」

周夫人想了想，才謹慎地開口。「太后娘娘，您可知道原來的廣平侯陳家？」

廣平侯陳家。

老太后仔細思量。「我是年紀大了，一時也想不起來了，妳說的廣平侯……」

周夫人又道：「如今廣平侯的爵位已經沒有了。」

被奪爵的勛貴？

老太后眼睛一亮，像是想起了什麼。「妳說的是陳家六小姐吧？最近我可是時常聽到這個名字，聽說在火堆裡救了祖母，是難得的孝順孩子，她父親是個清流，之前因成國公的事下了大獄，而今提了吏部郎中。」

周夫人心裡緋起的琴弦霍然斷了，腦海裡瞬間一片空白。太后怎麼會這樣瞭解陳家的事？再看太后十分滿意的表情。

旁邊的女官笑著向周夫人使眼色。

這是提醒她該求太后作主成全這門親事。

早就布好的網，就等著這時候收起。

婚姻大事乃父母之命，賜婚只有長輩去恩求，她以為抓住這一點主動權就在她手裡，卻沒想到……

周夫人回想起周元澈請她進宮求賜婚時的情景。

周元澈只說：「請嬸娘進宮幫姪兒求皇上賜婚。」

求賜婚，卻沒說求的是哪家的小姐。

她怎麼就疏忽大意，還以為周元澈不懂內宅裡的事，正好讓她一手安排，原來只是個誘餌。不引著她，她怎麼可能賣力氣來宮裡求賜婚？一點一滴都仔細算計，養了他這麼多年，才知道他的心機遠遠超出自己所想，他就讓她看著，然後慢慢地動手腳。

若是她這時候說陳四小姐，就像駁了太后的好意。如今箭在弦上、不得不發，一切由不得她。

周夫人覺得胸口發沈，嘴角如同被吊了石塊，想要彎起露出個笑容是那麼地困難。

慈寧宮，不是她能主宰的地方，她和旁人一樣要小心翼翼察言觀色。

周夫人穩住心神。她這些年見的風浪也不少，不會一下子被打垮。這條路不能走。她自然有別的法子。

周夫人想著跪下來，畢恭畢敬地拜下去，將臉貼在細密的錦緞上……

從宮裡出來，周夫人看向身邊的申嬤嬤。「放口風出去，皇上要給郡王爺賜婚了。」

申嬤嬤頷首。「奴婢一定安排妥當。」

賜婚的消息很快就傳到陳家。長房老太太聽了攥住手裡的佛珠。「打聽清楚了？要給康郡王賜婚？」

白嬤嬤道：「二房那邊已經炸開了鍋，二老太太、二老爺、二太太高興得不得了。四小姐要嫁給康郡王不說，而且還是賜婚，這可是求不來的風光。二房那邊的嬤嬤過來說好事成雙呢。」

這是故意說給她們聽的。

四小姐得了好親事，長房那邊下人議論的也多起來，說四小姐天生富貴，命好是求也求不來的，言下之意是長房老太太早就為六小姐安排親事，卻一再出差錯。白嬤嬤心裡不禁嘆息，六小姐的婚事也是太坎坷了些。

白嬤嬤將打聽來的事一股腦兒說給長房老太太聽。「聽說是周夫人親自進宮求來的。」

這就難怪了。長房老太太重新轉動手裡的佛珠。周夫人喜歡二太太田氏，琳芳又頻頻去周家作客，周夫人看上琳芳的傳言早就有，只是……自從她見過康郡王之後，就覺得田氏想謀這門親事不容易。

所以她才會覺得出乎意料。

白嬤嬤道：「您看，會不會是因為董家？」

在情勢面前，所有一切都變得薄弱起來。

現在的局勢，顯然陳家長房不如二房，不論是誰要結親都會這樣掂量。

長房老太太半合上眼睛。「可能。康郡王是武將，攀上董家對他有利無害。直接和董家女結親又太過顯眼，這樣繞開些倒合乎宗室結親的習慣。」

白嬤嬤情緒有些低落。「您說說，這也太……四小姐這就做了郡王妃，日後二太太那邊還不知道要怎麼欺負人。」

小蕭氏也覺得這不是好事。「我們老爺和郡王爺總算有些交情，若是郡王爺就成了二伯的女婿，那日後……」成親之後，自然丈人近了。「娶哪家閨秀不好，怎麼偏是到了咱們家。」

消息傳了幾日，這門親事越來越有步入正軌的感覺。

二房那邊開始籌備琳芳的嫁妝，因婚事還沒有公開，二太太田氏的意思是不要鬧得眾人皆知，還是慢慢辦才妥當，琳芳卻覺得衣櫥太空蕩，非要現在開始做衣裙。這樣就用到了專門給陳家做衣衫的成衣匠。

以至於琳怡要做的夏衫都趕不出來。成衣匠再三賠禮道歉。「若是小的不來一趟就是哄騙老太太、太太、小姐，四小姐要的衣裙都要小的親手來做，小的只有一雙手，真的做不來，這樣定會耽擱六小姐穿新衫。」

白嬤嬤十分不高興，琳怡倒是覺得沒什麼，去年她還有做好的夏衫沒穿呢，再說成衣匠又不是只有這一個，長房老太太也不想在這上面惹氣，揮揮手就將成衣匠放走了。琳芳的衣裙就開始轟轟烈烈地做起來。

琳芳的風光還不止這一件。

琳芳屋裡的女紅做不完，家裡的庶女分擔了一部分，另外一些就到了琳婉、琳怡手裡。

琳婉先拿了繡品讓琳怡挑，剩下的她來做。「有一件是要雙面繡，我實在做不出，只能幫六妹妹打下手。」

指明要雙面繡就是專門給琳怡準備的，旁邊的玲瓏皺起眉頭。

琳怡將矮桌上的繡品挑幾件讓玲瓏收起來。「那我就幫忙繡這些吧！」

等到琳婉走了，玲瓏才負氣道：「小姐就是好說話，憑什麼我們幫忙繡這些東西？二房專做針線的下人不知道有多少，哪個不能繡了？」

琳怡喝了一口水，抬起頭看玲瓏。「所以，妳生氣做什麼？」

玲瓏看著小姐滿不在意的模樣。

「我挑的這些都是家裡的丫鬟能做的，讓她們做來也就是了，至於雙面繡，本來就不容易，我怕累了眼睛，放旁邊有空的時候磨兩針，」說著頓了頓。「聽竹和白芍姊姊不是都想學雙面繡嗎？我就用這個慢慢教。」

玲瓏聽得這話心裡舒服了些，可還是被逼得爆發出來。「這就叫一人得道雞犬升天。」

旁邊喝茶的橘紅一下子嗆出水。看到書就頭疼的玲瓏，竟然也能說出這樣的話。

但也不全是壞消息。

陳允遠下衙回來將齊家二郎的情形說了。「明日就要放人，受了些皮肉之苦，命總算保住了。」

長房老太太微露笑容。「人放出來就好，其他的倒可以從長計議。」

這消息若是在陳允遠做吏部郎中之前得知，長房老太太定會非常高興，可如今陳、齊兩家的誤會還沒解開，長房老太太心裡就是另一番滋味。

陳允遠也覺得提起齊家，心裡的那層隔閡擋在那裡，就是不舒坦。不過齊家二郎保住性命倒是讓他鬆了口氣。

長房老太太最終也發話。「咱們家本來就不欠齊家的，既然是誤會，就等將來順理成章地解決。」

陳允遠深為贊同。通過這次的事，他是覺得齊家這樣的書香門第實在不大好交往。相處深了不是淺了也不是，話不能直說，就是一味地猜測，再加上書香門第天生的那股傲氣，陳允遠幾次抓住機會想要和齊二老爺解釋，結果都沒能拉下臉皮。

齊三小姐倒是給琳怡寫了封信，信裡謝過陳家長輩和琳怡。琳怡正提筆給齊三小姐回信，琳芳一下子闖了進來，嬌笑著走到琳怡書桌前，伸手就將齊三小姐的信拿起來。「聽說齊家二郎被放回家了，」說著頓了頓，眼睛一亮。「這次可別再出差錯。」

聽話要聽音，琳芳指的是琳怡的婚事。

見琳怡只是吩咐丫鬟將齊三小姐的信放好，並不接話，琳芳面上露出譏誚的笑容。等她將來成了郡王妃，琳怡還不是要向她行禮，這樣想著心情就無比地愉快。「祖母明日要辦宴席，特意讓我來請長房老太太、三叔、三嬸和妹妹過去呢。」

琳怡抬起頭看向琳芳。琳芳早就一心想要嫁給周十九，現在終於得償心願，整個人也變得明豔照人起來，唇紅齒白、面若桃花，嬌滴滴地站在那裡，宛如一池被吹皺的春水。

第一百二十二章

小蕭氏身子太重不能隨便走動，所以去二房宴席的只有長房老太太、陳允遠、衡哥和琳怡。

第二天一大早，二房的嬤嬤就開始來催，生怕長房老太太會變卦般。

琳怡將新繡的抹額給長房老太太戴好，長房老太太又伸手扶了楞杖，祖孫兩個走出門迎上衡哥。

長房老太太看著孫兒道：「你二伯家富貴了，我們也過去湊湊熱鬧，免得讓人家說我們不知情理。」

琳怡衝哥哥吐吐舌頭，衡哥跟著一起笑。

二老太太董氏這時候擺宴席，是想要藉著董家之力幫陳允周謀個好差事，請來的人不必說比平日裡宴會時多了幾倍，門口換了偌大的宮燈，十分喜慶，下人、小廝全都換了新衣衫，只要和陳家沾了親的全都上門給二老太太董氏請安，賓客女眷也是滿臉笑意，話語中多帶了奉承，二老太太董氏目光爍爍，眾星捧月似地坐在眾人中間。

看到長房老太太，二老太太董氏起身將長房老太太迎來坐下，眾人開始應付著打招呼，禮數過後，琳婉拉著琳怡去一旁坐下，大家還沒說兩句，琳芳穿著品紅金盞花金線鑲邊褙子、柳綠百褶裙，和一位小姐說說笑笑走進花廳。

琳芳和眾人寒暄完，走到琳怡身邊，笑著將身邊的小姐介紹給琳怡。「這是昌信伯家的三小姐，是五王妃的手帕交。」

五王妃，也就是寧平侯五小姐，月酉才和五王爺成了婚。

琳怡抬起頭來看到昌信伯三小姐好奇的目光，那雙大大的眼睛上上下下地打量她，然後翹起嘴角，頗有些不認同似的。

琳怡微抬眼睛，昌信伯三小姐的態度有些奇怪，彷彿在遮掩著什麼事。

不過琳芳對昌信伯三小姐的反應十分滿意。看到琳怡受冷落，琳芳心裡一甜說不出的愉悅，琳怡自從進了京就處處與她攀比，總想要心機將她壓下去。人貴在有自知之明，琳怡卻從來掂不清自己的分量，仗著有長房老太太就以為能飛上天，這次就讓琳怡知曉，人生來就是分了三六九等。

琳芳掐著小帕子，壓在嘴邊笑。「我們去那邊說話，大家可都等著呢。」

這次陳家將所有的小姐都聚在一起，更加方便了琳芳在裡面炫耀。

琳怡是沒有多大興趣聽眾人說長道短，就尋了個相對安靜的地方喝茶下棋，正巧有個堂妹也喜歡清靜，主動坐在一邊要和琳怡對弈。

琳芳人逢喜事精神爽，笑聲比往常格外清脆。

丫鬟們才擺上果子、點心，就有位小姐道：「陳四小姐最近忙什麼呢？我是下了兩次帖子也沒能將妳請來作客。」

昌信伯三小姐就笑。「原來妳不知道，陳四小姐如今是躲在閨房做針線，要不是陳家老祖宗擺宴，她是決計不會出來的，否則若是沒練就一手的好針線，那可是大事了。」
琳芳臉色緋紅埋怨地看了昌信伯三小姐一眼。「三小姐就會笑話人。」
許多人還不明所以。
昌信伯三小姐故意一本正經。「我是說真的，難不成日後什麼都要假手丫鬟來做？」
之前的話算是開了個頭，這句就更加明顯。
大家立即明白過來，都嬉笑著看琳芳。
琳芳道：「若是再這樣，我就……」羞得話也說不上來。
「我的好姊姊，」昌信伯三小姐伸手托起琳芳。「這可是好事呢，不知道多少人看著眼紅，妳遮遮掩掩做什麼，這裡的都是親友，哪個也不用瞞著。」
琳芳故意嗔怒，端了矮桌上的點心遞給昌信伯三小姐。「吃些點心也好堵住妳的嘴。」
昌信伯三小姐轉頭向琳婉求救。「瞧瞧，這還不是郡王妃呢就開始欺負人了，將來那還得了，我們連話也不敢說了，」說著捏起帕子端端正正行了個大禮。「我錯了，郡王妃今兒就饒了我，下次我可再也不敢了。」
昌信伯三小姐唯妙唯肖的模樣將所有人都逗笑了。
還是有消息不靈通的壓低聲音打探。「是哪位郡王？」
「就是才立過大功的康郡王，陳四小姐真是有福氣。」
「可不是讓人羨慕，陳家的幾位姊姊、妹妹都是好福氣，來說親的不是才俊就是宗室。」

這話本來是無所指，說話的人抬眼看到琳芳的臉色難看，順著琳芳的目光就看到了旁邊下棋的陳六小姐，心中不由得細想，這才知道自己說錯了話。

昌信伯三小姐倒是好心，眨眨眼睛，關切地走到琳怡身邊。「陳六小姐這會兒下什麼棋，大家好不容易聚聚，還是一起說說話。」

現在琳芳身邊少了個調節氣氛的人，這種好事琳怡還是敬謝不敏。「妹妹晚說了一句，四姊姊新置辦了羊脂玉的棋盤，我們可要下一盤試試。」

下棋沒有下半局的道理。

琳怡說完話，眼睛就瞄到棋盤上去，一顆棋子落下堵住了對方的棋路，堂妹只唉聲嘆氣。「六姊姊眼睛真是毒，我這片棋子可白做了。」

昌信伯三小姐無功而返，琳芳當著眾小姐的面無聲地嘆息。

不多時候，女眷這邊的宴席開了，陳二太太田氏將兵哥帶出來走了一圈，周圍又是一陣羨慕聲。

二老太太董氏讓人上了桂花酒，請女先生敲鼓玩傳花，一下子鬧得好不熱烈。

琳怡喝了兩口甜酒，臉頰有些發燙，就帶著玲瓏出去透透風，轉了一圈回來遇到董嬤嬤，差點就撞在一起。

董嬤嬤臉色蒼白，嘴唇青紫慌張地像撞了鬼般，見到是琳怡狠狠地錯愕了一下，臉色是酸甜苦辣鹹全都湧了出來，好半天才擠出個笑容。「六小姐，您怎麼出來了？」

琳怡神色自然。「去了淨房，正要回去。」

董嬤嬤不知道從哪裡來的關切，與從前的態度大大不同。「天色晚了，風涼得很，還是讓丫鬟將氅衣拿來穿了，小姐們身體嬌貴，馬虎不得。」

柔柔語不要說琳怡不適應，董嬤嬤自己也彷彿頗不習慣。

董嬤嬤一路將琳怡護著進了門，這才慢慢地挪去二老太太董氏身邊。

二老太太董氏剛喝了口酒，微笑著聽董嬤嬤將話說完，氣息混亂，頓時咳嗽起來。

陳大太太董氏忙過去拍撫二老太太的後背。

二老太太董氏咳嗽了一陣，臉上一片異常的緋紅，眼睛也不抬。「人老了，酒也喝不得了，」說著向周圍一看，吩咐大太太董氏。「不用管我，讓廚房多上些點心，吃些甜的解酒，免得大家和我一樣。」

待到下人端了點心上來，琳怡才發現，琳芳不在屋裡。

董嬤嬤慌張的模樣定是和琳芳有關。

二老太太董氏除了笑容少了些，仍舊和桌上的女眷話家常。不過這樣的變化，就算能騙過旁人，也不可能瞞住十幾年的妯娌。

長房老太太讓人扶著去淨房，琳怡帶著玲瓏跟了過去，祖孫倆走到長廊裡，長房老太太吩咐白嬤嬤。「去打聽打聽到底是怎麼了？」

好一陣子，白嬤嬤才回來。「奴婢也沒打聽出什麼來，只知道四小姐不知道吃了什麼肚子疼呢，家裡鬧著要請郎中。」

剛才還活蹦亂跳的琳芳轉眼就吃壞了肚子。

白嬤嬤接著道：「好像二老爺也喝醉了，從前院的酒席上退了下來。現在前面是大老爺和我們三老爺撐著呢。」

處處都透著一股奇怪。

「奴婢聽說康郡王也在前院，按理說，二老爺至少也陪著康郡王……」

陳允周還真是面子不小，連女婿也請來了。

白嬤嬤道：「奴婢再想法子去打聽打聽——」

「算了，」長房老太太搖手，現在賓客都在，二房只會想盡法子遮掩，打聽也是沒用。好事不出門，惡事行千里，弄清楚不過是早晚的事。「我累了，戲就不看了，我們早些回去吧！」

白嬤嬤躬身應了。「奴婢去門房讓人準備車馬。」

長房老太太帶著琳怡去和二老太太董氏辭行，二老太太董氏挽留兩句，就讓大太太董氏送了出去。

馬車在垂花門等了好一會兒，長房老太太和琳怡都上了車，衡哥才姍姍來遲。

衡哥鑽進車廂向長房老太太道：「父親讓我和祖母說一聲，前院的宴席沒散，父親不能脫身。」

長房老太太詫異地揚起眉毛。陳允遠素來不願意應酬，今日怎麼倒一反常態？

回到長房，琳怡先去看了小蕭氏，然後就去陪長房老太太喝茶說話。

長房老太太正覺得有些睏了，才要讓人服侍著梳洗。

陳允遠從二房回來給長房老太太請安。

坐下來喝口茶，陳允遠仍舊保持一臉的迷惑。「母親，您說奇不奇怪，禮部的一位大人向我賀喜呢，說是皇上賞賜的單子已經定好了，賜婚的明旨這兩日就要頒下來。」

這是什麼意思？

長房老太太微皺眉頭正在思量。

陳允遠接著道：「康郡王將我送回來，我請郡王爺來坐坐，郡王爺卻說這段時日不好登門……」

第一百二十三章

長房老太太的表情霍然驚詫，轉過頭看身邊的琳怡。

「不是說賜婚的是四丫頭嗎？」二房才這樣大張旗鼓地擺宴，四丫頭打扮得花枝招展，彷彿明日就要出嫁一樣，怎麼禮部官員反過來說到他們家？

「我也覺得奇怪，我還以為那位大人是借著二哥的喜來和我應酬，可是康郡王的樣子，就真的像……像是我的女婿。」之前他還擔心康郡王做了陳允周的女婿會和他疏遠，這次宴席，陳允周又張羅得緊，康郡王來了他也就沒往前湊，而是看著陳允周和康郡王寒暄。

按理說，見到丈人，康郡王總會人前逢迎些，陳允周也做好了被捧著的準備，誰知道，眾目睽睽之下，康郡王繞開陳允周，先來和他說話。

他是驚訝得半天回不過神來，陳允周的臉當時就很難看。

要說剛才琳怡還沒將整件事想清楚，現在聽得父親說這些，心中那些不確定全都清晰起來。周十九要娶的人不是琳芳，而是她。

父親做了吏部郎中，齊、陳兩家生了誤會漸漸疏遠，這就像一張網，不知道從什麼時候開始埋下，算計了他們家，瞞過了周夫人和陳二太太田氏，最終達到了他的目的。

琳怡抬起頭，迎上長房老太太的目光。

祖母的神情詫異多過任何一種情緒，而父親好像鬆了口氣，眼睛裡甚至隱隱帶著些許高興。

經過了這幾次的風波，家裡的長輩不同程度上對周十九都有些滿意，只有她心裡似被壓了塊石頭，沈甸甸地重。

城府極深的周十九，一心想要打壓她的周夫人，還有那些閒散宗室，無論哪一件都不是她想要的生活。

周十九娶她大約是看中她敢於和周夫人搏鬥，那種螳螂鬥母雞的生活，她是一日也不想過。

長房老太太第一次看到孫女低沈地垂下了小臉，心裡也是嘆了口氣。

陳允遠將話說開，最高興的當數小蕭氏。「沒想到我們家六姊兒能有這樣的好前程。」說完還眼睛裡含淚，想要將琳怡捉過來感懷一番。

「太太先別高興得太早，」長房老太太潑來盆冷水。「妳想想今天的情景，在外面人看來，我們陳家可是丟大了臉面，兩房的女兒爭一門親事。」

小蕭氏仍沒轉過彎來。「可這是皇上賜婚，又不是我們家去周家說親。」

「還不是一樣。」長房老太太伸手去拿茶杯。

白嬤嬤這才發現自己聽得太入迷，忘記了去給長房老太太換熱茶。

「別人握在手裡的東西卻被咱們伸手奪來了，就等於在二房臉上打了一巴掌，這個仇就算是結下了。」雖然從前兩房就不愉快，現在是仇上加仇，恐怕已經紅了眼睛。「而且，太太也該想想，皇上賜婚給琳芳的消息是怎麼傳出來的，若是周家故意傳出這樣的消息，說明什麼？」

說明什麼？

琳怡摩挲著茶碗上的小仙桃，說明周夫人不願意讓她這個兒媳婦進門，這樣將事鬧大，是要陳家思量要不要將她嫁去周家。

賜婚聖旨未下之前，會有禮部官員上門問詢家中長輩，此女是否待字閨中尚無婚約，然後取她的八字，若是八字不合，這婚事自然就不用談了，皇上會另尋他人。

皇上賜婚非同小可，只要皇上有了此意，就會宣禮部官員著手安排，所以禮部官員才會向父親賀喜。

周夫人不願意。小蕭氏知曉了這個意思，深受打擊。「那怎麼好？雖說周夫人是康郡王的嬸娘，卻和親娘沒什麼兩樣啊。這樣的話，琳怡嫁過去哪裡會有好日子過？」

沒受過婆婆刁難的人不會明白這裡的辛苦，小蕭氏在閨中時就從姊姊蕭氏嘴裡也聽到過奉養非親婆婆的無奈。所以她嫁到陳家之後，聽到陳允遠要外放，立即就收拾行裝，一溜煙從二老太太董氏眼皮底下逃開。

長房老太太讓陳允遠和小蕭氏回去歇著。「讓我再想想。」

屋子裡沒有了旁人，長房老太太和孫女坐在羅漢床上商量。「六丫頭，這是妳的婚事，妳心裡怎麼想？」

她早就感覺到周十九的算計，只是沒料到康郡王會花這麼大的力氣。

當時聽說周十九要娶琳芳，她也覺得順理成章，周十九是利益當先的人，董家氣勢如虹，能間接和董家攀親也是一步好棋。

可是經過今晚，她卻一下子想通透了。「大抵是利益衝突，康郡王不能選顯赫的武將結親。」琳怡抬起頭看長房老太太。「祖母說過，皇上不會將軍權交給同一家，」讓軍權集中是大忌。「康郡王和董家靠上關係，董家越風光，康郡王越被掣肘，所以表面上看似是一門好親事，實則後患無窮。相反地，和文官結親才是上上之選，父親官聲好，卻沒有太多牽連，在京中能立足也只有靠康郡王，雖不能幫襯康郡王什麼，卻能讓康郡王掌握在手中。」

所以不是她妄自菲薄，周十九看重大局，就算其中有她的原因，分量也是不多。

「現在的情形是木已成舟，退也不能退，讓也不能讓，」琳怡緩緩道：「雖然說禮部官員下來詢問，仍舊有一線變數，可是大周朝這麼多年，可有賜婚中途出差錯的？」明顯是沒有，周夫人不想違逆君上，就逼他們來退婚，到時候他們想出法子避開，說不得就會有人告他們個欺君之罪。

琳怡說著去拿八寶攢盒裡的榛子仁，還沒有拿到就垂下了手。

別人是早就算計好的，她在網中眼見也逃不脫，掙扎也是沒用，還是……養養精神，琳怡長吁口氣，讓慌跳不停的心跳慢慢緩和下來，這才穿鞋下地服侍老太太去歇著。「祖母早些安歇吧。」

長房老太太這邊歇下了，琳怡也轉頭看著帳子裡精緻的花紋閉上了眼睛，理智地分析。這門親事不能拒了，否則弊大於利。被周十九精心算計的好處是，不會隨便就被捨棄，父親和周十九已經站在同一條船上，就算不結親，將來應該也會一起沈浮，周十九心思縝密，多數時候能化險為夷，加上日後她只要小心……

這些就是她能想到的周十九全部的好處，再往下，她就想不下去了。

雖然一遍遍地安撫自己，可是心口的沈重仍舊不減。

前世的婚事是任由長輩安排，這世自己爭取了卻也沒能如意，也許是她想要的太多……

琳怡靜下心想起昌信伯三小姐看到她時的神情，昌信伯三小姐和五王妃要好，應該早就知曉賜婚的是她而不是琳芳。

所以昌信伯三小姐故意在眾小姐面前叫琳芳郡王妃，實則是要眼看著琳芳丟盡臉面，等到賜婚聖旨一下，琳芳就成了笑柄。

琳芳自然而然會將這筆帳算在她頭上。琳怡翻了個身。這條路看似錦繡，其實遍地都是刺。

琳怡沒能睡著，琳芳的閨房也是一片燈火通明。

琳芳哭得眼睛紅腫，二太太田氏用冰過的帕子給女兒敷臉，屋子裡伺候的沈嬤嬤半點聲音也不敢出。

二太太田氏抿著嘴，垂著眼睛讓人看不出神情，半晌才道：「老爺下手也太重了。」

琳芳的眼淚一下子又湧出來。她叫小丫鬟將康郡王引到二門上，準備遠遠地看一眼，最好能說句話，誰知道她等來的是父親，父親二話不說，瞪著眼睛就甩了她一個耳光，惡狠狠地罵她。「不嫌丟人！」

她長到這麼大，還從沒被打過，捂著臉回到房裡還沒來得及哭，就又聽說一個壞消息——皇上要賜婚的是六丫頭不是她。

這怎麼可能?!

琳芳到現在也不能相信，定是有人在裡面造謠生事。「這婚事是周夫人去求的，再怎麼樣也輪不到六丫頭身上，母親妳說是也不是？」

看著女兒一臉的期盼，田氏只得柔聲道：「聖旨還沒下，妳先別急，明日我再讓人去打聽打聽。」康郡王在宴席上對三叔多有恭敬，大家心裡已經有數，加上禮部官員不小心說漏了嘴，這事八成已經清楚了。

琳芳靜謐了一會兒，緊緊握著手裡的帕子。「如果真是琳怡，我又該怎麼辦啊？母親，您說說，我要怎麼辦才好？人人都知道我要嫁給康郡王，現在……現在……如果是這樣的結果，我情願就死了算了。」

沈嬤嬤聽得臉色煞白。「好小姐，您可不能這樣想啊，您要是有了差池，就是要了太太的命啊！」

二太太田氏抿緊了嘴唇。「不准胡鬧，我們總能想個法子。」

琳芳眼睛瞥到床頭掛著的香包，正是她向琳怡要來的，心中頓時「騰」地燃起一股火，伸手去就扯，狠狠地扔在地上，不顧一切地用腳踹。「讓她死！只要她死了就不能嫁了，讓她死、讓她死！」

第一百二十四章

琳怡在炕上翻來覆去一晚沒睡，天放亮時，好不容易昏昏沈沈閉眼睛，屋簷下不知道哪裡飛來了隻鳥兒，興趣極高地一直引頸歌唱，將琳怡的睡意頓時趕得乾乾淨淨。

看著強打精神的孫女，長房老太太直嘆氣。

琳怡泡了幾遍茶，看過書，練了字帖，中午小憩了片刻，到了下午，終於有了胃口吃飯。她讓廚房將餅貼成乾，脆的掰下來拌在銀絲豆芽裡，上面撒一層芝麻，放了糖、淋些醋，吃起來清脆又酸甜。

長房老太太眼看著孫女吃了一碗飯，放下心來。

晚上，陳允遠回到家中，將面聖的事說了，開口還略帶激動。「沒想到皇上會召見兒子，」陳允遠也不是沒見過聖顏，只是這樣被單獨叫去談話還是第一次，南書房的門不是隨便誰都能進的。「皇上誇兒子忠正，就是有兒子這樣直言不諱的清流，才能讓成國公那樣的奸臣伏法，讓兒子在吏部上多做事，日後定然還有大用。」

琳怡起身去分茶。父親一心為朝廷，聽得這話難免要動容。

長房老太太跟著點頭。「可見皇上還是念著你的功勞。」

何止是念著他的功勞。「皇上說，本想將我放去福建，京裡確然是缺人手，我在京裡資歷不夠，做個郎中也好先慢慢適應。」

這話的意思是，將來還能升遷。

長房老太太聽到這裡覺得有些驚訝。「是吏部尚書在皇上面前誇獎你了？」

陳允遠搖搖頭。「是康郡王。康郡王說若不是兒子幫忙遮掩，上次他去福建並不能將成國公通倭的證據拿到手。還問兒子是不是給康郡王取了小字。康郡王在宗室中本來輩分算是高的，這樣一來，倒成了兒子的晚輩，皇上因此想到婚配之事，正巧太后娘娘也說好，這才……」陳允遠有些心虛。「兒子就說六丫頭待字閨中年紀也算合適，當時就謝了恩。」

這個恩謝得還真快。

既然如此，反悔是不可能了。

長房老太太看向身邊的琳怡，琳怡想到那封遞給太后娘娘的密信，恐怕也在這裡起了作用。

再加上鄭家和惠和郡主的關係兩下權衡，這門親事就順理成章了。

陳允遠道：「兒子看，康郡王不但有宗室爵位，還是朝廷難得的人才，皇上頗為信賴，要是算起來，我們還是高嫁了。」

陳允遠一被誇整個人就輕飄飄起來。長房老太太板著臉看了陳允遠一眼。

陳允遠不好意思地摸摸鼻子。「我之前還不小心收了宗室用的玉帶，正不知道如何是好呢……」經過一天反覆地思量，他對這門親事是越來越滿意，現在就是要說服老太太。

長房老太太微皺眉頭。「你做老子的都同意了，我還有什麼好說？等著禮部來要六丫頭的八字吧！」

陳允遠臉上立時難掩喜色。

第二日，長房老太太帶著琳怡一起去鄭家。

見到鄭老夫人，長房老太太趁著屋子裡沒有旁人張口就問：「妳個老東西是不是早就知道，也幫著瞞我？」

鄭老夫人笑道：「我可是早就提醒過妳，誰教妳不吐口。」

長房老太太瞪大了眼睛。「原來是真的，妳也在中間幫忙？」

「可別冤枉我，」鄭老夫人連忙否認。「是康郡王託我家媳婦做保山，我知道妳不願意，就沒讓媳婦開口。至於皇上賜婚，和我們家可全然沒有關係。」說著眼睛一掃。「要怪就怪你們兩家走動得也太近了，康郡王為了陳家，連宗室都得罪，這可是傳得沸沸揚揚，陳大人又耿直，皇上才成全這門親事。」

長房老太太沈默不語。陳家出事，康郡王確實沒少幫忙，不過琳怡的婚事究竟是讓她不如意，怎麼想都彆扭。

鄭老夫人忙打鐵趁熱講康郡王的好話。「從小沒有父母，卻能將家裡丟了的爵位拿回來，光憑這一樣，誰能做得到？長相更別說，我還沒瞧見哪個俊才能比上，學識上妳是不知曉，要不是宗室不能參加科舉，這狀元郎定是非他莫屬，這樣的孫女婿妳還有什麼不滿意？」

長房老太太冷哼一聲。「妳若是喜歡，妳身下不是還有孫女？」

「呦……真是站著說話不腰疼，」鄭老夫人道。「我若是有像妳家六丫頭那樣出彩的孫女，還能輪到你們陳家？我自然早就想方設法去聯姻了。再說，康郡王常在我家來往，妳以為我不願意讓他在鄭家選個媳婦，我家媳婦比康郡王還要小一輩，我哪有臉將自家的孫女貼過去。」

這話倒是實話。

長房老太太心裡略微舒坦些。

鄭老夫人眼睛一閃。「妳是怕六丫頭嫁過去受委屈？」

長房老太太拿起眼前的茶來喝。那是自然，她希望琳怡這輩子能生活得舒坦，才要尋個可靠的人家。

「這次妳也看了，」鄭老夫人嘆氣。「妳看好的齊家哥兒不明不白就被奪了會元名位，就算這次沒有災禍，也保不準將來能不能遇到溝溝坎坎。妳我活了這把年紀，難不成還不知曉，天有不測風雲的道理。妳陳家的族人在三河縣還不是遇到周永昌，依我看，六丫頭就是這個命，以她的聰明去了周家也沒有她的虧吃。」

話說得好聽，周家那地方就是虎穴狼窩，嫁過去難免要累心啊……

琳怡被鄭七小姐拉扯著一路到了湖邊。

看著鄭七小姐亮得發光的眼睛，琳怡不用猜也知道她要說什麼。

鄭七小姐話到嘴邊，又想到了什麼，臉一下子憋了下來，伸出兩根手指。「妳嫁給十九叔，就要比我高上兩輩啦。」

鄭七小姐怪異的表情讓琳怡不笑也難。

鄭七小姐拉著琳怡在園子裡轉了轉，然後讓下人弄來蚯蚓，兩個人釣了些魚兒，琳怡發現這次的魚兒比上次來鄭家時肥多了。

「這隻白額頭，這隻小花貓，這隻黑泥鰍。」鄭七小姐數著給魚取的名字。「都是我們上次放生，現在終於長大了，我一直沒有來釣魚，就等著妳一起玩呢。」

之前將魚釣上來嫌小，放生了，現在變成了大肥魚又不捨得拿來釣。

所有的事都是無時無刻地在變。

在鄭家吃過了飯，鄭七小姐神秘兮兮地將琳怡拉去梅園裡。

琳怡本來不想去，轉念想想，許多話也是該說清楚。

為了怕節外生枝，鄭七小姐帶了機靈的小丫鬟守在外面，跟著琳怡一起坐在廊上，琳怡才喝了口茶，就看到走過來的黑緞面雲紋快靴。

鄭七小姐熟練地一溜煙退下去。

琳怡向周十九行了禮，兩個人面對面，悄無聲息地站著。

知曉周十九是康郡王之後，她有意地算計著閃躲，可是每次都躲不過去，不過她無時無刻地表達自己的立場，不希望父親和周十九走得太近。

昨夜她也問自己，若是沒有前世的事，她會不會對周十九這樣的排拒？

結果是，還會。

面對周十九，她總覺得像是站在鏡子前，從周十九眼睛裡總能照出自己。

誰也不想自己的心思被旁人一眼看透。

周十九微側著臉，臉上是一種難得的安寧和平靜，彷彿放下了所有思量，表露出來的只是純粹的神采。

眉宇舒展，嘴角微微上揚，平日裡都是敷衍的笑容，而今卻是如釋重負般輕鬆。

為什麼呢？她想問，卻沒有問出口。

「求則得之，舍則失之。」周十九眼看著琳怡。謀算自己的婚事順理成章，就像陳家長房老太太看上齊家，陳六小姐的默許一樣，只不過男子多了些自由，他就勝了一籌。

琳怡抿抿乾燥的嘴唇，眼睛仍舊明亮如星辰。「我和周夫人見過幾次面，並不愉快。」不加遮掩地將話說出來。娶她就是要躲過周夫人的種種算計，讓他家宅安寧，因此明裡暗裡用盡心思。

所以他算計她用的苦心，仍舊不及將來她的辛苦。

周十九微微一笑，氣息放得緩慢些，聲音格外清澈。「妳放心，我會盡力護著妳和陳家長房周全。」

這也是她必須要知曉的，以後路途難行，不先得一個承諾，她如何心安。

琳怡向周十九慢慢蹲身。

看著陳六小姐漸漸走遠的身影。

周十九臉上是輕暢的笑容。陳六小姐就算知曉要嫁他，仍舊沒有委曲求全，沒有自怨自艾，仍舊似從前，極力為自己爭取，目光中滿是堅韌，絕不肯輕易放棄。

這樣的女子不多見。

陳琳怡也只有一個而已。

陳允遠被皇帝召見之後，康郡王和陳六小姐的婚事進展非常迅速。欽天監批了八字之後，聖旨就發下來。

欽天監算了個好日子，定在來年三月。

陳允遠算了算日期，時間不寬裕，現在就要著手安排，才能趕得及。不過這已經算好的了，要不是皇上另賜的康郡王府，周家要好好修葺，文定的日期還要提前。

小蕭氏也一邊掉眼淚一邊說：「好在那時候琳怡已經及笄了。」

第一百二十五章

琳怡的婚期一定，長房老太太也忙個不停，要挑選陪嫁的下人，還要準備琳怡的嫁妝，餘下時間就是教琳怡如何管理家宅。

小蕭氏臨盆在即，是一點也幫不上忙。

陳允遠倒是每日都樂呵呵的，在外面的應酬越來越多，京裡的大人也結交了不少，晚上正和小蕭氏說宴席上的笑話，小蕭氏扶著腰在屋子裡來回遛達，剛走到矮桌前要給陳允遠倒茶喝，就覺得肚子一沈，一股暖流瞬時流下來，嘩啦濕了褲子和鞋。

小蕭氏還茫然不知發生了什麼事，陳允遠也在怔愣時，旁邊伺候的婆子立即驚叫道：「三太太、三太太這是要生了！快！快去叫穩婆——」

外面的綠萼正要端湯盅進屋，正好和婆子撞在一起，頓時湯盅落地摔得粉碎。

琳怡扶著長房老太太等在隔間，長房老太太指揮丫鬟將陳允遠的被褥搬去念慈堂。「讓老爺去那邊歇著，在這裡也是礙手礙腳，還容易沖了胎氣。」

一切東西都準備妥當，就等穩婆過來。琳怡模模糊糊地聽到幫忙接生的婆子道：「先破水不好生……要加緊了才是……幸好我們請的穩婆是京裡極好的，不會有什麼問題。」

陳家人忐忐忑忑等了一晚上，小蕭氏終於將孩子生下來。

報喜的婆子笑著道：「是位小姐，模樣長得極漂亮。」

長房老太太臉上露出笑容。「母女平安就好。」說著讓琳怡扶著去看小蕭氏和小寶寶。

小蕭氏吃了養身的藥，迷迷糊糊睡了過去，琳怡就在旁邊逗小妹妹。小粉團看著非常眼熟，好像是嘴巴像小蕭氏，鼻子下頷像父親似的。

不一會兒工夫，小蕭氏醒過來。

琳怡隱隱約約聽到裡面說話。

小蕭氏沒能生下兒子，覺得愧對陳家。

長房老太太笑著安撫。「兒女都是緣分，孩子、大人都平安已經十分難得了，多少人家連個女兒還求不來。」

小蕭氏想起姊姊蕭氏，雖然拚得全身力氣得了一雙子女，卻早早就沒了，比起姊姊，她已經是福厚。

陳允遠本來只想看女兒一眼，只是軟軟綿綿的小女兒立即吸引了他的注意。陳家好久沒有孩子出生，加之衡哥和琳怡出生時，蕭氏病重，不久撒手人寰，陳允遠沒有精力看一雙兒女，也就沒有印象剛出生的孩子到底有多大。手伸過去捏捏小女兒，陳允遠就皺起眉頭。「這，是不是太小了些？要不要請郎中來看看？」

靠在迎枕上的小蕭氏差點就嚇得流出眼淚來。在福建時，聽說有個武將家的妻妾連著生了五個女兒，那位大人一氣之下將第六個女兒一腳踹飛了。陳允遠剛才有模有樣的皺眉頭，真真將她嚇得魂飛魄散。

「我的好老爺，剛出生的孩子能多大，乳娘說咱們家的小八已經算大的了。」

旁邊的乳娘忙迎合地點頭。

陳允遠臉上露出驚訝的表情，眼睛掃了搖車一眼，緊跟著又是一眼，乳娘看出些門道，笑著上前。「要不然老爺抱抱八小姐，奴婢在旁邊幫襯著，不會有事的。」

聽到「抱」字，陳允遠揮揮衣袖。「君子抱孫不抱子。」

小蕭氏聽得這話忍不住笑起來。

自從有了八姊兒，衡哥和琳怡每日都要去逗小妹妹，琳怡更是將繡好的小襪子、小鞋子一股腦兒地往八姊兒身邊堆。

小蕭氏看了埋怨玲瓏。「這些針線不要讓小姐來做，將出嫁時用的備好了才是要緊。」

琳怡剛將一只拴著五色線的荷包吊在搖車上。「給八妹妹做的東西小，不費功夫的，母親就放心吧！」

「可不能馬虎，」小蕭氏提起這個就內疚，這些日子她也沒能幫上忙，等到出了月子，她就要好好給琳怡張羅張羅。「妳是要抬去康郡王府的，做出來的物件兒不講究要被人笑話，宗室那些夫人都仔細得很。」

她雖沒準備在周夫人和眾親戚面前一味低頭伏小，但是晚輩和新媳婦的本分她還是會做好，新房裡用的繡品是她的面子，自然不能讓人給打回來。琳怡嘟起嘴來逗搖車裡的八妹妹，不過眼前這個小妹妹也同樣重要呀。

小蕭氏將要出月子了，貢院才重新開張，陳允遠帶回來了好消息。「齊家哥兒能參加會試了。雖然沒有明言齊家哥兒是被牽連，不過朝廷沒有禁令的名單下來，大家也心知肚明。」舉子進貢院，陳允遠就讓人盯著，待看到齊家二郎順利地走進去待考，他這才鬆了口氣。「要說齊家哥兒，性子那是真的……外面閒話那麼多，換作旁人定不敢立即再去應考。」

長房老太太緩緩點頭。「這才是心裡坦蕩。」這一點最讓她看重，要是沒有賜婚，琳怡嫁去齊家，她要比現在高興許多。

陳允遠道：「兒子看，只要主考不刻意將試卷挑出來，齊家哥兒八成還會上榜。」不管能不能上榜，總是齊家的態度，書香門第靠的就是這份骨氣。

琳怡聽著外面祖母和父親的話，不由自主就想起琳霜勸她，也許齊二郎也和葛家少爺一樣能化險為夷，其實她心裡一直也都是這樣想。

只可惜像琳霜和葛家少爺這般沒成親前就共患難，實是可遇不可求。

會試結束，舉子等著放榜，陳家也開始準備八小姐的滿月宴。長房老太太讓管事的將最近來送賀禮的名單拿來，聽竹和白芍兩個將名單扯開拉著，長房老太太看著密密麻麻的名目也皺起眉毛。「還是請族裡的媳婦來幫忙張羅，太太才出了月子不能勞累，六丫頭閨中待嫁，又有不能照顧的地方。」

白嬤嬤笑道：「奴婢瞧著也只能如此。」

白嬤嬤才下去安排，二房那邊就捎來話，大太太董氏和二太太田氏要過來幫忙辦宴。

「就讓她們來。」長房老太太道。「在外面看來，我們是占了二房的便宜，二房都能放下身段來言好，我們又怎麼好計較太多。我們畢竟在自己家裡，還能怕她們不成？」

白嬤嬤仍舊有些擔憂，就將長房老太太的話和琳怡說了。「六小姐還是勸勸老太太，就算要強也不是這個時候，起碼要等到小姐順利嫁去周家再說。」

琳怡臉上浮起笑容。「我看祖母說得有理，嬤嬤就放心去安排，咱們家裡又不是沒辦過宴席，無非是待客要兩位伯母幫忙，出不了亂子。」現在就怕成這樣，將來她嫁去周家要怎麼辦？

看著六小姐安然的笑容，白嬤嬤也微放下心來。「既然小姐也這樣說，奴婢就去辦。」

林正青從貢院裡回來，林大太太領著一群下人等在垂花門，林正青應付完林大太太，洗完澡就躺在床上。

微風輕吹著床幃，林正青睡得迷迷糊糊。

遠處傳來一聲驚雷，緊接著是木葉沙沙的聲音，不多一會兒，大雨瓢潑而下，丫鬟們忙著關上門窗。

床上的林正青皺起眉毛，夢到滿地都是銀色的白，漫天大雪蓋住了地上所有的痕跡，他仔細找，妄想從上面尋到些蛛絲馬跡。

他蹲下來瞧，上面是一個女子小而纖細的足跡。

那個讓他困擾的人，讓他將情緒帶到夢裡的人，竟然是個女人——

林正青眼前一花，眼前突然燒起火來。火焰越燒越旺，放眼望去滿是紅色，紅紅的喜字被火燒得蜷曲起來。

火光中依稀有張平靜的臉。

他出生的時候，比他大兩歲的哥哥從樹上掉下來，摔斷了脖子。小時候，每當到了他的生辰，京城都會下起大雪，他站在院子裡背書，其實一直希望凍到手開始發僵的時候，母親能對他招手。「來，喝杯薑茶。」

他一直等，卻從來沒有等到過。

相反地，到了大雪天，所有人只會想起那個夭折的哥哥，都會說他生得不是時候，大家都忙著太太難產，下人一時疏忽才會出了這樣的禍事，沒有人說是哥哥太調皮，要爬去樹上看雪。

不知怎麼地，林正青開始覺得沈悶，就像悶了幾日的天空，陰暗著卻沒有一滴雨落下。

林正青霍然從夢中驚醒，大口大口地喘氣。

門口的丫鬟聽到聲音，進屋來伺候。

林正青皺起眉頭。「誰將窗子關上的？」

丫鬟嚇了一跳。天氣不熱，大爺額頭上卻滿是細碎的汗珠。「大爺，怎麼了？是不是作夢了？」

夢，就像是一場奇怪的夢，只能讓他迷迷糊糊地夢見些情景，卻不能讓他知曉始末。不過萬事不是只有一條路能解決，就像是一把帶鉤的刀子，一刀砍下去，總能帶出血肉來。

第一百二十六章

第二天，陳家長房的小八姊兒被小蕭氏抱著給眾位賀喜的女眷傳看。不一會兒，陳八小姐的斗篷裡塞滿了金的、玉的各種吉祥掛件。

二太太田氏送了只金鑲玉的項圈，陳八小姐似乎偏愛這只項圈，握在手裡笑得十分開心。二太太田氏慈祥地笑。「我們八小姐喜歡這個呢。」

小蕭氏要出去待客，琳怡就留下和乳母一起逗著八妹妹，才不到一盞茶的時間，族裡的姊妹笑著結伴而來。「六妹妹的婚期在明年呢，就不要避著了，我們在一起也好說說話。」

琳怡笑著和姊妹們一起去了花廳旁邊的宜春閣，大家才坐下，外面就傳來鄭七小姐的聲音。「我先去瞧瞧小八妹在哪裡。」

不見其人，先聞其聲，屋子裡的小姐們都笑起來。鄭七小姐好不容易出來一次，早就在家裡盤算好了都玩些什麼，先讓琳怡將從三河縣帶來的陀螺拿出來讓她挑，然後又選了一條繫著鈴鐺的長鞭，讓琳怡尋了個安靜處，就在院子裡耍起來。

琳怡囑咐跟著的丫鬟、婆子。「看著些，別玩得手軟，一會兒連筷子也不能拿，要叫郡主看出來。」

櫻桃笑著道：「也就陳六小姐知曉我家小姐的脾性。要是沒人攔著，別說一會兒筷子拿不起來，大約好幾日都不能自己吃飯了。」

琳怡回到宜春閣，發現琳婉、琳芳也來了，琳芳不像從前一樣坐在一群小姐中說說笑笑，而是陰沈著臉遠遠地避在一旁。抬眼看到琳怡，冷笑中頓時帶了幾分凶狠。琳婉在一旁笑著遮掩。「六妹妹，我們大家正說到妳呢，聽說妳那裡有御賜的貢茶，我們能不能討來嚐一嚐？」

琳怡笑道：「就是一小盒餘姚瀑布茶。」

「那已經很了不起了。」簾子一掀，國姓爺家二小姐周琅嬛和齊五小姐一起走進門，周琅嬛接著道：「會稽茶唯臥龍與日鑄相亞，其次餘姚之化安瀑布茶，陳六小姐肯拿出來，我們倒是有口福了。」

周琅嬛話說完和琳怡對視，兩個人頷首互相見禮。

齊五小姐也笑著道：「若說品茶，我及不上眾位姊姊，若是泡茶，我倒是能幫忙。」

琳芳向來是見到貴人就話多，見到周琅嬛倒也不再拉著臉，蹭著上前說話。

琳怡吩咐玲瓏去端茶來。然後和齊五小姐拉著手到一旁說話。「三小姐的婚事準備得怎麼樣了？」齊五小姐笑道：「已經要過嫁妝了。」

一轉眼，大家都要嫁人了。琳怡道：「我繡了兩條鴛鴦藤的汗巾，姊姊拿回去給三姊姊。」齊五小姐抿嘴笑。「好。」

兩個人都沒說到齊二郎。屋子裡有丫鬟們端茶盞的聲音，齊五小姐看著陳六小姐臉上還似從前般親切的笑容，沒有半點做作，想及幾個人從前無話不談。「這次是國姓爺家幫忙，哥哥才能從牢裡出來。這次會考，哥哥雖然拚著去了。只是……耽擱了這麼長時間沒有看書，又……背著罪名，也不知道能不能考得上。家裡人都心裡害怕，可誰也不敢問哥哥一句，生怕就將他壓垮了……這段時日對哥哥來說真是……什麼都沒了。」

琳怡聽得手指一顫，不由自主地抿起嘴唇。看到琳怡臉色不好，齊五小姐強顏歡笑。「妹妹別嫌我話多。」

「哪裡，」琳怡道。「我還怕妳不肯跟我說話了。」婚事是父母之命媒妁之言，更何況這次是皇上賜婚，誰也沒有法子。父母說到這個，雖然憤憤地罵上幾句，她和姊姊還是為陳六小姐抱屈的。外面傳言都說這次舞弊案是為了扳倒主考，早就算計好的，陳家為了立功，連他們齊家也蒙在鼓裡，否則通個消息讓哥哥遠離主考官，何必如此。還有人說，哥哥有今日也是被人利用，陳三老爺因此升職是脫不了干係。直到哥哥會考完，父親去打聽消息，才知道陳三老爺一直暗中託人照應哥哥。

「哥哥回到家中只說這件事都怪他，臨考前不應該去主考官家借書。」齊五小姐提到這個，強忍著胸口的酸楚。不知道哥哥在獄中是怎麼過的，回家之後身上的傲氣都沒了，特別是聽到陳六小姐賜婚給康郡王的消息，脊背也沈下去，話也不再多說一句。

別看姊姊平日裡性子直率，可是未必能看透哥哥的心思。齊五小姐嘴裡發苦。哥哥想取個好名次，也是想順利和陳家結親。人人都有私心，早知道是這個結果，她和三姊真不該在哥哥面前時常提起陳六小姐。

「妳哥哥一定能考上的。」琳怡看向齊五小姐。只有考上才能證明自己的清白，齊二郎不擅言辭，就算有再大的冤屈都憋在心裡，這次藉著會考，定會全都發放出來。

齊五小姐點頭。「我也是這樣想，只是不敢在母親面前說，生怕有個萬一，母親承受不住，」說著頓了頓。「哥哥今天也跟著父親一起來了。」父親專程來謝陳三老爺，兩家的誤會總該解開，日後才好往來。

琳怡和齊五小姐送茶回去，宜春閣裡，周琅嬛被人圍著寫詩句，從前琳怡只知周二小姐是禮數周到的大家閨秀，沒想還是個才女，就連平日愛跟人爭個高下的琳芳，也是站在一旁啞口無言。

琳婉湊著說兩句，很快就有小姐和周琅嬛對上詩文，琳芳不甘落後也應半首，這樣一來就像眾星捧月般，將周琅嬛映襯得更加出挑。

前世，周十九娶了周琅嬛，那是郎才女貌、十分般配。這世她努力改變一家人的處境，倒連周十九和周琅嬛的婚事也跟著變了。

鄭七小姐總算在丫鬟勸說下放下鞭子，見到琳怡，就托起琳怡的手。「上次妳做的蟹黃酥還有沒有了？我還要一盤蘇葉糕。」

「都給妳準備著呢。」鄭七小姐在吃喝上面總能和琳怡合拍。

鄭七小姐不喜歡周琅嬛，也是因為吃喝玩樂不能同流吧！

女眷吃過宴席，男人那邊酒肉正酣，女眷們仍舊拉著說話，琳怡吩咐廚房去煮青果茶來給女眷解酒，回來的路上，橘紅一路小跑過來。「小姐，老爺帶著……來賀喜的幾家少爺給長房老太太請安了。」

來賀喜的幾家少爺……橘紅將話說得遮遮掩掩。

是在說齊二郎。

橘紅目光閃爍。

她和周十九的婚期都已經定了，哪裡還能見外男？

看小姐眉頭微皺，埋怨地看她一眼，橘紅就知道是自己出格了。看到齊二爺，她是嚇了一跳，好端端的人如今比竹子還瘦，就忍不住向小姐說……小姐為齊二爺擔驚受怕了好幾日，她覺得齊家少爺也是這個意思，否則進了念慈堂，齊二爺也不會抬起頭來悄悄打量。

橘紅的意思是現在不見，以後就不可能再見到。

琳怡腳步停下來，看著廊下搖曳的宮燈穗子。

齊二郎是好不容易熬到宴席結束去給祖母請安的吧！換作是她，在會試成績沒下來之前，大概也沒有多大勇氣來接受這麼多雙眼睛的打量。

琳怡提起裙角，試著後退一步。

再見一面又如何，時間不能倒退，結果已經注定，掙扎也是徒增煩惱，她早就已經讓自己向前看。開弓沒有回頭箭，她為自己爭取過，輸了就要承擔最終結果。

到此為止是最好的選擇。

琳怡微閉上眼睛長長地吁口氣，將心中所有的煩鬱都一掃而光。

「掉河了——掉河了——」刺耳的聲音突然之間傳來。

琳怡剛走幾步又停下。

慌張的媳婦子邊跑邊叫。「快……快……快……是四小姐！要出大事了！」

琳怡看向橘紅。「快問問是怎麼回事。」不過是一眨眼的工夫，琳芳又出事了，她記得上次琳芳就摔在白堰池堤上。

這樣一鬧，三、四個媳婦子都跑過來看。「怎麼了……四小姐怎麼了……在哪裡？」

「白、白堰那邊……我只聽撲通一聲，四、四小姐的丫鬟就說……小姐掉進池塘裡了！」那媳婦子結結巴巴將話說全。

下人聽了不敢延誤，忙去稟告長房老太太和各位太太。

大太太董氏和二太太田氏才慌張地迎出來。

眾人還沒走到南院，又跑來下人道：「救上來了……林家大爺將四小姐……救上來了……」

二太太田氏臉上又是驚訝又是慶幸，還夾雜著其他別的情緒，在旁人還沒打量出來之前，已經一閃而過，吩咐身邊的嬤嬤。「快去看看。」

沈嬤嬤立即明白二太太田氏的意思，提著裙角忙碎步上前，只是還沒走過壽山石，就看到媳婦子們抬著渾身濕透了的琳芳，後面還跟著一樣狼狽的林正青。

二太太田氏的嘴角一瞬間沈下來。

小蕭氏先想到將身上的斗篷拿出來，二太太田氏二話不說忙給琳芳遮掩上。

林正青似是此時才想起男女之防，向眾位女眷行了禮，慢慢地退了出去。

琳怡抬起頭，剛好看到林正青微微閃爍的眼睛。

裹在斗篷裡的琳芳像篩糠一樣地顫抖。

第一百二十七章

琳芳灌了一肚子水，嘴唇青紫，氣也喘不過來，讓人又捶又按地吐出幾口髒水，才驚魂未定地哭出聲。

旁邊的婆子也鬆口氣。「好了。」

眾女眷這才都放下心，大太太董氏有話想問，張張嘴沒有發出聲，旁邊的林大太太也目光深沈。等郎中給琳芳把過脈，眾人才陸續散了，留下二太太田氏撫慰女兒。

出了門，陳大太太董氏和林大太太對視一眼，本來是準親家，卻不想鬧出今天的事來，大太太董氏詫異，林大太太更是手足無措。

還是林大太太身邊的龔二媳婦提醒。「太太，咱們去瞧瞧大爺吧，大爺水性也不好，別也淹著了。」

林大太太才緩過神來。這邊問不出話來，總能從兒子那邊打聽……

大家立時分頭行事，在場女眷也各自想方設法打聽消息。

這樣一鬧，宴席只得草草散了，小蕭氏和心不在焉的大太太董氏張羅著將賓客送出門，長房老太太想要留著琳芳和二太太田氏在長房休息一晚，二太太田氏惦記著兵哥，琳芳又離不開母親，小蕭氏只好讓下人抬來肩輿，將琳芳抬上小車。

回到陳家二房，二太太田氏將琳芳安置在紫竹院，遣走屋子裡的下人，田氏這才明著問琳芳。「妳怎麼去了白堰池堤？」
琳芳平日裡有事就不避諱母親，今天吃了大虧，不知道怎麼辦才好，也來不及細想。
「我聽說康郡王送了禮物來……以為能在那邊偷看上一眼……誰承想就遇見了林大爺……我……我……」往後的事還沒敢說出來。
只覺得臉頰上一痛，二太太田氏已經一巴掌搧過去。
琳芳瞪大了眼睛，眼淚掛在長長的睫毛上，方才嚇得已經丟了一魂一魄，現在剩下的也全都飛散，只剩下僵直的軀殼。
二太太田氏手握著佛珠，細嫩的手腕如同白瓷一樣光潔，臉上卻再也沒有了悲天憫人的神情，而是萬分的失望。「我早跟妳說，讓妳沈住氣不要亂來，妳卻不聽我的。鬧出今天的事，現在就算六丫頭這門親事不作數，康郡王也不會娶妳。」
琳芳彷彿連呼吸也忘了，一雙眼睛大而無神。
「被人這樣從池子裡抱出來，只要林大郎不要妳，妳就別想再嫁人。」
琳芳眼前閃過林正青的笑臉。康郡王的笑容是淡淡的安雅，風儀舉止讓人不敢逼視，林正青是極致的漂亮、純粹，當他那幽黑的眼睛越發明亮時，讓她不敢挪開目光，就像一道牆死死地將她扣住，讓她無處可逃，她只能後退，不停地後退，一直摔到湖裡，睜大眼睛從水花裡依舊看岸邊的林正青微笑的表情。
聽到她的呼救聲，林正青不為所動，只是眼看著水花四濺，看著她漸漸地說不出話來。直到引來了人，林正青才一躍而下。

她要嫁給林正青。

琳芳胸口似是被重重一捶，仰頭倒了下去。

大太太董氏一路將琳婉拉扯到二老太太董氏眼前。「娘，您給三丫頭一條活路吧！要過明路的婚事眼見就吹了，我們娘兒倆是沒法做人了。二叔升官發財，將來再做了廣平侯，他這個一母同胞的哥哥連個女兒也嫁不出去，同是陳家的子孫，如何差別就這樣大？我小心翼翼地為琳婉挑選，磨破嘴皮說盡了好話才讓鴻臚寺卿劉太太做保山，二弟妹若是早就看好了這門親事，我說什麼也不敢和她搶，大家是同一個鍋裡吃飯的，有什麼事非要遮遮掩掩，真要將人逼到絕路上才肯干休？我是和二叔一家搶過長房嗣子，從前我是不好說出口，我就是怕將來沒有娘幫襯著，我們一家留在二房沒有活路，這才生了去長房的心思。人人都說二弟妹是菩薩心腸，我也不敢反駁，可是在菩薩眼皮底下討日子著實不容易，家裡的下人個個念二弟妹的好，我為了縮減開銷，少了下人的銀子，下人一個個背地裡說我黑心腸，哭鬧到二弟妹那裡去，壞的我是全擔著，好的半點也輪不到。」

大太太董氏說著，抬眼看二老太太董氏。「娘，您是我的姑母，您心裡還不是也看不上我這個媳婦。自家人都是如此，更遑論他人，您說的對，自從我嫁到陳家來，就沒有給陳家添半點光，我從十幾歲熬到三十六歲，大半時間在姑母身邊，姑母也是眼瞧著我酸甜苦辣樣樣嚐過，只有琳婉這一個女兒，是我的心頭肉，偏是嫁人都一波三折。我苦也就算了，我認了，琳婉將來也要跟我一樣不成？」

二老太太董氏剛才已被琳芳的事氣得發抖，看到大太太董氏聲淚俱下的控訴，就算鐵石心腸也動容了，何況三丫頭琳婉確實無辜。

董嬤嬤見狀忙上前勸大太太董氏。「太太，您別急，老太太心裡有數，您總要讓老太太緩緩，老太太的病還沒好呢！」

經董嬤嬤這樣提醒，琳婉也從驚詫中回過神，幫著董嬤嬤安慰董氏。

看到女兒的孝順，大太太董氏更加難過，掩面放聲痛哭。

二老太太董氏只覺得胸口慌跳不停。「事情還沒一定，妳現在哭有什麼用，這個家還有我作主，誰也別想亂來。」說著看向琳婉，琳婉眼睛紅腫，想來是之前已經哭過。「三丫頭還有我這個祖母，我自然讓她風風光光地嫁出去。」

陳家二房鬧成一團，陳家長房送走了賓客，慢慢清靜下來。

琳怡陪著長房老太太說話。

一旁的玲瓏將琳怡、鄭七小姐和周琅嬛剪的窗花一個個晾出來。

兩隻搗藥的玉兔，唯有一張是搖竹子的小姑娘。

長房老太太看著有趣，指著那個小姑娘。「這是誰剪的？」

琳怡想到就覺得好笑。「我和鄭七小姐跟周二小姐學剪紙，本來大家剪的都是兔子搗藥，鄭七小姐將兔子耳朵剪短了又將藥杵剪長了，我和周二小姐看了想了法子，我將短耳朵的小兔子剪成了小姑娘，周二小姐將藥杵剪成了竹子。」

長房老太太噗哧笑出聲。「難為妳們想到這個法子。」

鄭七小姐當時就說，還好站著的兔子和小姑娘都是兩條腿。她和周二小姐被逗笑得喘不過氣來，到現在她的肚子還疼呢。「我說好了要將這三張剪紙繡成帕子，我們三個一人一塊。」就這樣，鄭七小姐也喜歡上了周二小姐。

長房老太太抿嘴笑。「妳和鄭七丫頭都應該和周二小姐學學禮數。」

說到學禮數，琳怡微笑。「周二小姐說回去稟過周夫人，就將身邊教規矩的嬤嬤借我。」是怕她將來進了宗室大門，讓人挑出刺兒來。

這倒好了，長房老太太正愁找不到好的管教嬤嬤。

祖孫倆說到這裡，白嬤嬤進了屋，白芍帶著小丫鬟將隔扇關上，白嬤嬤這才低聲道：「是四小姐讓丫鬟打聽著前面康郡王的消息，然後去的白堰池堤，林家大爺吃多了酒出來吹風，正好看到四小姐落水。」

周十九今晚當值，放下禮物就走了，就算是經過白堰池堤，大概看也沒看一眼吧！

琳怡想到林正青得意的目光。林正青是故意在那裡等琳芳，要的就是在眾目睽睽之下將琳芳救起來。現在陳允周春風得意，相反地，陳允寧頻頻給二老太太董氏添堵，既然都是和陳家結親，自然要選一個更靠得住的岳丈，況且琳芳更好擺布。

現在就看琳婉要怎麼辦。

接下來的事讓陳大太太董氏滿嘴起泡、病倒在床，琳婉雖然得二老太太董氏歡心，卻最終還是被人搶了婚事。

二太太田氏很快和林家換了庚帖，陰陽先生批過八字之後，男女雙方保山碰頭，這門親訂死了。

外面看來這門親事異常地順利。琳芳並不好受，哭著、鬧著、砸了滿屋子的瓷器，投繯自盡的招數都用了，也沒能動搖陳二太太田氏的決心。現在正是陳允周求前程的時候，內宅鬧出醜事來，陳允周在人前也抬不起頭。

琳芳聽身邊的嬤嬤說過吞金、投繯、服毒死的慘狀，親自見識過家庵裡的清苦，眼看著年紀輕輕的女眷剃了光頭，卑躬屈膝地求施捨香油錢，終於漸漸安靜下來，不再鬧了。二太太田氏選了會試放榜的好日子，將林正青考中會元的喜訊講給琳芳聽。「妳是我身上掉下來的肉，我比誰都疼妳，不將這門親事定下來，日後妳還怎麼出門見人？」

琳芳哪裡不知道這個道理，撲進田氏懷裡放聲大哭。

田氏輕輕拍著琳芳的肩膀。「本來我已經看好了要在宗室裡給妳找個良婿，誰知道妳出了這樣的亂子……既然知道後悔了，就要記住這個教訓，日後再也不能胡來。」

第一百二十八章

琳芳想起林正青的模樣就覺得心裡發寒，欲將林正青的種種說與田氏聽，卻又不敢。

「林大郎連中三元，」田氏看了女兒一眼。「也算是妳的福分，妳從前不是還挺歡喜這樣的親事？」

要不是從前歡喜，琳芳也不會知曉林正青竟然……竟然是那個模樣。

現在沒有了別的路可走，她也只能盼著成親之後，林大郎會對她好一些。

一門親事壓下來，活蹦亂跳的琳芳就像離開水的蝦，劇烈地掙扎一陣，慢慢蔫下來。

會試發榜，從前本來已經考上貢士的考生，上一榜榜上有名、這次卻名落孫山的乾脆在榜前大哭喊冤，上次沒考上、這次卻考上的，激動之餘當街跪拜，高呼：吾皇萬歲萬歲萬萬歲。

「這次科舉還算是公平，」陳允遠邊喝茶邊感慨。「只是對齊家哥兒嚴苛了些，我聽說放榜晚了，一是因兩份試卷決不出哪個更勝一籌，總裁們頗為發愁，最後還是又仔細辨認，才發現一份試卷文辭、書法更精，也就是林家大爺的那份卷子。」

長房老太太聽著直點頭，已然明白陳允遠的意思，齊家哥兒因此取了二名。「這樣的結果也算是給齊家哥兒正了名。」

陳允遠道：「也是主考大人一心為國取賢，對所有考生一視同仁才有的結果。不過，大家因此都為齊家哥兒抱屈，要不是齊家哥兒進了刑部大牢，這會元還該是他的。」

裡間的琳怡微抬頭，這話放在明面上好聽，主考、同考一概沒有二話，那也是齊家上下打點的結果。

隔扇旁偷吃芙蓉糕的玲瓏，被外面的話吸引，忘了遮掩，橘紅悄悄過去拍了玲瓏一下，玲瓏嚇得臉又紅又紫，差點就叫出聲。

兩個丫頭掩著嘴笑著在屋裡打鬧。

自從知曉了琳怡會將她們帶去周家，玲瓏、橘紅兩個心情就一直很好。

不知道是不是天氣好的關係，琳怡心裡也覺得輕快許多。

外面，陳允遠還沒將好消息說完。「皇上賜了林正青和齊重軒『恩榮宴』的銀牌。」

按理說只有考中了狀元才會賜銀牌賞恩榮宴，皇上這次破例，是因上次的科舉舞弊，格外嘉獎。

長房老太太道：「齊家哥兒也算是因禍得福，日後定會得皇上重用。」

因此獲利的還有林正青。之前看到林正青得意的笑容，琳怡就猜測這次齊二郎的事說不定和林正青有關係。

若是林正青也像她一樣記得前世的事呢？

那麼這次的試題，林正青定是知曉，知曉會試的題目正好用來陷害齊重軒，等到會試重考，自己又一舉得了會元……

就像上次林正青說起她的小名……她那時就猜測林正青就算不像她一樣，也是對前世種種有零碎的記憶。

林正青做了陳二老爺的乘龍快婿，從此之後，陳家宴席上都會見到林正青。這也算是冤家路窄，林正青和周十九，該躲的一個也沒躲開。

琳怡吁口氣，放下心中的不快，叫上玲瓏、橘紅兩個丫頭去做點心。她出嫁之後，祖母的藥膳就要交給廚娘做，親手孝敬祖母的機會少了許多。

幾日的工夫，天氣由熱轉涼，殿試畫上圓滿的句號，朝廷湧進一大批國家棟樑之才。林正青中了一甲第一名狀元及第，齊重軒得了一甲第三名。消息傳到陳家，陳大太太董氏聽了當時就昏了過去，本來琳婉該是狀元夫人啊，到嘴的肥肉硬是被人生生地扯了出去，雪上加霜的是陳大老爺的姨娘鞏氏生下了個少爺，可是沒滿月就死了。

白嬤嬤輕聲向長房老太太道：「鞏氏說少爺生下來就渾身冰涼、不時抽搐，定是胎裡就中了藥毒，要二老太太和大老爺為她作主，大老爺眼看著好好的兒子沒了，對大太太也起了疑心，大太太更是一病不起。雖然二老太太平日裡並不喜歡大太太，可這時候也看不過眼，將大老爺叫去狠狠地罵了一頓，說鞏氏不守本分、陷害主母，要將她逐出家門。」

一眨眼的工夫，鞏氏孩子沒了，鞏氏也不能再留在陳家，像是有人從中動了手腳。這個人是誰？病在床上的大太太董氏？

長房老太太抬起眼睛。「恐怕大老爺不肯將妾室送走，否則開始就不會攪得家宅不寧。」男人但凡被女人迷住了，就不曉得「分寸」二字。

白嬤嬤道：「大老爺正是不肯，大太太才病得更重了，多虧有三小姐在旁衣不解帶地侍候，」說到這裡頓了頓。「不知道是不是京裡的事傳去川陝，大太太娘家已經寫信問詢了。」

長房老太太端起茶碗喝了口茶，看了眼琳怡手中繡的牡丹花。這樣一鬧，就算二老太太董氏偏向小兒子，現在也該收收心管管大兒子一家。

琳怡將手裡的針線放進笸籮裡，跪坐在床上給長房老太太揉捏起肩膀來。

長房老太太已經習慣和琳怡說話。「六丫頭，妳說說，二房那邊又要出些什麼事？」

琳怡想起琳婉的柔婉謙恭來。「三姊姊年長，應該會在我和四姊之前出嫁。」琳婉丟了一門好親事在先，所以想辦法給琳婉尋一門好親事就是最好的補償。大太太董氏心裡舒暢，病好得快些，大太太娘家問起來，二老太太也好交代，畢竟家和萬事興，二老太太怎麼會不知曉這個道理？

所以鞏氏的事，八成和琳婉脫不開干係。

琳怡提起琳婉，長房老太太道：「將來各自嫁人，總不常在一起，這些人也倒好說，我擔心的是周家那幾個夫人、太太，沒有一個是省油的燈。」

琳怡笑著安慰長房老太太。「沒關係，反正孫女腿快，見到她們就一溜煙跑個沒影。」

長房老太太被逗笑了，拉起琳怡。「妳呀……」說著笑容漸收。「還是多和禮儀嬤嬤學學，將來也好少讓人挑錯處。」

在琳怡眼裡，禮儀嬤嬤本來已經是雞蛋裡挑骨頭，若是能過了她這一關，將來人前是不可能會失禮了。

在禮儀嬤嬤眼皮底下學了幾個月，琳怡終於得了一天的假，乾脆將鄭七小姐和周琅嬛、齊五小姐一起請來說話。

齊五小姐家裡有事沒能來，周琅嬛和鄭七小姐準時赴約。

三人坐在涼亭裡品琳怡煮的茶，看著山水一樣的茶末漂在杯子裡，周琅嬛笑道：「有古人之風，現下會分茶的人越來越少了，妹妹是好手。」說著挽起袖子。「我也做一個充數。」

鄭七小姐對分茶沒有興趣，更喜歡剛擺上來的點心。

大概是三個人都受過禮儀嬤嬤的折磨，這次聚在一起反而更有話說，聽著周琅嬛抱怨禮儀嬤嬤多麼嚴苛，鄭七小姐心裡別提多暢快，不過禮儀嬤嬤也有鬆懈的時候，教過周琅嬛的陸嬤嬤年紀大了，下午最喜歡打盹，琳怡就趁著那時候偷偷懶。

周琅嬛羨慕地看著琳怡。「我那時候就要吩咐廚房做杏仁奶，陸嬤嬤吃好了總會讓我多歇歇。」

鄭七小姐懊惱。「我怎麼沒想到這個！」

話一投機，時間過得就飛快，分開的時候大家都有些依依不捨，不幾日，周琅嬛和鄭七小姐就給琳怡寫了信。

琳怡的信也剛好寄給她們。

長房老太太看了也讚許琳怡。「好眼光。」不管是周琅嬛還是鄭七小姐、齊家小姐，都是稟性好的孩子。

琳芳那邊雖然也有五王妃、昌信伯三小姐，昌信伯三小姐先不說，五王妃的性情眾所周知。

人和人求的不同，五王妃在琳芳眼裡可是塊寶，至少地位顯貴。

琳怡開始感覺到備嫁的日子難熬，做不完的女紅，白天還要學禮儀，能看到鄭七小姐、周琅嬛的信是最讓她高興的。

只是沒想到，這次在周琅嬛的信上看到了齊二郎的消息。琳怡將信讀完放回信封裡，第二天在長房老太太屋裡也聽到了同樣的事。

小蕭氏道：「聽說齊家要和國姓爺家結親了，昨天已經請了保山上門，周家沒有馬上點頭，也沒有拒絕。」

長房老太太看了孫女一眼，琳怡正拿著薄胎瓷的茶杯慢慢喝茶。

只要女方沒有明著拒絕，就是說八成答應了這門親事，只要男方再請保山上門，下一步就是看八字合不合了。

看到周琅嬛的信，琳怡開始有些驚訝，後來也慢慢覺得順理成章。國姓爺家的小姐自然也是等著科舉過後選個前程好的俊才做婿，狀元郎已經訂了親，榜眼不是京畿人士，探花郎經過牢獄之災磨礪將來更能成器，何況之前科舉舞弊案，國姓爺還幫過齊家。

開言成匹配，舉口合姻緣，這就是緣分。

第一百二十九章

陳家和齊家婚事談得波折，到了周家卻十分順利，陰陽先合過八字，說是上等的姻緣，齊家、周家長輩都十分滿意，婚期很快也就要定了。

周琅嬛本應該嫁給周十九，她是和齊二談婚事，沒想到突然峰迴路轉，她要嫁周十九，周琅嬛嫁齊二，她和周琅嬛還稟性相投，做了閨閣中的好友。

周琅嬛在信裡說，齊二好像性子沈悶，她偷偷隔著簾子看了一次，這個探花郎有幾分文人的清骨，周家的宴席上，周琅嬛的兄弟很少能和齊二說上幾句話，倒是齊二太太為人爽快，不知道將來嫁過去能不能和其他人相處好……

琳怡將給周琅嬛做的荷包遞給玲瓏，讓人將回信一併給周琅嬛送去，信裡只是說說小女兒之間備嫁的心思。琳怡雖然和齊家小姐要好，也不一定就和周琅嬛說起齊家。周琅嬛和她一樣，不過是想找個人傾訴心中的情緒，至於嫁去夫家會怎麼樣，只有周琅嬛自己才能知曉，她不用比周琅嬛還關心齊家。

齊三小姐成親前一天，琳怡將自己做的蝴蝶寶石耳飾和一小盒點心送去給齊三小姐。

齊三小姐屋裡的物件已經被搬去了夫家，現在空坐在炕上，一眼看去有些滿目淒涼。這是她住了幾年的屋子，就要離開，總有些心酸。

再也不能時時刻刻和姊妹們賴在一起，不能在母親面前撒嬌，而是要小心翼翼侍奉公婆，齊三小姐想到這個就覺得心裡發悶。兩姊妹正圍著炕桌喝茶，聽到丫鬟說陳六小姐送來了賀禮，齊三小姐一下子打起了精神，讓丫鬟將禮物打開。

小巧的耳飾，不似工匠打造得精美，卻十分奇特，紅色米粒大的寶石串成蝴蝶的模樣，下面用了紅色的流蘇做點綴，長長地拖到肩膀。齊三小姐拿起來比在耳朵上試了，不由得笑出聲。「難得她能想到，這是我見過最漂亮的耳飾了。」

再打開盒子，裡面是夾著果仁的乳酪，切成小小的片，放在嘴裡含著不會被任何人發現，可以隨身帶著，餓的時候拿出來吃。

丫鬟笑著道：「送來禮物的丫鬟說，陳六小姐最近一直在吃乳酪。」甜的味道能讓人變得輕鬆似的，原來大家待嫁的心情都是一樣。齊三小姐吃一口，滿足地笑了。

周二小姐也送來禮物，是一支累絲金鳳鑲寶步搖，齊二太太一再誇讚。「到底是國姓爺家的小姐，人看著大方，禮數上也周到，妳們兩個要好好學著。」

齊三小姐和齊五小姐對視一笑。這就是不一樣，陳六小姐是對待姊妹的心思，周二小姐是為了討好未來的婆婆。

第二天一大早，齊三小姐就被捉起來洗澡、穿衣，終於有機會和妹妹說話。齊三小姐拉著妹妹。「我最擔心的就是哥哥，妳在家要好好開導他，周二小姐性子不錯，將來定能成為好嫂嫂。」說著頓了頓。「雖然我還是喜歡陳六小姐多些。」哥哥的性子和陳三老爺有些相像，兩家在一起，將來才更好相處。

說到這點，姊妹兩個短暫的沈默。

如果事事都能照人想的來，那就好了。

齊五小姐先回過神來，笑著道：「我去打聽前面怎麼樣了？看看哥哥能不能難住三姊夫。」

齊家熱熱鬧鬧地辦喜事。

陳二老太太董氏也有個好消息告訴大兒媳。

琳婉正在陳家長房作客，聽到消息，匆匆忙忙地回去了二房。

「怎麼說？」琳婉邊走邊問。

大太太董氏身邊的方嬤嬤親自來長房接琳婉。「二老太太給小姐訂下了門親事，是鎮國公家的長子，康郡王的嬸娘周夫人做的保山。」

琳婉錯愕地睜大了眼睛。「嬤嬤說祖母為了我……」

方嬤嬤高興地熱淚盈眶。「我家小姐終於有喜事了，太太高興得說不出話來，奴婢都……」說著用帕子去擦眼角。「原本是二太太說給四小姐的親事，老太太這次也算一碗水端平了。」

二太太田氏原來是想要將琳芳許給鎮國公家的長子。

鎮國公的長子將來襲爵之後就是輔國公。琳婉不確定地看著方嬤嬤。「嬤嬤是不是弄錯了，這怎麼可能？」

方嬤嬤又哭又笑。「小姐這次是真的，多虧太太病著還向老太太求情……」

這幾日，大太太董氏病在床上，大老爺又被翬氏的花言巧語迷住了，整個家裡陰雲密布。

琳婉回到陳家，先去大太太董氏房裡，母女兩個見面就抱在一起哭得眼睛紅腫。

董氏拿帕子給琳婉擦眼淚。「這次要妳父親看看，要是沒有我娘家，這個家就要垮了。看他護著那個賤人……」

琳婉緩緩頷首。「母親現在最重要的是保住身子，女兒將來還要依靠母親。」

從董氏房裡出來，琳婉徑直去了二老太太的和合堂。

二老太太將婚事向琳婉說了一遍，琳婉沒有驚慌失措，反而越來越鎮定下來。

二老太太董氏略有些驚訝，心裡卻十分滿意，等到琳婉退出去，二老太太看向董嬤嬤。「這次老大房裡出了事，三丫頭倒像長大了許多。」

董嬤嬤道：「奴婢也是這樣覺得，不枉老太太親自給三小姐挑選親事。」

二老太太長長吁口氣。「嫁去宗室哪裡容易，我是該做的都為她做了，將來如何也要看她的造化。」

董嬤嬤心裡一動。「老太太您的意思是？」

「多給三丫頭備些嫁妝，讓她風風光光地嫁去宗室。」說著眼睛微合。「要在六丫頭之前出嫁，這樣好先在宗室立足。」

老太太這是想要靠三小姐壓住六小姐。六小姐之前因葛家的事，已經和宗室有了過節，本來就前景不好，三小姐雖然才貌不出眾，卻性子賢慧，很容易做了長輩眼中的好媳婦。

董嬤嬤臉上立即有了笑容。「奴婢這就將庫裡的物件單子拿來。」

董長茂熱河都統的任命下來，董氏一門立即變得炙手可熱，這也讓二老太太董氏出面談的婚事進行得十分順利。

合了八字換好庚帖，二老太太董氏和鎮國公夫人挑了個好日子，年前就要將婚事辦了。長房老太太聽了冷哼。「讓人一聽就知道她用了什麼壞心。六丫頭的婚期定在明年三月，她就趕在今年將三丫頭嫁出去。」康郡王府還沒佈置好，周夫人還有閒心做保山。琳婉是陳家年紀最大的小姐，先嫁也就順理成章，就算婚事趕了些，還要說是因為琳怡被賜婚的緣故。

琳婉、琳芳、琳怡的婚事都籌備順利。十二月，琳婉先出嫁，陳家上下佈置得無比隆重，正趕上董長茂和妻兒來京，陳家二房來賀喜的賓客絡繹不絕。

過嫁妝那日，陳家抬出一百多抬，鎮國公夫人看了笑得合不攏嘴，對這個媳婦頓時多增了好感。最讓鎮國公夫人覺得臉面有光的是，來觀禮的宗室比她想像的要多，這樣算下來，家裡的宴席少了十幾桌。

鎮國公夫人忙著張羅宴席，那邊，康郡王的嬸娘周夫人將大媳婦甄氏叫來。「快去幫幫妳嬸子。」

周大太太甄氏笑著應了，麻利地指揮起下人來。不一會兒工夫，少了的宴席就都擺好了，鎮國公夫人感謝甄氏。「還是有妳幫忙，否則我家裡真的會出亂子。」

「呸，呸，」甄氏笑著吐兩口。「大喜的日子，嬸子可不能說這樣的話，這滿園子的賓客不知道多少人看著眼紅呢，就說最近宗室辦喜事，也沒有多少家就比您家排場大。」

鎮國公夫人笑眯了眼睛。「這話怎麼說的，明年三月就是康郡王的婚期，我們哪裡能及得上郡王爺。」

說到這個，甄氏眼睛紅起來。「我們家夫人正為這個發愁……您也知道永昌的事……全家都被貶出了京，這事可跟陳家長房脫不開干係，許多宗親恐怕請也請不來了。我們家這位郡王妃啊……那可不是等閒人，將來進了府，我們是誰也不敢惹，不像嬸子那媳婦，早就賢名在外，將來定是嬸子的好幫手。」

聽得這話，鎮國公夫人更覺得心裡說不出地愉快，臉上還要裝作愁苦。「唉呀，妳這樣一說，我也覺得……那可真……難辦啊！」

在一片鞭炮、賀喜聲中，琳婉的婚事順利完成。

長房老太太因吵鬧聲一晚沒有安睡，白嬤嬤也在一旁道：「知道老太太為六小姐準備了一百二十二抬嫁妝，那邊就出一百三十抬，明著就是要壓過我們家小姐。」

白嬤嬤正說著話，陳允遠下衙回來，一臉的愁楚。「老太太，這下可麻煩了，琳怡的婚事不知道還能不能如期辦成。」

長房老太太立時皺起了眉頭。

第一百三十章

今年各地奇冷，官員都多發了銀霜炭、棉花等物避寒，琳怡除了給小蕭氏請安，大部分時間都膩在長房老太太的房裡貓冬，沒事的時候聽玲瓏、橘紅兩個說，家裡的下人也有疏忽大意被凍傷的。

在福建的時候，每年大家都要用凍傷膏子，今年在京裡家裡有地龍，就少備了些，沒幾日，管事的婆子就說藥膏子都盡了還要再做。

長房老太太早就說，今年冬難過，說不得要有災。

所以陳允遠說起雪災，長房老太太和琳怡祖孫兩個都沒驚訝。「河北、山西、山東都有災情的摺子呈上來，當地開倉放賑，陷雪死、凍死百姓仍舊不計其數，加之韃靼乘機搶掠，早朝上龍顏大怒，要派兵張家堡。」陳允遠說到這裡微微一頓。「朝堂上有人推舉董長茂都統，恰好熱河兵權沒有交接完，董長茂又慣於在邊疆用兵，可以一直北上先抗韃靼，再去赴任。」

長房老太太冷笑一聲。這是誰想出來的推卸責任的好法子，一將多用，更顯得朝廷武將凋零。

這些年，朝廷為了手握大權，將功臣勛貴壓制得無所建樹，名將子孫凋零，像陳允遠這樣的勛貴子弟都已經要走科舉這條路才能入仕。朝廷文武失衡，文官結黨互相陷害，武將雖被壓制，可邊疆仍舊戰事不斷，朝廷無將，可用只得依賴成國公這般老將，這樣下來，成國公軍功漸大才會肆意妄為，所以政局如今動蕩不安。

不過選在這個時節對抗韃靼，十足十地會負荊而歸，皇上也是一時震怒才會派兵，聖意難以回轉，只能想辦法遠遠站開，免得將來自己受牽連。

陳允遠道：「熱河駐兵非同小可，董長茂遠從川陝而來上任，兵部尚書稟奏要以熱河駐防為主，所以就有人提了康郡王。一來康郡王在福建立過大功，是難得的武將人選，二來作為宗室也有一定的震懾之威，」說著嘆氣。「兒子想，若是康郡王真的去了張家堡，明年三月恐怕不一定能趕回來，這婚事可不是就要拖下來？」

長房老太太微攥手裡的佛珠，抬起眼睛。「康郡王怎麼說？」

陳允遠皺起眉頭。「康郡王說要聽聖諭，說不得兵部還有其他人選。」

長房老太太道：「真的是聖意已定，不能轉圜？」

陳允遠道：「現在只能盼著南書房的幾位近臣，讓皇上打消這個念頭，就算要征韃靼也要等到天氣轉暖，否則對我軍不利啊。」

朝堂上暗流湧動，就算猜也猜不出個結果。

陳允遠只好四下去打聽。

長房老太太表情有些沈悶。「也不知道康郡王到底怎麼想的？倒是提前知會一聲，我們也好有準備。」

琳怡服侍長房老太太歇著，自己也覺得有些睏。長房老太太屋裡的暖炕很大，祖孫兩個怎麼睡都綽綽有餘，琳怡說是擠著暖和，要在長房老太太炕上睡，長房老太太心裡知道，孫女是想多陪陪她。

「祖母不用擔心，」琳怡給長房老太太掖好被子。「福建那麼大的事他都辦好了，不過是韃靼擾邊，前朝開始就沒斷過，就算去了也不會出大事。」

長房老太太瞄了琳怡一眼。「避重就輕，我說的是妳的婚事。」

婚事。琳怡也縮進被子裡，白芍提前就將整條被子都烤暖了，現在貼在身上說不出地舒服，她眯上眼睛。「祖母，這不是我的婚事，是康郡王的婚事。」周十九去了張家堡，能打個小勝仗回來，成親時少不了更加風光，就算打不了勝仗，相信周十九也能想出萬全之策脫身，到時誤了婚期，會有人替周十九說話，說他不顧一己私利一心為朝廷辦事，就算有過也是皇上身邊的忠臣。

所以只要躲過旁人的暗算，將事安排妥當，就對周十九有利。

現在她要算算，怎麼才對她更有利。

琳怡趕女紅，眼睛累得直打架，閉上眼睛就睡著了。第二天醒來已經是日上三竿，長房老太太早就吃過早飯，坐在羅漢床上和小蕭氏說話。

琳怡吐吐舌頭。沒有禮儀嬤嬤看著，她也學會偷懶了。

白嬤嬤笑容可掬。「老太太說小姐乏了就多睡睡，在自家裡就圖個自在。」

現在她是偷懶都有了正經的藉口。

小蕭氏正和長房老太太說董長茂家眷來京二房宴請賓客。「我們也不好就不見，舅老爺和舅太太總是長輩，至少也要帶著衡哥和琳怡過去請個安。」
禮儀是要周到的，否則就會被人說三道四。
琳怡慢慢走出來坐在長房老太太身邊。
長房老太太提起董家人，表情明顯不愉快。「天氣冷，你們早去早回。」小蕭氏頷首。
「吃了宴就回來。」
長房老太太說完又囑咐小蕭氏。「董家那邊說了不中聽的，妳只當左耳進右耳出，不用放在心上，特別是六丫頭的事，不用和他們爭辯，人嘴兩張皮捏也捏不住。」說著吩咐白嬤嬤。「咱們今天吃餃子。」
多捏捏也好讓她們少張口。
琳怡忍不住掩嘴笑了。
琳婉第三日回門，二房家裡張燈結彩，下人早早就在門口迎客，小蕭氏帶著兒女進了花廳，就看到一身藕色團花褙子，銀狐毛領、袖，高髻圓盤臉，頭戴金鳳，眼睛雪亮的夫人坐在二老太太董氏身邊。
二太太田氏笑著上前介紹。「三弟妹不認識，這就是咱們舅太太。」
舅太太尚氏笑著端詳小蕭氏、衡哥和琳怡，然後站起身招呼小蕭氏過來坐。「我可等了半天了，比新姑爺還難請呢。」
小蕭氏給舅太太行禮。
衡哥和琳怡叫了聲。「舅祖母。」

董長茂是老來子，年紀小輩分高，其實尚氏年紀是和大太太董氏相仿。尚氏聽了這話笑道：「我走到哪裡都是輩分大。」

大家在一起說了會兒話，門房上報新姑爺和琳婉到了。二太太田氏忙讓丫鬟落墊子、倒茶，新姑爺要給二老太太和陳允寧夫妻磕頭、敬茶。

眾人滿臉笑容中，琳婉和周元廣進了門，大家圍著讓周元廣和琳婉給長輩行了禮，然後才仔細打量琳婉和新姑爺。

不知道是不是因宗親的緣故，站在一旁都頗有幾分的氣勢，周元廣相貌雖不如周十九，可是兩人眉眼中也有些相似之處。

琳婉穿了銀紅石榴花褙子，紅狐領杏色金盞花氅衣，梳著婦人圓髻，戴花開並蒂掐絲金簪，兩支鑲寶蝴蝶戲花短簪，額頭上畫著梨花妝，面上桃紅，嘴唇豐潤，看起來像是與平日換了個人般，十分漂亮。

琳婉挨個兒和大家問好，琳怡才要向琳婉行禮，沒想到琳婉先拜了下去，屋子裡一下子靜下來，琳婉這才紅著臉，將琳怡扶起來。「六妹妹更漂亮了。」

在周元廣和尚氏臉色沒黑之前，琳怡笑著說了討喜的話。「這話該是我們說三姊，」琳怡說著看琳芳。「四姊，妳說是也不是？」眾目睽睽之下，她哪能讓琳婉吃了虧，這禮數她是不著急受的。

琳婉羞澀一笑。

接下來就是陳允寧的重頭戲，將姑爺從頭誇到腳，話中飽含深意，就是想要借著宗親的關係找個好差事，然後讓自己的庶子見了姊夫。

女兒、女婿被陳允寧夫婦帶走說話，其他女眷就聚在花廳裡。

小蕭氏和琳怡才坐下，只聽尚氏笑著道：「只要不提朝局政事，我們就沒什麼不能說的。」說話的時候眼睛輕翹，目光若有若無地看著小蕭氏和琳怡。

琳芳看了，轉頭向琳怡冷笑，片刻的工夫，琳芳就壓低了聲音。「妹妹可去月老廟抽過籤子？京畿但凡訂親的小姐都要去問問吉凶。」

言下之意，她去了定會抽了凶籤，琳怡吃了粒桂花糖，看來周十九去張家堡已經是在所難免。「看四姊的樣子就知道四姊抽了大吉，四姊就不用擔心日後嫁去林家……」明明是不願意嫁給林正青，抽個大吉又能怎麼樣，那些籤紙無非就是自欺欺人。

聽得這話，琳芳手一抖，臉上的笑容頓時沒得乾乾淨淨。想起林正青，她一陣恍惚，再回過神，琳怡已經帶著丫鬟遠遠走開了。

若不是周圍都是親眷，琳芳就要將手邊的茶碗砸在地上。

周元廣和琳婉回去周家，小蕭氏就以小八姊為由，帶了衡哥和琳怡回了長房。

尚氏坐在二老太太房裡滿是笑容。「這下您心裡可是舒坦些了？」

二老太太微微一笑，旁邊的董嬷嬷道：「三太太本是想要開口問康郡王領兵的事，沒想先被舅太太封住了嘴，您沒瞧見三太太和六小姐的臉色……」

二老太太董氏道：「也該讓她們發愁了，四丫頭一門好好的親，生生就沒了。這福氣在別人身上就覺得眼紅，硬搶過去放在自己身上就不是那麼回事了。」

尚氏掩嘴。「要是帶兵打仗，誰能比得上咱們董家？老爺說了，若是咱們家的女婿，他怎麼也要上奏皇上不宜發兵，康郡王哪裡會擔上這分凶險。」

這娶妻是福，娶不好可就會變成了禍。

第一百三十一章

兵貴神速，皇帝和臣子達成一致，康郡王周元澈立即帶人上路。

康郡王臨走前，皇帝將陳允遠叫去說了一番話。

陳允遠從宮裡出來回到家，見到長房老太太和小蕭氏就有一種羞愧的感覺，在皇帝面前表明決心，要以國家大事為重，康郡王和琳怡的婚期不變，陳家照常安排婚事，若是康郡王沒能歸京，陳家就會一直等著女婿。

其實陳允遠是覺得委屈了琳怡，可為了迎合皇帝，才不得已拿出一心為國的氣魄。

陳允遠暗暗懺悔，琳怡卻覺得如果父親從此之後都是如此，仕途會順利許多。不管父親在外怎麼做，心中都是向著家人的，一家人不必計較這些。

陳允遠道：「康郡王去了張家堡，三個月定然不能返回來，家裡就不必安排了，還是聽消息。」

琳怡側頭看長房老太太，昨晚她就和長房老太太商量好了，無論如何陳家都要和康郡王一樣，一心為國，這條船只要踏上來，就不能反悔。

長房老太太胳膊支在羅漢床上，點化這個不開竅的兒子。「既然都已經在皇上面前說了，怎麼還能不著手安排？萬一康郡王回京來，你準備怎麼嫁女兒？」

陳允遠看著燒熱的薰籠。這……真的能……回來嗎？多少老將都在韃靼上面栽了跟頭，若說康郡王小小年紀就能一舉得勝，那也太離譜了。最可能的情形是，康郡王帶著幾十輕騎趕去張家堡，那些韃靼早就搶了東西沒影了，臨時集結人馬出關去追，沙漠的地形多少人進去都會暈頭轉向，韃靼最擅長的戰術就是讓地形拖垮大周朝軍隊，再奇襲得手獲勝，往往是進沙漠幾萬人，出來的不過千百殘兵。

何況現在是冬季，要等到春天大雪化了之後才能打仗，否則就這樣灰溜溜地回京，皇上臉面也要掛不住。

不過現在老太太這樣說了，陳允遠也只得應承。「就按母親說的辦。」

皇帝錯誤的決策短暫地影響了朝廷的氣氛，很快大家就熱熱鬧鬧籌備起過年來。琳怡窩在炕上剪窗花，聽著外面呼號的風聲，慶幸自己只是個小女子。此時周十九八成正在城頭上吃冷風呢。

陳允周帶著兒子在二房放了好一陣子爆竹。

就連田氏都笑著埋怨。「老爺多大歲數了，還帶著兒子瘋鬧。」

陳允周心情極好，抖抖貂皮帽子上的雪花。「家裡添丁自然要多放些，斌哥也要成親了，多放些爆竹，好讓明年諸事順利。」

今年是個好年景，但願一年勝過一年。

琳芳還賴在二太太田氏屋裡不回去，陳允周打發琳芳回去。「眼見就要出嫁了，要多做些針線。」

琳芳悶悶不樂地帶著丫鬟回去房裡。

陳允周提起女婿來很是滿意。「沒能攀上宗室，將來女婿能做上大學士也是不錯了，這宗室也沒什麼好的，哪日萬一被奪了爵位就什麼都不是了。」林正青在翰林院做了從六品修撰，很快就得到翰林學士的賞識，品秩雖低，在文官中也算得上是清貴。

田氏給兵哥縫小棉襖，聽及這個笑起來。

陳允周道：「妳也要早做準備，說不得三弟的六丫頭要嫁在琳芳後面。」

田氏彷彿並不在意。「這事還不一定呢。」

陳允周提起這個，冷笑一聲。「怎麼不一定，明年三月康郡王是肯定回不來了，難不成三弟的女兒要像他母親趙氏，沒有新郎來接，直接抬去夫家。」

田氏倒沒想過這個，半晌才道：「不會這樣巧吧！」

怎麼不可能？陳允周讓丫鬟服侍著脫掉靴子，仰躺在炕上。「嘿嘿，這誰能知曉？」

年過得格外快，琳怡覺得日子都沒怎麼過，一下子就到了二月初二。

老話說得好，過了二月初二就不算年了。

琳怡給牆上的梅花添花瓣，這是在閨中最後一個年，她還沒過夠啊……

進了二月，按照禮部選的成親日子，周家也該要過聘禮了。

康郡王那邊還是沒有一點的動靜。

難不成康郡王真是一無所獲，打仗也要耗到春暖花開之時？

在庫裡點嫁妝的小蕭氏都有些洩氣。「說不得這婚事真的要拖延了。」說著頓了頓。

「婚事都講究一次做成才好啊。」

譚嬤嬤安慰小蕭氏。「太太別急，人說好事多磨，至少沒有壞消息傳進京啊，說不得郡王爺打一個勝仗，風風光光將我家小姐娶過去呢。」

小蕭氏嘆氣。「但願如此。」這樣一打岔，小蕭氏忘記剛才數到了哪裡。「將外房傢伙再重新數一遍吧！」老太太給備的實在是太齊全，沒有大的屋子還真的就放不下。

眼看著婚期一天天地接近，琳怡也輕鬆不起來了。這不是從福建搬到北京，不過是換了個地方安家，父母兄弟都還在身邊，她不想裝作渾不在意，而是有機會就和長房老太太、小蕭氏說笑。最好的時光就該牢牢把握，快樂地度過。

琳怡身邊正少個人說話，琳霜和葛慶生從三河縣來京裡。琳怡看著婦人裝扮的琳霜，比前些時日豐腴了不少，就知道琳霜婚後定是過得舒坦。

琳霜和琳怡的願望一樣，都是期望能做個小倉鼠，抱著滿倉的堅果，無憂無慮，吃得胖胖的。

琳霜拉著琳怡笑。「怎麼也沒想到妳要嫁給康郡王，我聽到消息高興得不得了，這才對嘛，郎才女貌，般配。」

琳霜是為了安慰她，連齊家提也不提。

「姊夫對妳怎麼樣？」

琳怡改變了說話的套路，讓琳霜臉上一片緋紅。「還能怎麼樣……就那樣唄……」

琳怡不由莞爾。葛慶生也是一表人才，對琳霜又關心周到，這樣好的夫君，琳霜真的要偷著笑了。

兩個人拉著手說了一晚上話，門外的嬤嬤催了幾次，琳怡小聲道：「嬤嬤快去安睡吧，我們已經睡著了。」

嬤嬤咳嗽了一聲。

琳怡和琳霜相視而笑。

第二天，周家託保山上門，選在三月初一過聘禮。長長的聘禮單子送上，聘禮是規規矩矩一百二十箱。

不多不少，剛好面子上能過得去，既掩住陳家的嘴又讓陳家看著不舒服。

周夫人的精明，琳怡早就領教過了。

送走了保山，長房老太太將禮單拍在矮桌上。「早知道周夫人不是個痛快人。」

三小姐的聘禮也是一百二十箱，雖然都是嫁給宗親，六小姐好歹是郡王妃，真是不多。周夫人是康郡王的嬸娘，若是挑剔多了，嬸娘難免一肚子的委屈，外面人就要替周夫人打抱不平。

這口氣，陳家只能忍了。

周家也是看透了這一點。

聘禮過得十分順利，陳家痛痛快快收了，連一句多餘的話也沒有，這樣一下子就從氣勢上將陳家壓了下去，陳六小姐進門也就張揚不起來。

周大太太對這點極為滿意，接下來就是籌劃其他事。

周大太太喝口茶，笑著向周夫人道：「過完聘禮就等著踩花堂了，郡王府那邊是不是就要留人安排？」

本來是要等到郡王爺成婚，大家才搬進去，沒想到郡王爺去了張家堡，搬遷的日期一拖再拖。

家裡的物件打包好堆放在一起，平日裡尋起來多不方便，尤其是看了新府邸，誰都想立時就搬進新房子住，她是一天也不想多等了。周大太太忍不住向周夫人出主意。「為了郡王爺的婚事，娘不如暫時先搬過去住，讓管事嬷嬷來回稟告。萬一有什麼地方錯漏，那可如何是好？」

周夫人皺著眉頭思量。「賜新府邸時，雖說要我們一起搬過去，可畢竟是康郡王府，怎麼也要等到郡王爺回來再正式搬遷。」

「倒不是我們想住，」周大太太嘆口氣。「住在哪裡還不一樣，媳婦在宗室營住習慣了，真是不想搬呢。」

周夫人斜乜了一眼周大太太，目光中飽含深意。「妳真的不想搬？」

周大太太嘴角笑容更深了。「媳婦是說，都是一家人，郡王爺不會在意的。新房佈置好了，不好就一直空著，媳婦每日過去瞧瞧，哪裡不妥當了也好讓人修葺。」

就算說出去，也是這個理。

周夫人拿起矮桌上的茶來喝，放下茶碗，半天才道：「郡王爺的婚事，從上到下都是妳這個嫂子操持，眼見婚期就要到了，這些日子妳就先搬過去。」

得了周夫人的準話，周大太太笑容滿面。

她第一個搬去郡王府，裡面的人手自然也是她親自佈置，將來這個府邸都要由她來操持。娘這是在給她機會，她要好好把握。「娘放心吧，媳婦自然安排好了。」

周夫人靠在軟榻上緩緩吁了口氣。

周大太太回到房裡，周元景正吩咐丫鬟找那只滿庭芳的紫砂壺。

周大太太坐在椅子上笑看周元景。「老爺別找了，等搬去郡王府，收拾物件自然也就有了。」

「那要等到什麼時候？」周元景坐下來抬頭看向周大太太。

周大太太一臉莫測的笑容，倒讓周元景油光錚亮的臉上又多了喜色。「娘同意搬家了？」說著頓了頓。「我就說，外面多少人都議論，康郡王年紀小家裡沒個主事人，娘應該早些搬進去，也好幫著康郡王操持家事。再者，娘辛辛苦苦養育了康郡王這麼多年，又幫他尋回了爵位，這一家人若是分開住，那就生分了。雖說咱們不是同一支，可也是宗室裡最近的血親，總不能眼看著康郡王府那般冷清……」

要不是為了保住康郡王這一支，父母格外照顧康郡王，他們兄弟說不得更有建樹。

周大太太嘆氣。「我也是要籌備康郡王的婚事才能進郡王府，再怎麼說我們也是外人。」

「外人？」周元景瞪圓了眼睛，露出幾分凶狠。「誰敢這樣說？誰敢挑撥我們兄弟的關係？誰是外人？要不是有我們，康郡王早就被送去廟裡出家，現在還能娶妻？」

看到周元景強硬的模樣，周大太太一顆心落到肚子裡。「老爺別嘴硬，將來分家的時候，老爺就不敢爭了。」

「分家？」周元景冷笑道。「別想了，老子死也不會分家。分了家，這些富貴讓誰來享？」

周大太太抿嘴悄悄地笑。

第一百三十二章

琳怡在長房老太太身邊重溫周十九和叔嬸一家的人事。

周十九由叔叔周兆佑和嬸嬸段氏撫養長大，段氏還生了兩個兒子，大老爺周元景，二老爺周元貴。

周元景的正妻是周大太太甄氏，甄氏琳怡已經見識過，如今甄氏管家，人前禮數周到，做事也算滴水不漏，長房老太太就說，甄氏不是好相與的，加上陳家長房和周永昌的過節，琳怡嫁過去，第一個要在意的就是甄氏。

周元貴的正妻周二太太郭氏，平日裡話不多，行事溫吞，好像比甄氏好相處些。

這樣一來，琳怡嫁去周家，面對的是周兆佑夫妻和兩對兄嫂，另有出嫁、未嫁的小姑子，順便連帶宗室之間扯不開的關係，琳怡鬆口氣。其實人也不算太複雜。

要論血親，其實周十九是獨身一個啊，雖然這些人難對付，可是周十九心中清楚，離他最近的人還是妻兒。

從前琳怡尊稱周夫人段氏一聲夫人，現在周家為了康郡王的婚事，上上下下正式變了稱呼，周兆佑是老太爺，段氏是周老夫人，琳怡和周大太太甄氏、周二太太郭氏是妯娌。

琳怡想到這裡，長房老太太又在一旁敲響了警鐘。「妯娌最難相處，不過我聽說大老爺周元景為人粗魯，如今周大太太掌家，府裡的情形可想而知。」

琳怡想想長房老太太和二老太太多年的關係……分了家也是明爭暗鬥不斷。長房老太太想及周家這幾天的行事就滿心怒氣。「現在妳還沒嫁過去，她們就已經在使絆子。」

琳怡毫不生氣，反而笑著攙起長房老太太的胳膊。「還沒到最終結果，祖母不用太放在心上。」

長房老太太繃緊的臉才鬆下來。「也不知道誰給妳吃了寬心丸。」要是旁人遇到這樣的情形，定是又委屈又發愁。

她曾將周十九當作敵人防備，對周十九多少有些瞭解。現在雖然是第一次和他站在同一立場上，對周十九的意圖，她即便是猜錯也錯不到哪裡去。

等待消息要有足夠的耐心。

婚期漸近，一直靜謐的周家終於開始有了動作。

周大太太帶著一干丫鬟先搬去了康郡王府，光是馬車就走了十幾輛。帶有小花園的敬慈堂建在整個郡王府的中軸線上，上百年粗壯的老榆樹左右一邊一棵，後面是一排倒座房，院子的兩邊建有東西廂房，正房和廂房之間是回形走廊，環抱著一個精緻的小花園。

周大太太讓人將周老夫人的東西搬進去。

無論是誰都要尊長，最好的院子當然要留給長輩住，於是才取了敬慈堂的名字，反正康郡王有言在先，要以嬸娘為重，現在這牌匾掛上去，難不成別人還能來爭搶？

晚上，周大太太在垂花門將周元景接進府。

周元景背著手，先去敬慈堂裡走了一圈，然後滿意地坐在雕壽字、童子奉桃、雲紋手握的黃花梨木椅子上。「也該是這個樣子，我母親養育了康郡王多年，事事為康郡王著想，非要等到康郡王親事定下來，才讓人改稱呼為老夫人，好像我和二弟都不是親生的一樣。」

瞧著大老爺滿是醋意的模樣，甄氏笑道：「老爺要不要去郡王爺的新房看看？」

周元景登時來了精神。「去，怎麼不去?!我這個做大哥的總要幫襯一把。」

康郡王的新房設在三進院，正房七間，兩側耳房各五間，環形遊廊，青磚十字甬路兩邊擺放著各式太湖石，整個院子廣闊又大氣。

周大太太正要看看新房還有哪些佈置不周到之處，周元景跟著一起進了屋。

光滑的地面讓宮燈一照，隱隱約約映出人影來，紫檀木的各式家具，旁邊立著彩色繡金花鳥屏風，中堂是前朝中戊子的迎春圖，下面供著一柄御賜如意，一只金鑲玉的馬鞍。

屋子裡帳幔都換了嫣紅的軟金羅，多寶閣裡都是御賜的擺件，琺瑯的多子多福瓶口躍魚葫蘆，一對白底黑花沽酒梅瓶，寶石金葉的石榴盆景，佛手、生石、鑲貝漆盒更是擺滿了八仙桌。

婚床已經佈置妥當，香福袋垂下來九個，大紅番花合喜的錦被疊成一摞，腳踏上都鋪了紅錦。

周大太太笑著道：「我瞧著這樣已經差不多了，雖然不如二進院的敬慈堂，佈置得也算周到。」

「他在張家堡吃了敗仗，御史參他的奏摺早就預備好了，等到他帶兵回京，那些摺子一下子壓下來，所有的罪過都推到他頭上，看他還有本事張揚……陰陽先生說敬慈堂的風水好，母親住進去，讓孫猴逃不出五指山。」

周元景說得得意，一屁股坐在婚床上，周大太太嚇了一跳。「老爺，這可不能亂坐！」

「沒有旁人。」周元景蹺起腿來，乾脆倚靠在大迎枕上，一把將周大太太也拉到懷裡。旁邊的丫鬟見狀，悄然退了出去。

周大太太推搡著周元景。「新人的床坐不得這是老規矩，可是要被壓了時運的。」

「就是要壓壓他的時運，」周元景抱著周大太太躺在喜床上。「免得他得志輕狂，將來跌了大跟頭。」

外面的芝蘭聽得裡面窸窸窣窣的聲音，忙將隔扇關起來，站在外面守著，大氣也不敢出一聲。

大老爺的脾氣是不准旁人打擾，上次桂圓因有事稟告，老爺披上衣服就將桂圓踹了出去。

芝蘭正胡亂想著，聽到外面傳來一陣急促的腳步聲，芝蘭忙迎了上去。

「太太呢？」段二媳婦伸著脖子向屋子裡張望。

芝蘭搖搖頭，向段二媳婦打了個噤聲的手勢。「姊姊有什麼事，還是過一會兒再來。」

段二媳婦臉上露出驚恐的表情。「不得了……出大事了！宮裡的內侍來看郡王爺的新房佈置得如何了……我們哪敢攔著大官……他們已經進來了呀！」

芝蘭聽得這話臉色青白，忙去叫門。「老爺、太太——」話還沒說完，屋子裡傳來碎瓷聲響。

走到抄手走廊的內侍停下腳步，臉上的笑容也收斂了大半。「這是怎麼了？誰這麼大的脾氣？」

芝蘭顧不得害怕。「老爺、太太，宮裡的內侍來了——」

滿室春光頓時壓下一陣疾風驟雨，好半天，周大太太才急急忙忙地從屋子裡出來，眼睛紅腫，眼角仍舊掛著淚痕。

內侍驚訝。「周大太太，您這是……」

周大太太用帕子擦擦眼角。「讓公公見笑了，我是正為郡王爺的婚事發愁，我一個婦人眼皮淺，總有不得當的地方……」

內侍躬身笑道：「太太過謙了，太太要持家又要張羅這些，自是應接不暇……皇上讓咱家來也是要幫襯太太。」說著頓了頓。「陳家就要來踩花堂，這郡王爺的新房可佈置好了？」

「這……」若說康郡王的新房就在這裡，內侍帶著人進去，不是要看到老爺……周大太太這樣一想，頓時冷汗涔涔。

「在前面的二進院子，」周老夫人身邊的唐嬤嬤笑著趕過來。「這邊是大太太的院子。老夫人說了，郡王爺的住處自然是府裡最好的地方，新房本來已經佈置妥當，是老夫人不滿意，正要讓太太明日重新安排。」

內侍在周大太太臉上打了個轉，似是想了明白。「既然如此，咱家就將皇上御賜之物送進去。皇上說了，郡王爺是國之棟樑、朝中肱骨，郡王爺大婚馬虎不得。」

這話是在指責誰？

雖然是皇上賜婚，可從前也沒見有內侍幫襯婚事，現如今內侍連夜上門……難不成是他們忽略了什麼？

第一百三十三章

郡王府裡忙了一晚，總算將之前的敬慈堂佈置成了新房。

第二天周老夫人坐著馬車進了郡王府。

周老夫人讓唐嬷嬷拿來賞銀送到內侍手上，內侍慌忙拒絕。「這是怎麼說的，皇上、皇后是讓咱家來幫襯的，如何反倒來討賞錢。」

周老夫人笑道：「這是喜錢，公公千萬要拿著。」

內侍這才接了，帶著宮人們向周老夫人道了聲喜，回去了宮裡。

內侍一走，周大太太甄氏頹然地坐在椅子裡。這一晚上，從頭到腳已經被汗浸濕了，眼睛眨也不敢眨一下，生怕內侍瞧出些什麼。

宮裡的人慣會察言觀色，多虧有唐嬷嬷幫襯，否則今晚是逃不過去了。

周老夫人喝口茶，抬頭看甄氏，聲音陰沈。「元景呢？」

甄氏這才想起來，周元景從新房裡出來躲去了東院，甄氏忙吩咐丫鬟。「快去和大老爺說一聲，內侍走了。」

東院裡沒燒地龍，周元景裹著被子守著炭盆，提心弔膽地過了一宿，坐在周老夫人跟前神情萎靡。「母親，到底是怎麼回事，內侍來郡王府做什麼……」說著急忙湊著嘴去喝熱茶。

甄氏緊緊攥著帕子，不時地去看周老夫人的臉色。

「我早就和你們說，康郡王府是賜給康郡王的，康郡王請我們過去住，也是礙著孝道，如何容你們這般胡鬧？」

甄氏欲言又止，狠眼看向周元景。

周元景開口辯解。「母親，您不知道外面怎麼說，康郡王恃寵而驕，明知此時不該發兵，卻在朝堂上領命去了北口，用御史的話說，臣子該做治國良臣而不是鑽做寵臣。康郡王已經有這樣的結果，我們還怕他做什麼？這時不壓他，要等到何時？母親平日受的委屈還不夠多？沒有復爵之前，他連宗室也不是了，母親還不是悉心照料，他住在我們家十幾年，現在得了新府邸不該將母親接去享福？人要懂得知恩圖報，我朝以孝義為先，官員考績還要論此道，何況我們是宗室，他敢妄為，前程也就到頭了！」

「這麼說，我要恭喜你了，這偌大的郡王府以後就要你們夫妻打理……」周老夫人淡淡地道。

「皇上派來內侍是因周元景，而不是周元澈，看來以後我有的福氣享了。」

周元景一下子被扎中痛腳，額頭上青筋起伏。「兒子沒想到……會這般隆恩浩蕩。」

唐嬤嬤悄悄將隔扇關上退出去。

周老夫人淡淡地道：「你沒想到的事還多著，我親眼看著康郡王長大，算得上是他半個母親，我尚看不明白，你這個兄長就以為能一把將他攥在手裡……他人不在京裡，這門親事他是早就算計好的，豈會讓你們左右？」

甄氏在一旁不敢抬頭。

「我將管家大權交給你們，斷沒想到你們這般荒唐，」說著頗有深意地看甄氏一眼。「這話傳出去，你們夫妻兩個還要不要在人前抬頭？」

周元景仍舊不服氣，剛要開口，卻被甄氏緊緊攥住衣袖。

甄氏眼淚落在手背上，抽抽噎噎地哭起來。「娘，媳婦也是害怕。這樣讓陳氏進府，日後哪有我們的活路，說不得我們也要像我那族姊一家一樣，被趕去奉天……您和老太爺是將康郡王養在身邊，到頭來難不成要被害得逐出宗室？我就是不甘心，我這個嫂子對三弟怎麼樣？他做了郡王爺，我們沒跟著沾光，倒是……倒是……我那可憐的族姊和外甥，被郡王爺抓去了步兵統領衙門。這口氣，我真是憋在心裡出不去，這才想到了先聲奪人的法子。」

周老夫人眼看著甄氏哭得死去活來。陳六小姐也曾在她面前掉過眼淚，兩相比較，後者更有說服力。

周老夫人淡淡地道：「不論是心計還是管家的手段，妳都不如陳氏。妳心裡的那些思量趁早收了，免得將來難看。」

甄氏的哭聲果然止住，怔怔地看著周老夫人。

周老夫人收攏袖口。「老太爺如今病成這般，我也顧不得你們，你們一個個好自為之。」

眼看著周老夫人站起身欲走，周元景急切地上前。「母親，難不成康郡王真的會打勝仗？」

周老夫人半天不語，周元景見狀，一顆心漸漸沈下去。

周元景和甄氏一路將周老夫人送上馬車，眼看著周老夫人踏上腳凳，甄氏向旁邊的唐嬤嬤求救。

唐嬤嬤目光閃爍，低聲道：「大奶奶，您快些將府裡打掃乾淨要緊……」

這話的意思，是她和老爺住了婚床……

「您知曉咱們郡王爺的脾氣……這事真的鬧出去……老夫人也沒有法子。」

這樣肯定的語氣。

康郡王真的打了勝仗。

甄氏登時憤恨起來，成親之前立下軍功，這一步，康郡王算得真精！

周老夫人坐在馬車裡，唐嬤嬤輕聲道：「大太太定會去娘家求救。當年老郡王的事，甄家是知曉的，新仇舊恨加在一起，甄家定會想法子。」老夫人不好說出去的事，要藉著甄家的嘴來說；二來，這些年大太太仗著娘家，越來越不肯聽老夫人的話。既然兩件事都不好解決，乾脆將她們放在一處。「沒想到郡王爺真的早就算計好了，要不是老夫人提前準備，這次我們真就要吃了大虧。」

「我是一朝被蛇咬三年怕井繩，」周老夫人臉色微沈。「看著大太太點，別讓他們夫妻再做出荒唐事。」人要有耐心，她都忍了十多年，急躁只會功虧一簣。

皇上遣內侍佈置康郡王府邸的消息就像長了翅膀，很快傳遍了京城。

「像是打了勝仗。」陳允遠笑著在長房老太太面前說。

長房老太太臉上也露出笑容。「這麼說，不日就能回來？」

陳允遠捋著鬍子。「今日就要踩花堂，明天就是成親的日子，也不知道能不能趕得上。」就算趕不上，康郡王有軍功在身，這門親事也定會風風光光。陳允遠想了想和長房老太太商量。「咱們要不要準時發嫁妝？」

琳怡在碧紗櫥裡嘆氣。父親真是直心腸，既然周家都沒被知會要變婚期，那就是說，周十九八成會趕回來。

琳霜拉起琳怡的手。「快讓我瞧瞧，明日是給妳畫個梨花妝還是梅花妝。」

成親還不是要被塗成面瓜臉，琳霜是故意逗她。琳怡笑道：「姊姊成親時畫的是什麼妝，現在來討我羨慕。」

琳霜柳眉一揚，故意嗔怒。「妳這丫頭。」伸手去搔琳怡的癢。

琳怡嚇了一跳，遠遠地躲開。

琳霜格格地笑。「原來妳是怕這個。」

聽到碧紗櫥裡的聲響，長房老太太眼睛裡露出慈愛的神情。六丫頭嫁去周家之後，就沒有這樣自在的日子了。

馬車拉著囚犯緩緩地接近京城。

囚車裡的人一雙眼睛直勾勾地看著後面囚車中的妻兒。他跟著成國公疆場馳騁多年，沒想到有一日會落得這樣的下場，成國公死後，他帶著人馬藏在深山中，等待機會為成國公復仇，沒想到朝廷派出所謂攻打韃靼的軍隊，悄然將他團團圍困住。

「周元澈、周元澈！」囚車裡的張戈大聲喊叫。

馬陣前銀甲白纓的將軍輕攬韁繩，等到囚車上前來。

「周元澈，」張戈死死盯著那雙寧靜的眼睛。「放了我妻兒，一切錯在我，和他們無關。」

周元澈臉上是輕淺的笑容。「張戈，成王敗寇，最後關頭莫要失了骨氣。」

不肯，竟然不肯。「放了他們不會少了你的功勞。」

囚車裡傳來婦人和孩子的哭聲，張戈更加慌張，聲音漸厲，彷彿要將所有怒氣一併發放出來。「周元澈，給他們一條活路！」

馬背上的人仍舊不為所動。「跟著成國公叛亂就該想到有今天。現在成國公叛黨未全伏法，我不能答應你的要求，你幼子依大周法度可免去罪罰，那也是要等到朝廷裁奪之後。」

張戈眼睛血紅。「周元澈，你不得好死！總有一天你也會落得我這個下場，到時候你的妻兒也要為你陪葬！」

「人只要有選擇，就會有對錯。」周元澈微笑。「我錯了，我的妻兒自然和我同罪。成固歡心，敗也猶榮。」

張戈似是隻被刺傷的野獸在籠中拚命掙扎。「周元澈，你這個不擇手段的陰險小人！將來必定比我慘上千百倍！」

「明日已不在你手裡。」周元澈策馬前行。

張戈頓時一怔。

在周元澈沒有復爵之時，他就勸過周元澈跟著成國公會前程無量，周元澈當日說：「明日已不在你手裡。」

他還以為周元澈是不願被人掌控、驅使，原來那時候周元澈已經看到了今日。

可是周元澈從來沒有勸過他，更沒有透露半點消息。

這樣的人，想方設法復爵又領兵平叛，難道是一步步早就安排好的……

張戈攥緊囚車，牙齒還是忍不住發顫。

第一百三十四章

族裡的嬸子被叫來晚上去踩花堂。

小蕭氏張羅了宴席，請大家先熱鬧熱鬧。

宴席上，大家歡聲笑語，倒引得小蕭氏掉了眼淚，女眷們看了笑著安慰。「這是好事，想想六小姐要做郡王妃，那是多少人羨慕不來的。」

其實郡王妃又怎麼樣，琳怡還是要離開她身邊，平日裡也就這個女兒最貼心，小蕭氏是真的捨不得。

大家又勸。「妳身邊還有八姊兒，等到八姊兒嫁人還有十幾年。」

小蕭氏這才覺得心裡安慰了許多，可喝了些酒，只要想起琳怡在身邊的日子，還是一把鼻涕一把淚。

外面熱鬧著，琳霜在屋子裡陪著琳怡說話。成親前一天，兩個人坐在床上咬耳朵，琳霜道：「別看鬧得歡，也沒什麼可怕的，明日喜娘在一旁提點妳，妳記不住也沒什麼，肯定是做不錯的，妳就放心好了。」

琳怡點點頭。這個屋子裡的嬤嬤，祖母身邊的白嬤嬤都說過。

「再就是晚上……」琳霜臉頰緋紅。「箱子裡有壓箱底的小盒子，盒子裡……」

看琳霜的表情，琳怡不用猜也知道是什麼。

「反正我沒看，」琳霜掩嘴笑。「等著就好了……」說著聲音更低。「我教妳，只要把心一橫……」

琳霜的意思是裝死。

看到琳怡懷疑的目光，琳霜又挺起脊背。「信我的準沒錯，引教嬤嬤教的也是這樣。」嬤嬤說的「順從姑爺」還不就是一個意思？

前世嫁給林正青時，她擔心父親、母親，引教嬤嬤的話也沒怎麼聽，不過可以肯定的是，琳霜這招是經驗之談。

琳怡紅著臉看琳霜。那就信一次，反正她也沒有更好的法子。

琳霜、琳怡這邊說著話，那邊踩花堂的婦子回來了，三、五個人進了屋，其中一個還在拍胸口，驚魂未定的模樣。

穩坐在羅漢床上的長房老太太見狀都皺起眉頭，堂屋裡說笑的聲音也一下子止住了，眾人都看向從郡王府回來的婦子。

「這是怎麼了？」長房老太太穩下心神開口。

領頭去踩花堂的族嬸道：「是不是郡王爺回來了？」

這話剛問出口，旁邊的族嬸就將她拽了一把。「妳這話是怎麼問的，老祖宗怎麼知道？接了紅箱的不是郡王爺是誰？」

大家都沒聽說康郡王回京了，聽得這話，大家都很驚訝。

族嬸接著道：「我們放了爆竹，門一開，出來一個身穿銀甲的將軍，委實將我嚇了一跳，紅箱子差點就摔了，多虧那小將軍一手就接了過去。到現在我也不知道到底是怎麼回事。」

旁邊的人道：「郡王爺不是領兵去了張家堡嗎？定是趕了回來，連身上的甲冑都來不及脫。」說著頓了頓。「嬸子們哪裡見過這種陣仗，自然是嚇了一跳。要不是郡王爺，郡王府的人怎麼能讓他接箱呢。」

本來陳家準備直接將箱子送進婚房的。

小蕭氏道：「嬸子們也沒問一聲？」

族嬸道：「我還以為是眼花了，那小將軍……」伸出手來比。「足有那麼高，我們仰起頭都看不清臉面呢！回來路上，我拽了一個丫頭來問，那丫頭也支支吾吾不太清楚，不過我繞到前頭去看，門口可是有不少牽著大馬、穿著甲冑手握長劍的將士，不光是我們，周大太太都嚇了一跳。我們從周家出來，那些人就騎馬離開了。」

之前想的和見到的完全不一樣，怪不得會臉色不好。

族嬸道：「老祖宗，還是使人問問是不是郡王爺回來了，這樣明日也好等著新姑爺啊。」

沒有正式的消息傳下來，又來去匆匆，八成是康郡王歸京了。

屋子裡滿是豔羨的眼神。

小蕭氏笑著抹眼淚，嗓子哽咽。「這下可好了，沒有委屈我們琳怡。」

聽過了好消息，族嬸們湊在一起擺喜糕。「我瞧著周大太太有些怪脾氣，站在一旁一點不伸手。」姑爺捧了紅箱，其他東西都該是男方女眷接過去。

族裡的嬸子聽到過些風聲，卻不好在大喜的日子潑冷水。「周家大太太出身讀書仕宦之家，是極愛乾淨的，這樣也好，郡王府一片齊整，也是她的功勞。」

小蕭氏聽了暗地裡搖頭。和這樣的人生活在一起，琳怡以後會不會受委屈啊，畢竟琳怡和她這些年，性子隨和，沒有刻意按照規制教養，現在進了宗室家，被人挑刺那可怎麼辦……

剛定婚約時，小蕭氏十分高興，臨近嫁女了，小蕭氏的心情是一落千丈。

小蕭氏磨蹭著去了琳怡房裡囑咐女兒。「雖然是叔叔、嬸嬸，可是將郡王爺從小拉扯大，就像親生父母一般，妳嫁過去……」

琳怡微微一笑。「女兒知道。」

小蕭氏是怕她這個新媳婦行為不當，落人口實。

「還有周大太太，我聽說她一手辦了郡王爺的婚事，她作為長嫂，心裡有怨言也是有的。我幫妳備份禮物，妳送給她，謝謝她的奔勞，將來也好相處。」

禮物是一定要送的，不過「好好相處」恐怕要讓小蕭氏失望了。「相處」兩個字實在無從說起。

小蕭氏現在已經滿腹憂愁，琳怡不好將實話說出來，笑著道：「郡王府那麼大，母親想我了就過來住兩日，頭一年女兒不能常回娘家，以後也就好了，母親安心，總是在京裡，車馬一會兒就能走個來回……」

這些話正中小蕭氏心裡，小蕭氏勉強笑著。「嫁人的姑娘，再回娘家就不一樣了。」說著慈愛地摸著琳怡的頭。

琳怡也覺得鼻子一酸，忙去眨眼睛。

第二日鋪妝，琳怡的屋子頓時被搬一空，衡哥穿著寶藍色長衫，外罩天青色對襟外褂，腰上束著五彩攢花長穗，神采奕奕地站在小蕭氏眼前。

小蕭氏滿意地點頭，衡哥才整理下大襟兒去壓妝了。

過完嫁妝之後，新姑爺就要上門接新娘子，琳怡屋裡也加緊了準備，早早就起來洗澡，如今還被嬤嬤們捉著在臉上塗抹，琳霜在一旁直叫嚷。「唉呀，別塗了，六妹妹膚質嫩白，用不著這麼多的粉。」

琳霜這次算領教了，原來越到城裡脂粉用得越多啊。

外面抬嫁妝的下人還沒有出門，就被堵了回來，眾人只得將手裡的東西放下向前張望。不一會兒工夫，管事的匆匆忙忙跑過來。「快、快、快，東西先放兩邊，有人過來了。」

小蕭氏聽到消息才使人去打聽，就看到陳允遠走進了門。

陳允遠滿臉驚喜。「康郡王這次立了大功，皇上賞賜下來許多東西。」

小蕭氏聽得這話，笑容滿面。

陳允遠發現小蕭氏不為所動。「妳愣著做什麼？」

小蕭氏不明所以。「老爺是什麼意思？皇上賞賜康郡王……我們……」

陳允遠這才發現自己沒將話說全。「那些東西當作聘禮，抬到我們家來了。」

小蕭氏這次睜大了眼睛。「什麼？」半晌才道：「不是已經下了聘禮……」

陳允遠將打聽來的事簡單和小蕭氏說。「郡王爺說因他領兵出征，差點耽擱了婚事，有皇上的賞賜，他這門親事也十分體面，皇上也就應允了。」

小蕭氏喜上眉梢。這麼說，賢婿風光，他們也跟著沾光，尤其是琳怡，之前周家只送來一百二十箱聘禮似是還不如琳婉，現在好了，有皇上的賞賜，哪家女兒能比得上。

宮裡的內侍來送賞賜。

黃金一千兩，白銀五千兩，外加各種錦緞、布三百疋、另有貂皮、狐皮、頭面、首飾等抬了一院子，內侍送完賞賜，長房老太太和陳允遠、小蕭氏上前謝恩。

陳家好禮送走了內侍。

不多一會兒，又有康郡王的小廝牽了一匹鞍轡俱全的文馬送來。

小蕭氏看著有些眼花。「這算怎麼回事啊？哪有聘禮收兩次的……這能不能合禮數，這馬是怎麼回事？」

陳允遠正看著院子裡的文馬捋鬍子。「這麼好的馬，我還是第一次見。」

衡哥也湊上前去，父子兩個見了駿馬都是眉開眼笑。

還是長房老太太壓得住陣腳。「只要嫁妝沒發，現在收聘禮就合規矩，再說，這是皇上御賜的物件。」說完吩咐衡哥。「快去發嫁妝吧，別誤了吉時。」

白嬤嬤眼看著嫁妝出了門，笑著向長房老太太稟告。「這次我們也不怕嫁妝比周家的聘禮多了。」

有了今天這些聘禮，有多少嫁妝都是尋常。

白嬤嬤說著又道：「康郡王真是有心，這時候還想著用賞賜做聘禮。」

康郡王長在叔叔、嬸嬸家裡，成親也是嬸嬸幫忙張羅。康郡王手裡哪有銀錢，也就是立下大功皇上賞賜下來的。

康郡王的意思是，這些才是給六丫頭的聘禮。

自從知曉琳怡賜婚給康郡王，長房老太太一直板著臉，現在總算是臉色有所好轉。

康郡王也算是用了心。

第一百三十五章

幾百輕騎押著叛軍回京，迎風招展的軍旗，終於給沈悶已久的京城天空帶來了明豔的顏色，金鑾殿上的皇帝激動地從御座上下來，親手拉起領兵的康郡王。

說是去張家堡，誰能想到皇帝真正的意圖是擒張戈。朝臣們聽到這個消息都萬分吃驚，等著看笑話的臣工閉上了嘴。文官尚好，武將看著康郡王風光受賞，惱恨地拚命跺腳。若皇上只說擒張戈，他們也不會錯過立功的機會。

張戈雖是猛將，可是冰天雪地裡帶著幾百人，也算是強弩之末，這是白撿來的軍功啊，這樣的好事怎麼就落到康郡王的頭上？

在豔羨的目光注視下，一身銀甲的小將軍出了宮門，立即有人迫不及待地迎上來。

「看時辰差不多了，快回去換吉服，我看著陳家的小舅舅已經發嫁妝了。」

頭盔上的白纓在風中像是被吹散的楊花。「誰守門？」

「袁延文。見到你自然是讓路，那匹文馬送去陳家，想必小舅舅也不會死命攔著。」

周十九臉上依舊是清淺的笑容。「就算攔著也無礙。」

杜遠衡不明白。「那，讓我送去文馬做什麼？」

因為，那是很長遠的事。

衡哥送妝回來，喜娘就笑著道：「好時辰到了，快給六小姐上頭面。」
琳怡看著桌上的喜冠，大約戴上它連頭也抬不起來。
看著琳霜、琳怡對視而笑的模樣，喜娘道：「我的小姐啊，這是旁人想戴都沒有呢！」
如果說這樣看著光鮮，琳怡覺得自己更像個妝匣子，周身都被掛上了首飾。
「來了、來了，」琳霜出去探消息，然後趴過來和琳怡咬耳朵。「康郡王是穿著甲冑過來的。」
穿著戎裝成親。
琳霜拍手道：「康郡王去了張家堡，二房那邊就等著看笑話，現在康郡王打了勝仗又戎裝成親，看二房那些人怎麼笑。」
琳怡沒法猜測兩個伯父和董家人的心情，但是她知曉，這樣很張揚，就像在所有看笑話人臉上打了一巴掌。
這樣一來，滿京城都會注意這門親事。
周十九真是不怕樹敵。
琳怡和琳霜一起吃了些小點心，外面吹打的聲音傳來，小蕭氏和幾個婦子出去看。
衡哥守在門口，隔著門縫意外地看到了齊二郎。
齊二郎是來打頭陣的。
齊二郎教過衡哥學業，面對他，衡哥心裡發虛，原本準備好的問題卻說不出口。
裡面的小蕭氏也很意外。她是萬萬沒想到齊二郎會過來。

陳家和齊家談過婚事，許多人都是知曉的，現在琳怡成親，齊二郎做了男方的親朋，就算之前有傳言，也會在這裡止住。

康郡王從戰馬上拿出弓，一箭貫穿大門上的紅線，大大的紅花順勢落下來，康郡王伸手抓住，陳家的大門在一片笑聲中打開。

長房老太太身邊的白嬤嬤笑道：「這也太快了，大姑爺和二爺守門不利啊！」

長房老太太讓小蕭氏扶著起身，陳家祠堂門打開，陳允遠帶著康郡王去祭祖。

琳怡屋裡，大家已經慌張得不成樣子，橘紅頻頻出去看情形，白芍一把將橘紅扯住。「萬一碰到新姑爺成什麼樣子？還是靜靜等著，也就是這一會兒了。」

橘紅頷首，站在一旁。

白芍又去將屋子裡的小丫鬟打發出去，這樣安排很快就讓屋子裡安靜下來。

家裡選陪房丫頭，長房老太太怕橘紅、玲瓏壓不住陣，將身邊的白芍給了琳怡。白芍到了琳怡屋裡，讓橘紅、玲瓏兩個丫頭立即感覺到了差距。

一片道喜聲中，火紅的蓋頭壓在琳怡頭上，康郡王也進了門。

喜娘和琳霜攙扶著琳怡上了轎子。

琳霜鬆手之前攥了攥琳怡的手指。

白芍從窗口悄悄地道：「小姐，奴婢跟轎，您有事就敲敲轎門。」

吹吹打打的聲音又響起來，轎子被抬起緩緩前行，離陳家長房越來越遠，琳怡忽然覺得心裡一酸。

若是算上前世，她是第二次出嫁了。

第一次嫁給林正青，小蕭氏病在床上，撐著身子囑咐了她兩句，親朋好友來送的也極少，她的轎子幾乎是在一片靜謐中被抬走，簡單的禮樂讓人覺得淒涼，不像現在熱鬧喧天，吹吹打打的聲音彷彿會一直持續下去。

琳怡才想到這裡，喜娘笑著道：「六小姐別怕，康郡王使人放煙火呢，您要是覺得震就捂住耳朵。」

喜娘的話音剛落，周圍煙火聲由近至遠連成一片，似是整條街道都跟著顫抖。

而今，和前世已經不一樣了。

她雖然沒有事事如意，卻也擺脫了困境，往後的日子總不會比從前糟糕。這樣想著，她慢慢鬆口氣。

從陳家到康郡王府，徑直走過去並不算太遠，可是繞城一周就不同了，琳怡覺得走了好久，轎子才慢慢落下。

周圍談笑的聲音漸漸小了。琳怡聽喜娘說過，新郎要射落轎子上的蘋果，寓意平平安安。周十九遲遲沒有動手，琳怡正猜測是不是還有其他風俗沒有做完，就聽到有人提點喜娘。「快和小姐說一聲，郡王爺要射箭了。」

喜娘這才明白過來，康郡王是等著她知會轎子裡的陳六小姐。

喜娘急忙將射箭、踢轎門向琳怡說了一遍。

琳怡才聽到轎門上一聲清脆的響聲，簾子一動，一條紅綢子送了進來。

接下來就像琳霜說的一樣，只要她按照喜娘說的做就沒有半點錯處，踏過馬鞍和火盆，讓人攙扶著一直走進喜堂。

待到周圍安靜下來，喜娘攙扶著琳怡拜了堂，然後才進了新房。

琳怡坐在喜床上，只能看到旁邊掛著的五彩百子帳，只等了片刻工夫，金鑲玉的秤桿伸過來，輕巧地挑掉了琳怡頭上的蓋頭。

眼前驟然一亮，琳怡抬起頭來，看到的是周十九那雙格外明亮的眼睛，那雙眼睛清透得彷彿能照出她的影子。

也怪不得族裡的嬸子說，周十九穿著甲冑看起來真的比平日裡更加高大。

喜娘忙去倒合卺酒來。

周十九將一半卺杯送到琳怡手裡，兩個人各自將杯子裡的酒喝了。

喜娘笑著道喜。「祝郡王爺和夫人大婚吉祥，子孫滿堂。」

周十九取了賞銀給喜娘。「給夫人梳妝吧！」

這話算是合了琳怡心意，沈重的喜冠摘下來，她覺得呼吸都順暢起來。

喜娘重新給琳怡梳頭，琳怡從鏡子裡看周十九。

周十九坐在椅子上喝茶，好像並不準備出去宴客。

連喜娘都覺得奇怪起來。「郡王爺可是要換更衣？」

穿著盔甲總不好出去宴客……

周十九抬起頭，黑白分明的眼睛，朝著琳怡微微一笑。「將我那件吉服拿來換上。」

這是不用旁人的意思。

喜娘聽得這話，笑著退到一旁，白芍、橘紅幾個忙去將吉服取來，白芍將吉服遞給琳怡，眾人齊齊地站在一旁等候。

琳怡接過吉服，走到屏風後幫著周十九換衣衫，厚重的甲冑透不出裡面衣衫的顏色，脫掉這些，琳怡發現中衣上一片暗紅的血跡。

琳怡剛要開口問，外面傳來一陣笑聲。「郡王爺怎麼還不出去？外面已經等急了。」然後是喜娘笑迎的聲音。

周十九眼睛裡彷彿有一小簇火焰在跳動，臉上的笑容被火焰映著，倒讓窗口透進來的細碎陽光暗了大半。

外面是人催促的聲音，周十九並不準備自己穿上衣衫，又或是對他的傷了的肩膀做出解釋，好像一切都在等著她安排。

明明在外面耀武揚威，現在就什麼也不能做了。

肩膀上的傷明顯是不想讓人知曉。琳怡不留痕跡地遮掩過去，幫周十九套上衣服，整理衣襟再繫上鈕子，細白的手指翻飛，並不如她想得困難，只是繫到脖領就要踮起腳尖。

尤其是穿著厚重的吉服，不一會兒工夫，琳怡額頭上就起了層薄汗。

外面還有人在笑著催促。

琳怡整理好周十九寬大的衣袖，他才笑著道：「我先出去宴客。」

琳怡頷首將周十九送出門，緊接著周家的嬸子、嫂子、小姑子一股腦兒湧了進來。

大家在新房裡鬧了好一陣子，這才離開。

屋子裡的嬤嬤忙擺上了合巹宴，等著周十九應付完賓客再進洞房。

一會兒工夫，聽到外面的嬤嬤喊了聲：「郡王爺回屋了！」

小丫鬟們頓時去了大半。

嬤嬤幫忙擺好了箸。

滿桌一大堆圓形的食物，每個都要咬一口，甜的、黏的，沒有一個好吃。吃到最後，琳怡碗裡還有一只圓子，琳怡實在不想吃。

嬤嬤看出門道，笑著道：「之前的酸甜苦辣鹹，最後的圓圓滿滿，定要吃了才吉利。」

周十九將湯碗裡的圓子又挾出來分給琳怡兩個，剩下的都放進他的碗裡。「既然這樣，就都吃了吧！」

眼見著他將圓子都吃下肚，琳怡只得也讓眼前的小碗見了底。

第一百三十六章

白芍、橘紅兩個侍候琳怡換了衣衫。

一眨眼的工夫，屋子裡的人退了乾乾淨淨。

琳怡深吸一口氣，坐在床沿上的周十九身上帶著濃濃的酒氣。

想想就知道，外面擺的那些酒席，能從頭喝到尾還自己走回來的恐怕沒幾個。父親經常說，男人要會打仗，還要會喝酒，顯然父親對喝酒的事耿耿於懷。

床邊上的男人看似安靜，其實心思機敏，不知道什麼時候就會被他算計到。張戈是有名的猛將，竟然會被他用三個月的時間帶回京城。

他看著她提著小箱子過來。

「什麼時候受的傷？」

說話乾脆，就像從前他遇見她時一樣，似是永遠不會像被驚嚇的小動物，瑟瑟縮縮地躲在人背後，支支吾吾。

周十九任琳怡脫掉他的吉服。「抓張戈的時候，一時輕敵。」

武將的經驗是在無數次征戰中才能得來的，所以也有年過六旬的老將上陣。

能將豔紅的吉服剝下著實不易，男人的身形大她兩倍，那張鋪著大紅錦的床和吉服連成一片，又拖拖到地上的紅毯。

卸下髮箍，周十九披著黑亮的長髮，只穿了被血浸透的中衣，就像失去了爪牙的猛獸，讓人少了懼怕。

傷口在回京之後已經清洗過了，不過還是禁不住厚重的鎧甲重壓裂開來，透出血跡。琳怡將藥瓶握在手裡，看著周十九最後一層中衣，深吸一口氣，去拉他的領口。

周十九很順從地將衣服脫下來。只知道寬大的衣服也能支撐著穿起來，卻沒想到是這般剛健硬碩，琳怡的手有些發抖。

「上了藥會疼。」兩支龍鳳火燭正燒得灼熱，琳怡少不了提醒他。

藥粉落下去，周十九臉上笑容不減。拜這紅彤彤的蠟燭所賜，豬肺湯換成了上好的刀傷藥。

仔細用軟布將肩膀和胸口纏起來，看起來好多了。

琳怡剛要轉身將藥瓶放下，腰間一緊，跌進那個溫熱的懷抱，鼻端是若有若無的清香，一時清淡，一時濃重。

修長的手指解開她最後束髮的髮簪，她的長髮也落下來，琳怡還無暇顧及頭髮，眼前就翻天覆地，等回過神來，已經落在床鋪間。

「妳上過藥，肩膀好多了。」周十九笑容深切，傾身壓了下來。

到頭來，給他上藥倒是害了自己。

琳怡手指一攣，卻拉到了周十九的手臂。無論她怎麼用力，那手臂都會紋絲不動。

周十九任琳怡拉著，兩隻手不再動，而是俯下身咬住中衣的衣帶。

緊張快速的心跳就在他臉頰邊。從來沒有和一個人這樣親近，密密實實地貼合在一起，分享著彼此的溫度。

本來是隔著衣料的碰觸，忽然之間，衣服除去被溫熱的身軀覆上。琳怡想要鎮定下來，卻發現琳霜那裝死的主意不大可靠。

帳子裡，松香的味道漸漸濃重，空氣似是也變得細膩柔軟。

她正覺得緊張，嘴邊一軟，甜甜、軟軟的親吻就落下來，口唇微張，暖暖的舌尖緩緩伸進來，就像一片剛落下來濕潤的花瓣，帶來一絲的清香。

舌尖的慢慢侵入，她覺得呼吸越來越淺，周十九氣息倒沈重起來，放在她腰上的手指也緩緩向上，握住了她胸前柔軟的渾圓。

她的身體過於柔軟，他輕輕一動，彷彿能在她白皙的身體上留下痕跡。

琳怡只覺得身下被手掌一托，她的褲子順勢就被脫下來。

她生硬、緊張和略微地抗拒，卻還在努力地說服自己適應，完全將自己放在一個妻子的位置上。

修長的腿頂開她的，周十九的身體再落下來，琳怡感覺到了柔軟的身體上有個灼熱的東西輕翹又落下。琳怡驚訝地睜開眼睛，看到他如同染了層晚霞般的臉頰，清澈的目光略有些迷濛，咽喉上的喉結上下滑動，掛在臉上平靜的笑容似被火融化的雪，濕潤、灼熱中帶著微涼。

琳怡一時失神，腿間的腰身聳動，身下頓時一片炙熱，似是有什麼東西灑在她身上，周十九的身子繃起不再動。

好像是一把利刃刺破皮膚，就要扎進心臟，卻又堪堪停住。

是不是這就完成了？

沒有像引教嬤嬤說的疼痛，難道是每個人的情況不一樣？

可是周十九卻遲遲不肯從她身上下來。

「要不要讓丫鬟進來幫忙清洗？婆子說了已經準備好澡水……」他不開口，琳怡開口問。

周十九這才抬起頭，表情溫雅。「妳的壓箱底在哪裡？」

壓箱底……

周十九說的什麼意思？

白芍、橘紅兩個值夜，誰也不敢睡覺，生怕聽不到裡面傳喚。

周家也有兩個一直伺候康郡王的丫鬟留下來。

大婚的晚上需要人手多些，燒水的婆子也是等在灶邊，只要裡面有聲音，大家就都會忙乎起來。

空坐著無聊，丫鬟們乾脆湊在一起聊天。

不知是誰將話題引到自家主子身上。

橘紅道：「我家小姐才叫聰明，就連姻語秋先生也是經常誇讚呢，一本書要是我一輩子也看不完，我家小姐只需三、兩日，不但將書看了，裡面寫的是什麼也記得清清楚楚。我家小姐從小到大只要做的事，就沒有什麼做不成的。」

伺候康郡王的小丫鬟葛青也笑道：「怪不得咱們早就聽說郡王妃聰慧，不過咱們也聽宗室裡的夫人說起，郡王爺若是科舉，那些考生全是不中用。」

這樣一說，更是無往不利。

兩個人笑嘻嘻地說話，白芍笑著看了橘紅一眼。六小姐成親，橘紅、玲瓏兩個丫頭跟著歡喜。

白芍伸手指指內室，橘紅和葛青的聲音都放低了。

大喜的日子若是聽不到傳喚可是大事。

屋子裡，琳怡好半天才明白周十九的意思。

他不是在開玩笑，是真的要看壓箱底。

琳怡臉一下子紅起來。該不會是……該不會是……

「你……不會？」剛才那是……怎麼回事？

雖然被看出了端倪，周十九的臉色依舊不變，笑容自然。「成親前看過春宮圖，好像沒記清楚。」

真的不會。

不是該有通房丫頭……琳霜成親時，葛家少爺身邊已經有了不少美貌的通房。

今天還有兩個打扮光鮮的大丫鬟向琳怡請安。
這些先放在一邊，現在要怎麼辦？真的要她喊人進屋？
看著琳怡苦惱又哭笑不得的模樣，平日裡迷霧般的神情終於散開了些，看到裡面如琥珀般的眼睛在閃動。
周十九道：「我們再試試看。」
也只能這樣了，門外還有嬤嬤在等元帕，而且她的腿也有些疼，明明是寬大的床，卻沒處放似的。之前的緊張變成了如今的奇怪。壓箱底她也瞄過一眼，好像並沒有錯啊，這個到底是誰有問題？
琳怡胡思亂想著，炙熱、濕潤、堅硬說不清到底是什麼，一下子就擠了進來，然後是一種說不出的疼痛，這種疼痛很快就被急速的心跳代替，一種說不出來的感覺在身上蔓延。從來沒有過這樣的心跳，這種奇怪、陌生的律動，讓她一時之間做不出反應，心裡只是覺得，原來沒問題，這就是成了……
微微出汗的身子，蓋住了她身上的清香。
栗花混合松香的味道，帶著些許奇怪的辛味，周十九的手牢牢放在琳怡的腿上，身體前傾讓她身體弓起來，琳怡才覺得腿上的疼軟緩解一些，立即就發現被更加深入，正覺得心臟難以承受，極致快速的動作，很快讓周十九停下來。
一股灼熱流進身體，之前忽略的疼痛頓時加重，琳怡幾乎要蜷縮起身子。
痠疼的腿終於可以合上，琳怡像蝦子一樣縮進床裡，動也不想動一下。

元帕上是像梅花一樣星星點點的血跡。

柔軟的巾子早就準備好了，琳怡想要伸手去拿，周十九先一步拿起來，送進她腿間。

「我讓丫鬟打水進來，上些藥膏子。」

琳怡點頭，他準備披衣服下床，將白芍、橘紅喊了進來。

鬧騰了好半天，洗澡、換被褥，周夫人身邊的嬤嬤急著捧走了元帕。

琳怡和周十九這才重新躺回床上。

新房的蠟燭要燒到天明，燭光照進床幃。心跳雖然還沒有恢復往常的平和，可是身上的疲憊已經讓她堅持不住，閉上了眼睛。她在得知要嫁給周十九之後，就是一直繃著心弦，如今一切都是靜悄悄的，這一刻讓她的心境無比安寧、輕鬆。

明日迎接她的是什麼，她不去想了，現在只要好好休息。

大約是被紅彤彤的光照到的緣故，琳怡夢裡也是貼著大紅喜字的新房，只不過花斛裡的牡丹被火燒得蜷縮起來。

火漸漸燒到琳怡的頭頂，炙熱的溫度讓她喘不過氣來。

琳怡眼前漸漸模糊，她攥緊了拳頭苦苦支撐，胸口越來越憋悶，耳邊終於傳來下人的尖叫聲。

「救火啊！快救火——」

接著是林正青驚慌失措的聲音。「這……怎麼回事……快……快來人……」

琳怡努力睜大眼睛，面前只有越燒越旺的火焰，有人打開了門，冷風吹進屋子助燃了火勢。

正當她眼前發黑，無法呼吸，隱約聽到窗外有人喊：「皇宮起火了！有亂軍……亂……」

——未完，待續，請見文創風057《復貴盈門》4

步步謀略／攻心至上

重生＋宅門頂尖好手

雲霓

復貴盈門

文創風 054 1

重生、宅鬥、權謀、婚姻經營之道的
磅礡大作！
除了鬥智鬥力，還要在婚姻中鬥心！
因為家宅平安，
才有將來的富貴幸福——

記得那晚，她的洞房花燭夜，本該是喜氣洋洋、一樁美事，
但揭了紅蓋頭之後，接下來的一切非她所想，而她，誤將小人當良人——
未婚夫婿為了私利，將她迷昏，一把火燒了新房，還有房裡的她，
可憐她至死才省悟，原來溫婉單純絕非優點，卻是令別人掐住自己的弱點！
許是命不該絕，她再次醒來竟是重回十三歲，
當時，日子還那麼美，父母恩愛幸福，她和哥哥無憂無慮，
但如今，她深知風平浪靜之下暗藏了驚濤駭浪，
既然讓她得了機會扭轉自己與家人的命運，怎能放手？
那些曾傷過害過她陳家的人們，她六小姐陳琳怡全都記下了，
該守護的，她定要護個周全；
該閃避的骯髒事，就去髒了別人吧！
這一世，她要心慈手不軟，絕不重蹈覆轍——

文創風 055 2

這一生，她定要活得比害她的人更精采！
眼看該要的幾乎要握在手上了，
偏偏殺出了個康郡王，亂了她精心安排；
他，這前生的仇人，
究竟能助她一臂之力，
還是令她全盤皆輸……

此生再見那無緣的未婚夫林正青，她早沒了與他執手一生的心思，
那份放火燒了她以成全自己的陰狠心思，更令她只想離他遠遠的；
怎知，她不想見，他卻自己纏上來，還拿她的小字威脅她?!
她雖不明白他的用意，但如今見招拆招並還他一招已非難事，
他想捉她把柄，也要掂掂自己斤兩……
重生之後，鬥人心算計、使些手段把戲對她已不是難事，
怎奈她心思如何機敏剔透，仍有一個人教她看不清——康郡王；
這個曾令她陳家破敗、將父親當作棋子般玩弄的男人，
心思詭譎且深不可測，行事狠厲又無情，
此生再見，她只得謹慎再謹慎，步步退讓只為求全，
但他似乎不吃這一套，倒顯得她小心思太多；
既然如此，他要自己送上門，她怎能不「盛情款待」……

文創風 056 3

婚事來得措手不及，
還讓人鬧得京裡沸沸揚揚，
這康郡王不在家，依然能讓她過得不安心；
他想用婚姻將她握在手心，
卻不代表她不能翻出他掌握……

鬼門關前走了一回，如今她只想護著家人平安順遂，
對自己的婚事，她也看得透澈，不求富貴榮華，只求平凡度日，
誰知康郡王非要橫插一手，竟然使計求得皇上賜婚！
這下她不想嫁也要嫁，同時還得應付其他姊妹、眾家女子的明槍暗箭；
她從未想過要當個郡王妃，但既然受了周十九「陷害」，
非得做王妃不可，她也絕不示弱——
王府一入深似海，他的日子比她在陳家的更是驚險，
雖然雙親早逝，可上有表面和藹、暗裡借刀殺人的姨母，
旁有對王位虎視眈眈的表兄弟，下有等著看他笑話的周家族人，
偏偏他又在成親之際得了戰功，這下他倆的婚事張揚無比，
怕是更刺了某些人的眼……
萬幸她在娘家受過諸多「訓練」，這成親後的日子，
無論會怎麼波濤洶湧，她也是要將它過得順風順水——

嫡女策

勾心之最高段，鬥角絕不服輸

宅鬥絕妙好手／西蘭

文創風 041 1

董家嫡出大小姐——董風荷，是董家這一輩唯一的嫡系，
卻不受祖母喜歡，不遭父親待見。
庶妹罵她是野種，姨娘跟祖母合謀，
將她許給京城出了名的——莊郡王府杭家的四少爺。
這一切，她從來都雲淡風輕，只想與母親平淡度日。
但她可不是那等任人欺凌的主子，犯著她，別怪她翻臉不認人。
嫁入王府，她才知道娘家的爭鬥跟這兒比只是小巫見大巫，
傳言她的夫君剋妻剋子、寵妾成群，惡名遠播，
這男人風流浪蕩似乎又城府很深，教她看不透澈；
而這座王府看似平靜卻暗潮洶湧，
看來她得仔細拿捏小心度日存活了……

文創風 043 2

自從風荷嫁入他們莊郡王杭家，
這從上到下、大大小小的，沒少給她添麻煩、使絆子，
但他的小妻子在如此暗潮洶湧的杭家竟能存活得這麼好，
不由地教他刮目相看起來……
她的心計，她的手腕，她的勇敢，她的羞怯，
都像為他挖了一個坑，一步一步引誘他往下跳。
試圖勾引他的女子很多，但沒人能像她輕易地探到了他的心，
她用一根無形的絲線在他心上繞了一圈又一圈，讓他痛卻舒服。
任憑他城府再深、心眼再多，仍控制不住地去靠近她……
他害怕了，因為他不知被征服的是她還是他？

文創風 044 3

風荷知道自己嫁的杭家四少，絕非等閒之輩，
更不是風流成性的紈袴子弟，他懷著莫大的秘密……
身為妻子的她不多問，配合著他作戲，
裝著跟他夫妻不睦，看著裝扮成他的假夫君在杭家出沒，
甚至看著「他」與妾室們調情、留宿其中。
她安分打理王府事務，偏偏「有心人」不放過她，下起狠招，
他的姨娘肚子裡的孩子留不住，連五少爺夫人肚裡的也出事了，
這一個個矛頭全指向她，終於盼到他回來了，
面對如此的百口莫辯、「證據確鑿」的險境，
她不怕，也不為自己多說一句，
她等著看，他是信她不信，對她有情或無情……

文創風 047 4

他們夫妻成親至今尚未圓房，王府裡從上到下，
這明裡不說，暗裡都是極關切的。
任是杭天曜再腹黑，也想不到他的妻子從新婚當日就給他設了一個局，
他卻一步步陷進去，化為她手心的繞指柔。
對風荷他並不是完全沒有私心的，但他亦想等待去感動風荷，
想看到她心甘情願在自己身下的魅惑風姿……
不然，以他一個成熟男子，夜夜對著喜愛的妻子早就忍不住了。
過去，為了自身安全他對所有女子都是避而遠之，
只有風荷讓他覺得安心，因此他不得不忍耐著，只為了得到更多……

文創風 048 5

風荷自從嫁了大家認定扶不起的杭家四少這位紈袴子弟後，
她還真是沒幾天風平浪靜的日子可過。
就連中秋佳節杭家團圓家宴上，還衝著她上演著一齣大戲──
她這四少夫人，不僅得了太妃疼寵，連風流浪蕩的夫君也改了性子，
這王府世子的位置眼看就快落入杭家四少身上，
看不過眼的居然拿風荷的身世作文章，把髒水往她身上潑，
污了她的身世，就等於絆了杭家四少成為世子的可能，
前兒那些算計使絆，比起這回僅能算是小奸小惡小伎倆了，
杭四與風荷這對小夫妻才剛剛恩愛好上，
卻要面對上自太妃王爺、下至奴僕們的懷疑，
還要想方設法阻斷杭、董兩府家醜外揚、聲譽大壞……

文創風 052 6

「董風荷，我這輩子就要妳一個了，
不管妳願不願意，都死死纏著妳，看妳能逃到哪兒去。」
他不得不對自己承認，自己是真心實意地愛著風荷，
顧不及男人的臉面，他再也不掙扎了，
甚至開口向她要求承諾，承諾她這一輩子都不會離開自己。
現在她有了身孕，懷著他期待已久的孩子，
王府裡裡外外的，不知有多少人盯著她，打著她的主意。
不把她身邊的危險一一去除了，他在外面是一刻不得安心。
明槍易躲暗箭難防，一想到這，他就徹夜難眠。
他決定要一一剔除府裡能近她身的一切危險，
就連不該他男人插手的內院之事，他也攬上身，
雷厲風行地從他的妾室開始「下手」「整頓」……
莫怪他狠，他的心、他的情只能給一個女人！

文創風 053 7

自從他當上了世子，風荷成了世子妃之後，王府裡的暗潮洶湧依舊沒個平息，
暗處的敵人手段愈漸奸險，簡直像豁出去了似的。真教人恨得咬牙！
那天要不是他正好趕到，他的妻子、未出世的孩子如何保得住？
失去風荷，過往所有的付出，辛苦熬過來的一切都失去意義。
如果之前他費了千萬的心力護她，往後他將加倍做到滴水不漏，
抵擋一切可能，保住他所愛的妻、所愛的孩子……

只要想起他救她那時，他驚惶萬分、心痛不已的神情，風荷又是難過又是心疼。
她所嫁的這個男人，愛她是不是勝過愛自己了呢，
所以他才願意那樣不顧自己的安危去救她……
她突然間覺得，心裡曾有的那個理想丈夫的男子，都在那一刻遠去了，
這個男人，才是她要一輩子相依相守的人。
只要他心裡一日有她，她都不會離開他……

藝界人生大揭密！
古代明星不能說的情與愛……
青妤記
一半是天使 著
她的前世如此卑微孤寂，能夠再活一次，
來到這個陌生的時代，不但成為紅遍京城的傾世名伶；
還有幸遇到廝守終生的好男人，她，絕不再放手……
這一世她一定要活得足夠精彩，
才不辜負上天的眷顧！

看一個孤弱女子置身禮教束縛的古代，
如何抓住機會努力向上，
終於苦盡甘來，
在愛情、事業上春風兩得意！

1〈有鳳初啼〉
2〈春心初動〉
3〈梨園驚夢〉
4〈戲如人生〉
5〈絕代名伶〉
6〈伴花歸去〉

全套6冊已出版，越看越驚喜，

看過的人一致推薦——竟然出乎意料之外的好看！

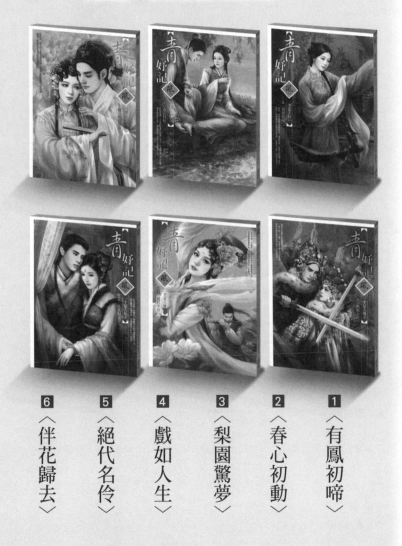

文創風 056

復貴盈門 3

國家圖書館出版品預行編目資料

復貴盈門 / 雲霓著. --
初版. -- 臺北市 : 狗屋, 民101.12-
冊 ; 公分. --（文創風）
ISBN 978-986-240-954-1（第3冊：平裝）. --

857.7　　101023145

著作者	雲霓
編輯	戴傳欣
校對	黃薇霓　林若馨
發行所	狗屋出版社有限公司
地址	台北市104中山區龍江路71巷15號1樓
電話	02-2776-5889～0
發行字號	局版台業字845號
法律顧問	蕭雄淋律師
總經銷	知遠文化事業有限公司
電話	02-2664-8800
初版	101年12月
國際書碼	ISBN-13　978-986-240-954-1

原著書名：《复贵盈门》，由起点女生网（http://www.qdmm.com/）授權出版。

定價250元

狗屋劃撥帳號：19001626

網址：love.doghouse.com.tw　E-mail：love@doghouse.com.tw